書下ろし

天空の鷹《たか》

風の市兵衛⑤

辻堂 魁

目次

北
東
南
西
隅田川
浅草寺
吾妻橋
正観寺
雷門
徳五郎店
竹町の渡し
蔵前
北十間川
横川
柳橋
竪川
大川
新大橋
深川
本所・深川界隈
万年橋
小名木川
仙台堀
文次郎店
一膳飯屋
「喜楽亭」
永代橋
油堀
富ヶ岡
八幡宮
両替屋
「正直屋」

『天空の鷹』の舞台

座頭「杉の市」宅
江戸川橋
検校法印・漆原忠悦宅
神田川
市兵衛の長屋
小料理屋「薄墨」(鎌倉河岸)
中村家蔵屋敷蔵本「南部屋」
口入れ屋「宰領屋」(三河町)
神田御門
半蔵御門
江戸城
片岡家
赤坂御門
柳井宗秀の診療所
北町奉行所
楓川
八丁堀
櫻田御門
中村家上屋敷
中村家中屋敷
木挽橋
増上寺

序章　高砂《たかさご》

一

昼八ツ（午後二時）、北相馬藩中村家《きたそうまなかむら》の江戸上屋敷表櫓門《やぐらもん》から南へ延びる海鼠壁《なまこかべ》に沿って、打上網代《うちあげあじろ》に引戸の乗物と供の行列が長々と詰めていた。

屋敷は櫻田《さくらだ》御門から大名屋敷の列《つら》なる通りに沿い、東へ折れる外櫻田の大路を境にして武家屋敷地の一画を南北に長く占めていた。

外櫻田へ折れる辻には辻番が設けられていて、中村家の櫓門は辻番を南へ十数間《けん》（二十数メートル）すぎた先に構えられている。

櫓門の黒色金物の門扉《もんぴ》が、櫻田通りへ両開きに開いていた。

門前に二本の高張提灯《たかはりぢょうちん》を掲げ、裃《かみしも》に正装した家士と看板（法被《はっぴ》）の門番らが来客の出迎えと警備役に就《つ》いていた。

門から玄関までの敷石両側には、紫地に家紋を染め抜いた紋幕を張り廻《めぐ》らし、玄関式台を覆《おお》う破風《はふ》造りの廂《ひさし》にまで麗々しく飾り付けてある。

式台を上がった玄関広間にも裃に正装した二人の家士が粛然と端座し、長い板廊下、次の間をへて本邸の表広間に通じている。

春三月のその日、広間で始まっている宴は北相馬藩中村家世嗣《せいし》憲承《のりつぐ》と磐城《いわき》藩安藤《あんどう》家息女鶴《つる》姫のお輿《こし》入れと祝言の儀が交《か》わされた前夜に続いて、中村家所縁《ゆかり》の諸侯や公儀高官への婚礼のお披露目なのであった。

「まるで雛《ひな》人形のような……」

と奥女中らがささやき合う、まだ十八歳の初々《ういうい》しい新郎憲承と十五歳の新婦鶴姫を中心に、招かれた諸大名や公儀高官ら来賓《らいひん》、中村家当主季承《としつぐ》と将軍家公女であるご主《しゅ》殿桝《でんます》の方《かた》、および中村家、安藤家の親族が広間に参集していた。

広間を囲む回廊には、披露の宴に相伴《しょうばん》する主だった家臣や奥女中らが整然と居並んで、折りしも、庭前に設《しつら》えた能舞台では祝言能の高砂《たかさご》が舞われ、打ち鳴らされる鼓《つづみ》と朗々と流れる謡《うたい》が広間を華麗な厳粛さに包んでいた。

「高砂か。今日だったのか……」

中村家勘定所勘定人中江作之助《なかえさくのすけ》は、客座敷の書院にではなく、庭から通された三畳の薄暗い溜《たま》りの間に端座し、溜息《ためいき》と一緒にぼそと呟《つぶや》いた。

本邸の方より流れくる祝言能の鼓と謡のおぼろな響きが、三千五百坪を超える広い邸内の一隅に建つ開き両門と玄関式台を備えた江戸家老筧帯刀《かけいたてわき》の屋敷にも、めでたげに聞こえてくる。

作之助は何かしらよそよそしさを覚えていた。

溜りには、庭側の潜戸《くぐりど》と反対の廊下側に半間《げん》(約九十センチ)の襖《ふすま》を閉じた出入口があるばかりだった。小さな明かり取りの窓に立てた障子《しょうじ》戸を透《す》かして、昼下がりのわずかな明るみが差しこみ、四囲の壁を濁《にご》った灰色に沈ませている。

待たされて、もうだいぶたっていた。

勘定人ごとき下役がご家老さまの宅に呼ばれるなど滅多にないからか、茶の振る舞いもなかった。

溜りに通された扱い自体、客への振る舞いではなかった。

本所《ほんじょ》からの遠い道のりを歩いて喉《のど》が少し渇《かっ》していたけれど、茶など別にいい。

ただ中江作之助はこの際、ご家老さまに確かめておきたいという思いがあった。

ひと月、どんなにかかってもひと月半、二月《ふたつき》はかからぬ、という去年師走《しわす》に言われた時がずるずるとすぎ、もう春三月が終わろうとしていた。

いつまで身をひそめていればいいのですか、家中の調べはいかほど進んでいるのですか、とご家老さまのご命令に下役があれこれ口を挟む立場ではないにしても、胸中にもどかしさが募っていた。

お世継ぎ憲承さまのご婚礼の支度に追われて、三月《みつき》振りに裏門を潜《くぐ》ったお屋敷の様子はひどく気ぜわしく感ぜられた。誰も作之助に気を留めなかったし、自分の居場所がもはやこの屋敷にはないような気さえした。

子供のときから算勘と算盤《そろばん》が得意だった。

十五年前、思いもよらず算勘と算盤の技能を認められ、勘定所下役勘定人雇いの勤めを得た。その三年後、一代抱えで五十俵二人扶持《ぶち》の勘定人に取り立てられたときは天にも昇る境地だった。

父親は五両二人扶持の足軽小頭《こがしら》だった。

貧しくしがない足軽の倅《せがれ》に、出世ができるかもしれぬ道が開かれたのである。昂揚《こうよう》した思いが二十一歳の胸中にたぎった。

いろいろな出来事があった。勘定人の仕事には慣れた。慣れた分だけ、若き日の熱い昂揚はわずかに色褪《あ》せたけれど。そうしてさらに十二年の歳月がすぎ、作之助はこの春三十三歳になっていた。

江戸勤番を命ぜられ、出府したのは一年前だった。

でかした……と、江戸家老筧さまは言った。

この事案に始末が付けば、おぬしの役目替えのことを考えておくと。

勘定人から役目替えになるとすれば、勘定方しかない。身分の低い足軽の倅が望みうる最高の地位だった。勘定方に替われば暮らしは今より楽になる。父はきっと喜んでくれるだろう。

しかし作之助の胸中に、ふと、それがどうしたという虚《むな》しさがこみ上げた。

国元に残した父と娘のことを思い出した。

出世より国に戻りたい、と思った。

本邸の鼓と高砂の謡が、まだ聞こえていた。

そのとき、外の廊下にようやく人の気配がした。

「ごめん……」

半間の襖の外で、男の低く忍ぶ声がかけられた。

ごと、と敷居が鳴り襖が開くと、背の高い侍らしき影が廊下に佇《たたず》んでいた。

玄関の方から差すほの明かりが、侍の顔を影で包んでいた。

左手に提《さ》げた大刀の黒い形を認めた。

「お久し振りです」

溜りへ身体《からだ》を滑りこませながら侍が声をかけ、後ろ手に襖を閉じた。

尖《とが》った顎《あご》とこけた頬《ほお》に深い陰影が刻まれていた。

「上林《かんばやし》？　源一郎《げんいちろう》か？　おお、上林源一郎ではないか。久し振りだ。いつ出府した」

作之助は思わず身を乗り出した。

「正月、ご家老さまのご命令を受けました」

陰影の中で、鋭い眼光が動いた。

上林源一郎は襖を背に袴《はかま》を折り、黒鞘《くろざや》の大刀を左脇の畳に、がちゃ、と鳴らした。

「正月に、出府していたのか。なぜ……」

訪ねてこなかった、と言いかけ、作之助は口を噤《つぐ》んだ。

上林は作之助が育った北相馬東足軽町《ひがしあしがるまち》の幼馴染《おさななじ》みだった。

同じ足軽の倅で、年は作之助より五つ下の二十八歳になるはずだ。口数の少ない目立たない童子《どうじ》だった印象が残っている。

作之助の父親が足軽奉公の傍《かたわ》ら、東足軽町東浄寺《とうじょうじ》の僧房を借りて界隈《かいわい》の子供ら相手に剣術を教えていた。むろん作之助もともに、東浄寺の道場において父親に厳しく剣の稽古《けいこ》をつけられた。

子供らの中に年の離れた幼い源一郎がいた。

色黒のいつもむっつりと不機嫌そうな顔をした源一郎が、道場の一隅で黙々と竹刀《しない》を振っている姿が甦《よみがえ》った。日ごろは目立たず気弱そうな源一郎が、稽古場では見違えるほど精気あふれる動きを見せていた。

「あの子には剣の才が備わっておる」

と、まだ七、八歳だった源一郎の素質を父親は褒《ほ》めていた。

作之助は剣術よりも算勘や算盤が得手《えて》だった。剣術では父親の期待に応《こた》えられない自分を後ろめたくも、歯痒《はがゆ》くも思っていた。

勘定人役に就いてからは、源一郎と親交はなかった。

それでも数年前、剣の腕を見こまれ、足軽身分でありながら源一郎の評判がご重役方の間でめでたいと噂に聞こえた。

その上林源一郎が、今なぜここに現れたのだ。

童子だった源一郎の面影《おもかげ》はない。

「中江さんは上屋敷にお住まいでは、ないのですね」

「やむを得ぬ事情があって、ご家老さまのご命令なのだ。今日もその件でご家老さまに呼ばれた。まさか憲承さまご婚礼のお披露目の日とは知らなかった」

「都合がよいのです。みなお披露目に気が向いておりますから」

上林の心得たふうな口振りに、わずかによぎる懸念を払った。

「上林は、憲承さまの警護役を言い付かったのか」

「お屋敷で不正がありました。むろん、中江さんもご存じですね。その処置をご家老さまに命ぜられ、それゆえの出府です」

上林は素気《そっけ》なく応えた。

しかし、作之助の胸中に不審が兆《きざ》した。

このたびの一件は一介《いっかい》の足軽侍が始末を付けられる程合いの事柄ではない。江戸上屋敷のご重役方がこぞって協議し、最後には殿さまのご裁断を仰《あお》がねばならない。公《おおやけ》になれば家中が大騒ぎになる。それゆえ作之助も身を隠した。家老筧の考えに従ったのだ。従うしかなかった。作之助には……。

「不正の処置を？　おぬしがやるのか」

「ご不審ですか」

溜りの薄暗さが、冷ややかに問いかえした上林の顔付きの変化を消していた。

「そ、そうではない。だが」

「ご家老の命令です。不正を消す。そのため中江さんにここにきていただいた」

咄嗟《とっさ》に意味をつかみかねた。

ただ不審が一気に高まり、沸騰《ふっとう》した。

上林の顔に陰影が深く刻まれていた。

戦慄《せんりつ》が作之助の背中を走った。

「源一郎、おぬし……」

言い終わるか終わらぬかの刹那《せつな》だった。

がしゃ、と上林が左脇の大刀をつかんだのと作之助が腰の脇差《わきざし》の柄《つか》に手をかけたのは、ほぼ同時だった。

玄関に応対に出た若党が「お腰の物をお預かりいたします」と、嗜《たしな》みを心得た素振《そぶ》りで作之助の大刀を預かった。ご家老さまの屋敷を訪れた。否《いな》やはなかった。

そのため得物《えもの》は一尺六寸（約五十センチ）の脇差だった。

両者の刀身が滑り、三畳の溜りに二つの閃光《せんこう》が走った。

「おりゃあっ」

片膝《かたひざ》立った上林の喚声が吠《ほ》え、作之助の右肩を斬りあげた。

作之助も脇差を抜き放っていたが、上林の抜刀より一瞬の差で遅れた。

ざあっ。

火を噴《ふ》く攻撃が右肩を噛《か》み、作之助は身をよじった。

筋を疵《きず》付けられたか、不覚にも脇差をこぼした。畳へがらがらと転がる。

上林は刀身を上段へ翻《ひるがえ》し、片膝立ちのまま、ずず……と肉薄した。

もう脇差を拾う間はなかった。

作之助は端座し、上林を睨《にら》んだ。

薄暗がりの中にまぎれていた上林の顔に浮かぶ狂気が、今ははっきりと見える。

「あ、とおおおっ」

上段からの一刀が、喚声とともに撃ち落とされた。

作之助は、ひたっ、とかざした両掌《てのひら》の中へ白刃《しらは》取った。

上林の肉薄と容赦《ようしゃ》ない斬撃が、額面《ひたいめんじょう》上に紙一重《ひとえ》の差を残して凍り付いた。

「しかし踏みこみが甘い。惜しい」

父親が上林の素養をそう評していた。

鼓の音が遠く響いていた。小鳥の啼《な》き声が聞こえた。しかし両者の時は完全に停止した。ともに呼吸すらもらさなかった。ただ眼光だけが血の色に燃えた。

その瞬間、背後にある潜戸を長鑓《ながやり》が突き破った。

穂先が作之助の背中を深々と貫いた。

上体が竹のように反《そ》った。作之助は己《おのれ》の吐息を聞いた。痛みではなく、無念でもなく、悲しみが身体中に広がった。

上林の重い白刃《はくじん》をそれ以上、止めることはできなかった。

白刃が作之助の頭上へ押し当てられ、撫《な》で斬《ぎ》るように額《ひたい》を割った。

倒れ伏したとき、父と娘の顔が見えた。それから、果てしない青空とはるか彼方《かなた》へ飛び去る鷹《たか》が見えた。

すまない――作之助は亡き妻に言った。


本邸大広間では間《あい》の狂言が退場した後の、脇の待謡《まちうたい》が強吟《つよぎん》に始まっていた。鼓が打ち鳴らされる舞台に、

高砂や、この浦舟に帆をあげて……


の待謡が、後シテのキリの神舞を待つ人々の上に響き渡っていた。

当主季承と桝の方に近い座に控え、広間を廻る縁廊下の高欄《こうらん》の傍らより舞台を眺め

ていた江戸家老筧帯刀の背後へ、取り次ぎの家士が摺足《すりあし》を忍ばせつつ腰を折り、近付いた。

家士は筧の背後に着座し、「ご家老さまに申しあげます」と耳元でささやいた。

ふむ、と筧は家士を見向きもせず声をかえした。

「ただ今ご家老さまお屋敷より使いの方がまいられ、すべてつつがなく、とお伝えするようにと承《うけたまわ》りました」

「ふむ……」

筧はまたそれだけをかえし、小さく頷《うなず》いた。

家士は筧が小さく頷いたのを認め、素早く広間よりさがっていくと、折りしも祝言能の舞台では、地謡が朗々と声を揃《そろ》えた。

四海波静かにて国も治まる時つ風……

二

「ここかい、空き巣が入ったってえのは。冗談だろう」

北町奉行所定町《じようまち》廻り方同心渋井《しぶい》鬼三次《きさじ》は、手先の助弥《すけや》へ眼差《まなざ》しを流した。

「まったく、冗談としか思えやせんぜ」

と助弥が応えるほど、そこはみすぼらしい裏店《うらだな》だった。

盛り場の顔利《かおき》きやいかがわしい地廻りの誰彼が言い始めた《鬼《おに》しぶ》という綽名《あだな》通りの景気の悪そうな渋面《じゆうめん》を下げて、渋井が本所原庭《はらにわ》町の藪《やぶ》の内《うち》から徳五郎店《とくごろうだな》の路地へ踏みこんだのは、同じ日の暮れの六ツ半（午後七時）すぎだった。

藪の内は中之郷竹《なかのごうたけ》町の町境から、福厳《ふくごん》寺門前へ通るまさに藪だらけの、昼間でさえ物騒な小路だった。折れ曲がった道に竹藪とあばら家《や》同然の裏店がひしめき、大名下屋敷のくすんだ土塀内に手入れを加えることのない樹林が生《お》い繁っている。

一画には老いた女郎が気《け》だるげに客を引く私娼窟《ししようくつ》もある。

このあたりの場末の裏店に住む者の多くは、人別どころか仮人別すら持たず、一季半季の奉公先を求めて江戸へ流れこんでそのまま郷里には戻らず住み着いた、日傭取《ひようとり》や下層の職人らだった。

そんなことは百も承知の渋井ら町方が、人別なんぞを詮索《せんさく》する野暮じゃなし、町役人の手に負《お》えない揉《も》め事が起こるまでは足を踏み入れたりもしない。

中背《ちゆうぜい》の背中を丸めた渋井とひょろりと背の高い助弥が木戸をくぐり、どぶ板を高らかに鳴らすと、寺の土塀と三尺（約九十センチ）少々の路地を挟んだ片六軒長屋の、奥の表戸前に屯《たむろ》していた住人や町内自身番の町役人らが道を開けた。

「お役人さま、こちらでございます」

家主《やぬし》の徳五郎が提灯をかざして、暗がりが澱《よど》んだ家の中を照らした。

「ちょいと提灯を借りるぜ」

渋井は徳五郎のかざした提灯の柄《え》をつかみ、埃《ほこり》臭い土間へ踏み入った。

空き巣に狙《ねら》われる住まいではなかった。

間口九尺（約二・七メートル）の土間の片側に竈《かまど》、向かい側に流し場と戸棚があって、割れた水瓶《みずがめ》やわずかな皿や碗や箸《はし》、空の飯釜が転がっていた。

土間続きの四畳半ひと間には、押し入れや戸棚さえない。

破れた枕屏風《びょうぶ》が倒され、薄っぺらな布団《ふとん》と箱枕、紺の帷子《かたびら》が一枚散らかり、黄ばんで縁のささくれ立った琉球《りゅうきゅう》畳までが引っ剝《ぱ》がしてあった。

水瓶の中どころか床下まで探し廻った様子である。ずいぶん念の入った空き巣だった。

「妙だな。ただの空き巣がこんなぼろ家の床下まで家探《やさが》ししたってえのか」

「間抜けな空き巣でやすね。床下に隠すほどのお宝がありゃあ、こんなぼろ家に住みやせんよね」

助弥が後ろの徳五郎に気兼ねして、こそりと言った。

ふふん……渋井は笑い、頬骨とこけた頬が目立つ中に疑《うたぐ》り深い目とちょいと情けなさそうにすら見える八文字眉《まゆ》の四十面《づら》を、左右天井へと廻らした。

角行灯《かくあんどん》が部屋の隅にあり、それだけが倒されずに四畳半の隅に寄せてあった。

「助弥、あの行灯が点《つ》くなら火を入れてくれ」

「承知しやした」

「番所に知らせたのは誰だ。空き巣を見付けたときの話が訊《き》きてえ」

渋井は徳五郎に提灯をかえし、路地に屯している住人らへ声をかけた。

包帯を巻いた腕を晒《さらし》で肩から吊《つ》るした若い男が、「あっしでやす」と肩をすぼめて土間へ入ってきた。

「おめえか。名と仕事は」

言いながら腰の刀を鞘ごと抜き取って、四畳半のあがり端に腰かけた。

刀を杖《つえ》に突き、柄頭《つかがしら》へ両手を重ねた。

助弥が渋井の側へ行灯を運び、部屋と土間が薄明かりにくるまれた。

「隣《となり》の甲吉《こうきち》でございやす。中之郷の瓦《かわら》屋土田《つちだ》で瓦を焼いておりやす」

「隣の瓦職人か。何があった。かいつまんで話してくれ」

「へえ、八ツ半(午後三時)ごろでやした。今日は土田が早仕舞いだったんで普段より早めに戻ってきやしたら、隣から妙な物音がするじゃありやせんか。で、中江さんが戻ったのかな、とこちらをのぞいたんでやす」

「その中江ってえのが、ここの住人だな」

甲吉は頷いた。

「中江作之助さんと仰《おっしゃ》いやすご浪人さんで」

「わかった。続けてくれ」

「そしたら見知らぬ男が二人、いや、ひとり土間にいやしたから三人、そこの畳なんぞを引っ剝がしたりしていやがった。こいつあてっきり空き巣が入ったと……」

「どんな風体《ふうてい》の男らだった。顔はちゃんと見たのかい」

「それがどうも。三人とも笠をかぶっておりやしたし。けど風体はひとりが侍で、あとの二人は雲水みたいに見えやした」

「雲水だと。旅の坊主に侍……旅の坊主が諸国行脚《あんぎゃ》の途中に空き巣狙いか。妙な取り合わせだな」

甲吉が月代《さかやき》の薄く伸びた頭をかいた。

「腕の疵は？」

「へえ。何してやがるって咎《とが》めると、そいつら逃げ出しやがったんで、待てえって大声をあげて路地を追いかけやした。そしたら侍が振り向きざま斬りかかってきやがった。危うく命を取られかけやした。けど、声を聞き付け路地に人が出てきたんで、かすり疵ですみやした」

渋井は頬骨の下の窪《くぼ》んだ頬を指先でかいた。それから甲吉と並んでいる家主の徳五郎へ渋面を廻らした。

「徳五郎、中江たあどういう人物だい」

徳五郎が「へえ」と、腰を折った。

中江作之助は年のころは三十前後、国元は奥州《おうしゅう》ということぐらいしか徳五郎にもわかっていなかった。去年冬、徳五郎の許《もと》へふらりと現れ、「しばらくご厄介になりたい」とこの裏店への入居を申し入れた。

「身形《みなり》もきちんとしていらっしゃいましたし、言葉遣《づか》いも丁寧で……」

折りよく奥のひと家が空いていた。

徳五郎は、空き家にしておくよりは、と中江の身元を詳しく詮索もせず承知した。

侍が町地に住む場合は町奉行所への届けが必要だが、それも自身番へ届けたのみでそのままになっていた。

「中江は今どこにいる。仕事かい」

「さあ……甲吉は、聞いていないのかい」

「仕事はしているようないねえような。ご自分のことは何も話されやせんし。けど昨夜うちへ見えて、今日一日、のっぴきならねえ用があるので留守にするとは仰ってありやした。いき先は聞いておりやせん」

「よく出かけるのかい」

「いえ。大抵はうちにこもって本を読んだり、書き物なぞをなさっていやす。真面目《まじめ》そうな、物静かなお侍さんでいらっしゃいやす」

のっぴきならねえ用で出かけて、まだ戻ってねえ。去年冬、この裏店にふらっと現れて住み着き、仕事はしているようないないような浪人者、か。

「旦那、なんぞわけありの浪人者でやすかね」

助弥が後ろで言った。

「ふむ。ただの流しの空き巣の仕業《しわざ》には、思えねえしな」

渋井はもう一度、みすぼらしい店を見廻した。

暮らしの臭いがなく、わけありの浪人者の仮住まいってか。

わけありったって、貧乏侍が借金で首が廻らなくなってこの場末に身を隠した。どうせそんなところだ。雲水に侍風体の組み合わせは、金貸に雇われた破落戸《ごろつき》の取り立て屋ならありそうだ。

ふん、と渋井は鼻先で笑った。

本人のいないところであれこれ勘ぐっても始まるめえ。本人に確かめりゃあいいことだ。気にはなりつつそう思った。

渋井は月の初めから、六本木《ろっぽんぎ》町で但馬《たじま》出石《いずし》藩仙石《せんごく》家の行列を襲った御師《おし》と思われる残党の足取りを追っており、本所あたりの場末のけちな空き巣騒ぎにかかずらっているゆとりがなかった。

当面、雲水の線の訊きこみを誰ぞにやらせて、と算段を廻らせた。

「よし、徳五郎、中江が戻ってきたら番所へ至急顔を出すように伝えてくれ。とにかく、空き巣に入られた本人の話を訊かねえことには埒《らち》が明かねえ」

「承知いたしました。北御番所の渋井さまですね。申し伝えます」

でだ――と渋井は自身番の町役人らに言った。

「もし本人が番所へ顔を出すのを躊躇《ためら》ったり、ちいとでも逃げ出す素振りが見えたら、構わねえから自身番へしょっ引《ぴ》いておれに知らせてくれ。いいか、長屋の住人だからって油断して、取り逃がすんじゃねえぞ」

渋井は立ち上がって差料《さしりょう》を閂《かんぬき》に差した。

「助弥、いくぜ」

と、町役人と住人らがざわざわと表戸の路地を開ける中、両袖に手を仕舞い、肩をもみほぐすようにゆすった。

第一章　銭屋《ぜにや》

一

夏も闌《た》ける五月《さつき》の末近い昼下がり、神田三河町《かんだみかわ》の請け人宿《う》《宰領屋《さいりよう》》の店の間に続く主人の執務部屋の四畳半に、尖《とが》った顎《あご》と薄い唇をかすかにゆるめた主人矢藤太《やとうた》と客が向き合っていた。

代々続く《宰領屋》を仕切る神田っ子を気取っているが、矢藤太は京《きよう》生まれの京育ちである。

二十代のころは京島原《しまばら》のやさぐれた女衒《ぜげん》だったのが、京見物に上っていた先代に見こまれ、八、九年前江戸へ下って、ちゃきちゃきの神田っ子である《宰領屋》の出戻り娘の亭主に収まった。

る。小紋模様の仕立てのいい単衣《ひとえ》をわざとらしく崩して着こなし、粋《いき》がって見せている。そんなところに未《いま》だ若いころの無頼《ぶらい》暮らしの気質を残す、そんな男である。

「二百石《こく》なら立派な旗本の殿さまだ。市兵衛《いちべえ》さんのような人物なら是非に、とその殿さまが仰《おつしや》ってくださっているんだぜ。給金もまずまずだし、これで決まりだな」

矢藤太は膝《ひざ》の帳面を開いたまま、冷めた笑みを客に投げた。

「ありがたい。いつからだ。わたしは今日からでもいいぞ」

「念のため先方に確認を取るので、一日待ってくれ。明日の午《ひる》まではちゃんと話をまとめておく。午後にはお屋敷へ顔を出してもらうかもしれねえから、身綺麗な形《なり》できてくれるかい」

「心得た。よかった。仕事をしておらぬと、どうも気持ちが落ち着かず楽しくなかった。人はやはり、働かねばな」

「市兵衛さんの注文が多いから毎度苦労するよ。だいたい金を稼ぐために働くのに、仕事の選《え》り好みをいろいろ言われるのは困るんだ。市兵衛さんは貧乏人のくせに金への執着が足りないのさ」

「仕事の選り好みを言っているのではない。金を稼ぐために働くのだとしても、人それぞれ得手《えて》不得手があるし、できれば自分の得手なことを仕事に活《い》かしたい。そういう望みを言っているだけだ」

「そりゃあもっともな望みだ。市兵衛さんはそれでいいと思う。だからおれは市兵衛さんのために一文《もん》でも割のいい、しかも働き甲斐《がい》のある仕事をと、どんだけ心を砕いていることか。おれのそんな気配りがわかってもらえりゃあな」

矢藤太は客に遠慮がない。見え透《す》いたおためごかしを平気で言える遠慮のなさが、かえって矢藤太と客の十数年来の親交を変わらずに温めていた。

市兵衛さん、と矢藤太が呼ぶその客唐木《からき》市兵衛は、矢藤太にのどかな苦笑いをかえした。

小格子《こごうし》模様の綿の単《ひとえ》に、着古してはいるけれど染《し》みひとつない小倉《こくら》の平袴《ひらばかま》が、背筋を伸ばして端座している市兵衛の痩躯《そうく》に涼しく似合っていた。

右脇に置いた黒鞘《くろざや》の大刀もその涼しさのせいか、重々しさを感じさせない。

総髪をきゅっと引きつめ一文字に結った髷《まげ》が、路地に面した格子窓から射《さ》す午後の明るみに艶《つや》やかに映《は》え、白皙《はくせき》と言っていい幾ぶん血の気《け》の薄い相貌《そうぼう》に奥二重《おくぶたえ》の眼差《まなざ》しの鋭さが、さがり気味の眉《まゆ》になだめられていた。

そして鼻梁《びりょう》がやや高めに通った鼻筋とかすかに歪《ゆが》んだ唇の線が、陰影の深いこの男の風貌に色男や優男《やさおとこ》の類《たぐい》ではなく、内奥にひそむ不思議な一徹さをうかがわせた。

美丈夫《びじょうふ》ではない。けれど人によっては、こんな面《おもて》が男前かもしれない。

窓には銅製の風鈴が下がり、微睡《まどろみ》を誘う澄んだ音色《ねいろ》を市兵衛と矢藤太の周囲へとき折り振りまいている。

「では明日また、今ごろうかがう」

刀を取った市兵衛を、矢藤太は引き止めた。

「まだいいだろう。蕎麦《そば》でも食いにいかねえか。今朝は忙しくてな。昼飯がまだなんだ。市兵衛さん、付き合えよ」

なんだかんだ言っても、矢藤太は市兵衛と無駄話がしていたい。

十数年前、矢藤太が京島原の女衒だったころ、市兵衛は貧乏公家《くげ》の家宰《かさい》と用心棒を兼ねた青侍だった。

無頼気取りの若き時代の矢藤太と市兵衛は、やくざ相手に白刃《はくじん》の下をくぐったことも一度や二度ではない、怖い物知らずの不良仲間だった。

そんな不良がなんの定めか江戸に下って請け人宿の主人に収まり、三十八になった。

東武《とうぶ》の地で京の思い出話を心置きなく語り合えるのは同い歳の市兵衛しかいなかった。

「よかろう。わたしも腹が減っていた」

よし、いこう——と二人が立ちかけた折りしも、宰領屋の前土間の敷居をゆらりと跨《また》いだ男がいた。

男は、渋茶の麻の単に古びた黒袴を着け、腰には上塗りが所どころ剝《は》げて安値の骨董《こっとう》品みたいな差料《さしりょう》を帯びていた。月代《さかやき》を嗜《たしな》みよく剃《そ》っているけれども、髷には白髪《しらが》が目立って六十すぎの風貌の老侍に見えた。

朝の請け人宿の忙しい刻限を廻った昼下がり、油障子《あぶらしょうじ》を両開きにした前土間に客は少なく、壁に貼った奉公先のちらしを三、四人の男女が見ていた。

店は落ち縁が鉤《かぎ》型に廻《めぐ》り、落ち縁左側が店の間板敷、正面の落ち縁をあがると年配の番頭が帳場格子に座っている八畳間になっている。

番頭のいる帳場格子の前に、お仕着せの長着に紺の前垂れ姿の使用人が三人、小机を並べて接客に当たっていた。

小僧が一人、帳場格子の脇で番頭の指図に従い、ちらしの束《たば》を幾つかに分けている。

順番待ちの客が店の間板敷に二人座っていた。

店表《たなおもて》の通りを荷車や荷馬がいきすぎ、人が忙しげに往来する町地の賑《にぎ》わしさが店の中に絶えず聞こえてきた。

矢藤太と市兵衛が向き合う部屋は、八畳間の左隣《どなり》奥に障子戸を片開きにしており、二人には侍が背筋をしゃんと伸ばした五尺六寸（百七十センチ弱）ほどの痩軀を、八畳間の落ち縁の前へゆらりと運んだのが見えた。

小僧が侍を認め、つつ……と落ち縁の側へきて跪《ひざまず》き、

「おいでなさいまし。ご奉公先をお探しの方はそちらへおあがりになって、順番をお待ち願います」

と、手で板敷の方を指した。

「中江半十郎《はんじゅうろう》と申します。先だってお頼みいたした雇い人の件でうかがいました。いかがなものであろうかと」

侍が一礼し、角《かど》の取れた穏《おだ》やかな顔を小僧へ向けた。

番頭が帳場格子から侍へ声をかけた。

「おいでなさいまし。広助《ひろすけ》、旦那さまに中江さんがお見えですとお知らせしなさい。中江さん、どうぞおあがりになって」

「わたくし、これからまだ済まさねばならぬ用がありますので、こちらにて」

侍はきまり悪げに微笑《ほほえ》んだ。貧しい身形を気にかけているふうにも見えた。

「市兵衛さん、ちょいと待ってくれ」

矢藤太は広助が呼びにくる前に座を立った。

市兵衛は矢藤太が店の間で順番待ちをしている客の間を抜け、侍の前の落ち縁に跪いて低頭する様子を、それとなく眺めていた。

侍が丁寧な一礼をかえし、二人は声を落として静かなやり取りを交《か》わした。

矢藤太が懇々《こんこん》と説くような仕種《しぐさ》をし、侍は目を落とし聞き入っていた。

やがて侍は手を胸の前にかざし、二言三言か言葉を投げ、それからまた丁寧な一礼をして踵《きびす》をかえした。

痩せて老いてはいても、伸びた背筋が侍らしい嗜みを思わせた。

市兵衛の脳裡《のうり》に、ふと、懐《なつ》かしさのような覚えが兆《きざ》した。

矢藤太は侍が店表へ出るのを見送ってから、客座敷へ戻ってきた。

「いこうぜ」

衣紋掛《えもんかけ》より絽《ろ》の夏羽織を取って羽織り、店表ではなく裏の背戸口《せどぐち》へ廻った。

背戸口の路地を抜けて三河町の表通りへ出た。

表通りを北へ取れば市兵衛の住む雉子《きじ》町、さらに旗本や大名の武家屋敷地をすぎて昌平《しょうへい》橋にいたる。東へいくと日本橋大通りの神田鍋《なべ》町あたり。そして北へたどれば神田御門に近い鎌倉河岸《かまくらがし》のお濠端《ほりばた》である。

市兵衛は、通りを鎌倉河岸の方へ取った矢藤太に並びかけた。

通りをゆく人々は、夏の午後の日差しを避けて日陰を歩んでいる。

通りの彼方《かなた》にお濠向こうの外郭の白壁と、松の樹林が塀屋根を越えて繁っていた。

「あれは、さっきの年配の侍か」

前方に渋茶に黒袴の侍の小さな後ろ姿を見付け、矢藤太に言った。

ゆったりした足取りに見えて、意外に侍の歩みは速《すみ》やかだった。

「そうだな」

「人を雇いたいようだったが、どちらのご家中だ」

「田舎侍の浪人さ。江戸へ出てきたばかりで、何もわかっちゃいねえ」

「浪人？　下男か下女を探しているのか」

「そういうのじゃねえから話にならねえのさ。金二分《ぶ》で半月から長くてひと月、調べ事の助手《すけて》を雇いたいんだと。何か帳簿みたいな内容の調べらしいが、本人が言うにはそう難しい仕事ではないらしい」

侍の背中が人波の彼方に見え隠れして、消え入りそうだった。

「うちが武家に奉公人を斡旋《あっせん》している評判を聞いてやってきたらしい。あんな尾羽《おは》打ち枯らしたじいさんでも、拙者《せっしゃ》、武家でござる、というから侍は呑気《のんき》でいいよな」

「侍だからってそう馬鹿にするな」

ふ、と矢藤太は小さく吹いた。

市兵衛は人波にまぎれていく背中に、出府して間もない江戸暮らしに慣れない侍の孤独を覚えた。悠然とした歩みだが、どことなく戸惑っている様子にも見えた。

「国元は、どこだ」

「確か、北相馬だ。ただ、算盤《そろばん》ができる人物を求めていると言うんだ。算盤でどういう調べ事をするのかと訊《たず》ねても、それは引き受けた相手以外には話せねえらしい。人当たりは穏やかだが、なんだか怪しいじいさんだ」

「ひと月だけで二分なら、年給換算で六両になる。そう的外《まと》れな額でもないだろう」

「おや？　市兵衛さん、じいさんが気になるのかい」

「祖父を思い出した。祖父は父に仕える足軽だった」

市兵衛の父片岡賢斎《かたおかけんさい》が亡くなったのは十三歳のときだった。市兵衛は父の屋敷を出て祖父の許《もと》で元服を果たし上方へ上った。

腰の二本は元服の折り祖父より譲られた形見である。二十五年、折れもせずよく市兵衛を守った。

市兵衛は左手で厚朴の刀室《とうしつ》をにぎった。

「孫ではあってもの子であるわたしに、家臣としての接し方を崩さなかった。生真《きま》面目《じめ》な人でな。だが、心に秘めた慈愛の深さは子供心にもわかった」

「ふうん。身分やら家柄やら、侍は面倒だね」

「最後に別れた十三のとき、祖父はちょうどあの侍ぐらいの年だった。面影《おもかげ》にもちょっと似たところがある」

「あはは……それでじいちゃんを思い出してしんみりしちゃったのかい。そういうところが市兵衛さんのいいところだし泣き所だね」

矢藤太がからかった。

「けど市兵衛さんにはあの侍の仕事は廻せないよ。幾らなんでも割に合わねえ。市兵衛さんにはもっとましな仕事を廻さなきゃあ、請け人宿の主人の面目が立たねえ」

「どうだかな。ましな、というのは、手数料がましな仕事なのだろう」

今度は市兵衛がからかい、「図星」と矢藤太は日盛りの通りへ笑い声をまいた。

二

夕方、夏の日差しが西の空に架かるころ、中《なか》の橋から千鳥《ちどり》橋へいたる深川《ふかがわ》油堀《あぶらぼり》は、魚油《ぎょゆ》臭い水面《みなも》のぬめりに赤く燃える残光を映し、ゆらめいていた。

川幅十五間《けん》（約二十七メートル）の油堀を千鳥橋の河岸場より陸《おか》へあがって、堀川《ほりかわ》町の粗末な家々が肩を寄せ合う堤を西へ少し戻ると、その並びに《喜楽亭《きらくてい》》の縄暖簾《なわのれん》が下がっている。

暖簾を分け、《喜楽亭》と大きく記した黄ばんだ腰高障子《こしだか》が開いたままの表から顔をのぞかせた。

途端、男らの甲高《かんだか》い馬鹿笑いが、わっとその顔を包んだ。

「よお、市兵衛」

馬鹿笑いの途中で三人の男らが、市兵衛へ振り向いた。

喜楽亭は、酒樽《さかだる》に長板を渡した卓の周りの腰かけにかけて客は安酒や飯を飲み食いし、その長板の卓が二台並んで客が十二、三人も入れば腰かけがなくなる小さな一膳飯屋である。

店土間の奥に調理場があって、白髪頭の無愛想な亭主がひとりで営《いとな》んでいる。

調理場より現れた痩《や》せ犬が二台の卓の間をいそいそと走り抜け、市兵衛の足元に近付き、「いらっしゃいやし」と愛想を言うみたいに鼻を鳴らした。

この痩せ犬は、先月、一宿一飯の恩義をおやじに報いるためか喜楽亭に勝手に住み着き、無愛想な亭主に代わって客に愛想を振りまく芝《しば》からきた野良犬である。

「みなさん、お揃《そろ》いで」

市兵衛は、に、と先客へ笑みを投げた。そして足元の痩せ犬へ腰を折って、血の巡りの悪そうな小さな頭を撫《な》でた。

「おまえもいたか。変わりなかったか」

痩せ犬は懸命に尻尾《しっぽ》を振っている。

「いいとこへきた。一緒に呑め。今おらんだの先生と深刻な話をしていたところだ」

絽の黒羽織と白衣の定服を着けた北町奉行所定町《じょうまち》廻り方同心渋井鬼三次が、市兵衛へ手をかざし、裏街道の顔《かお》利《き》きらに、あの野郎の面《つら》を見ると鬼より景気が悪い、と忌《い》み嫌われている渋面に笑みを湛《たた》えた。

「深刻な話にしてはずいぶん賑やかですね。笑い声が外にも轟《とどろ》いていますよ」

市兵衛、こっちへ座れ——と渋井がおらんだの先生と遠慮なく呼ぶ、京橋は柳《やなぎ》町の蘭医柳井《やない》宗秀《そうしゅう》が市兵衛を隣の腰かけへ手招きした。

町医師柳井宗秀は、市兵衛が商《あきな》いを学ぶために大坂の商家に寄寓していたときに知り合った長崎帰りの外科を専門とする蘭医だった。市兵衛が大坂の商家を出て京へ上り公家の青侍になったころ、宗秀は江戸へ戻って柳町で開業していた。

主に柳町界隈《かいわい》や俗に角町《すみ》と呼ばれる隣町の私娼窟《ししょうくつ》の女郎らを患者に多く抱え、その一方で貧しい庶民らからは薬料も取らず診察するし、ときには往診にまで出かけ悩み事の相談にも乗ったりする貧乏医師である。

医業一筋に生きる三つ年上の友だが、酒好きが玉に瑕《きず》だった。

今日も診療道具を入れた行李《こうり》を脇に置いているので、往診の帰りに寄ったらしい。

「先生、まだ明るいのに患者さんはいいんですか」

表戸の半開きにした腰高障子と土間に、茜色《あかね》に染まった西日が縄暖簾の影を描き、堤道にはまだ昼間の残光が落ちている。

「堅いことを言うな。そこで鬼しぶと遇《あ》っちまってさ。鬼しぶがどうしても付き合えと言うから仕方なくなのだ」

と、痩せた背中を丸めてぐい呑みを美味《うま》そうに呷《あお》った。

「よく言うぜ。おれがまだお務めだって言ったのによ、務めの刻限なんて飲んでいるうちにすぎるからいいんだ、とおれを引っ張りこんだのは先生じゃねえか。なあ助弥」

渋井は宗秀と市兵衛に向き合い、刀を杖にして片肘《かたひじ》を載せている。

呷った盃《さかずき》から酒の雫《しずく》が垂れ、隣の助弥が「ああ、旦那、こぼれてますぜ」としきりに気遣っている。

調理場から白髪頭の亭主が顔を出し、市兵衛に、ああ……と愛想のないうなり声を寄越した。

「酒は、冷やでええな」

「おやじさんおすすめの肴《さかな》は、何かないかい」

「喜楽亭のおすすめつったら里芋に大根と蒟蒻《こんにゃく》の煮物だろう。相も変わらずよう」

そうだよなあ――と渋井が、いつの間にか渋井の側にちょこんと座って尻尾を振っている痩せ犬の頭をひと撫でした。痩せ犬が、わん、とかえした。

痩せ犬は、ゆく当てのない己《おのれ》を追い払いもせず芝から喜楽亭まで導いてくれた渋井に感謝の心を忘れていないらしく、しきりに媚《こび》を売っている。

「茄子《なす》をこんがりと炙《あぶ》って皮を剥《む》いてな、それに葱《ねぎ》と鰹《かつお》の削り節をたっぷりかけて醬《しょう》油《ゆ》を垂らして食うのはどうだ。生姜《しょうが》のおろしたのをまぶしても旨《うま》いぞ」

亭主が調理場との仕切りに立ってぼそと言った。

「焼き茄子か。旨そうじゃねえか。そんな物があるならおれたちにもくれよ。それから酒もだ」

渋井が徳利《とっくり》を振った。

「おめえらも食うか」

「食うさ。おやじ、隠していやがったな。たまには違った物を食わせろ」

「焼き茄子ぐらい、隠すほどの物じゃねえ。おめえらがいつも煮物を頼むだで、よっぽど煮物が好きだと思うから、おら、毎日丹誠こめて煮てるだ。違った物がよけりゃあ、なんでも言ってくれ。頼まれりゃあ、作るだでよ」

「いや。おやじの煮物は絶品だ。里芋もいいが、大根もほどほどに味が染《し》みてじつに旨い。煮汁は甘からず辛からず、こくがあって、上方の上品で旨い煮物に劣らん。市兵衛、おぬしならわかるだろう」

　大坂で暮らしたことのある宗秀が亭主から市兵衛へ、酔顔を廻らせた。

「そうですね。わたしは江戸より上方が長いので味に慣れたのかもしれませんが、汁物は江戸より上方ですね。おやじさんの煮物は京の料亭の味を思い出させます」

「上方の汁物がなんでえ。辛いのか甘いのかはっきりしねえ、あんななよなよした味のどこが旨《うめ》えんだ。こっちは八丁堀《はっちょうぼり》生まれの八丁堀育ちよ。上方の味はもどかしくって苛々《いらいら》してくらあ。汁物だろうが煮物だろうが、濃口醤油をどぼどぼっと利かせてしゃきんとするくらい濃くねえと食った気がしねえ。助弥、おめえだってそうだな」

「旦那の言う通りでさあ。煮物だって漬物だって蕎麦だって、舌がぴりぴり痺《しび》れるくらい辛いのが天下の江戸の味ってもんでやすよね」

「うわあ、辛そうだな。考えただけでも唾《つば》が出てくるぞ」

宗秀が顔をしかめ、渋井が「ざまあ見やがれ。あひあひ……」と、ぐい呑みの酒を卓へしたたらせつつ、引き攣《つ》った笑い声を響かせた。

「で、深刻な話っていうのはなんなのですか。ずいぶん笑っていましたが」

「なあに、深刻なものか。また例によって鬼しぶの榊原物《さかきばら》だよ」

宗秀がにやにやして、春狂言の曾我《そが》物みたいな言い方をした。

榊原物とは、渋井が宗秀や市兵衛と酒を酌《く》み交わす折りに酒の肴にする北町奉行榊原主計頭忠之《かずえのかみただゆき》を扱《こ》きおろす馬鹿話のことだ。

榊原のおっさんがよ……

と、渋井は上役を扱きおろして憂《う》さ晴らしが始まるのである。

渋井にすれば、町方仕事のまの字も知らない二千石だの三千石だのの旗本のなんたらが、ご執政の覚えがめでたいだけでお奉行職を言い付かり、有能な人材でございってな顔で収まっていられるのは一体誰《いってえ》のおかげでえ、というひねくれ根性がある。

奉行がなんだ、旗本がなんぼのもんだい。腰かけ奉行に誰がなろうと知ったこっちゃねえ。こっちは親代々の八丁堀同心。腰かけの顔がどんだけ替わろうと、おれのやり方に口出しはさせねえぜ、と筋の通らない啖呵《たんか》を切ってみせるところが笑えた。

「渋井さん、お奉行さまにそんな大笑いするほど深刻な出来事があったんですか」

市兵衛は渋井のぐい呑みに酌《しゃく》をした。

「おう、すまねえ。ととと……そうなんだ市兵衛。おめえは笑わず聞いてくれるな」

「何を言う。一番笑っているのは鬼しぶじゃないか。だいたい、鬼しぶはお奉行を扱きおろしているときが一番たのしそうだぞ。なあ、助弥」

宗秀がすかさず言った。

「ああ、へえ。そ、そうでやすかね」

助弥が、笑っていいような悪いような顔付きを頷《うなず》かせた。

「てめえ、おらんだ。楽しそうだとお。おれがお奉行を扱きおろしていつ楽しそうにした。おれはお奉行もいろいろあって大変だな、と言いたいだけなんだ。楽しそうだなんぞと、人聞きが悪いじゃねえか」

市兵衛も加わって四人が賑やかに笑い、側の痩せ犬がきょとんと見上げている。

そのとき、市兵衛のすぐ近くで澄んだ声がした。

「お酒、持ってきました」

ん？　声の方へ向いた市兵衛の側に、徳利やぐい呑みを載せた盆を持ったあどけない童女が立っていた。

市兵衛は思わず微笑み、童女も明るく無垢《むく》な笑みを顔一杯に広げた。

童女は六、七歳に見えた。痩せた薄い身体にまとった鄙《ひな》びた赤い花柄模様の衣服とくちなし色の細帯をさげ結びにきゅっと結び、綺麗に梳《くしけず》った長い髪を後ろに束ねて背中に垂らす拵《こしら》えが、深川界隈の子らしくは見えなかった。

童女が持った盆の徳利の方が、白く小さな顔よりも大きい。

「あのお、徳利を取っていただけませんか」

小さな身体にませた口調が可愛《かわい》らしい。

童女は盆を持つのが精一杯で、徳利を配れないのだ。

ありがとう――と市兵衛は、童女に笑みを向けたまま徳利とぐい呑みを卓に移しつつ訊《き》いた。

「おまえは、近所の子なのか」

すると童女は、くつくつ、と笑って考える素振りを見せた。

痩せ犬が童女の傍《かたわ》らへ歩み寄り市兵衛を見あげ、わん、と代わりに応《こた》えるみたいに小さく吠《ほ》えた。

「だめだよ、お客さんに吠えちゃあ。いい子だからね」

童女は痩せ犬の傍らへ屈《かが》み、頭を薄桃色の花びらのような手で撫でた。

うっとりさせられる仕種だった。

痩せ犬も童女に頭を撫でられ、照れ臭そうに大人しくなる。

渋井は市兵衛のぐい呑みに、ぐっといこう、と酌をした。そして、

「どうだい、市兵衛。可愛い子だろう。お節《せつ》ってんだ。おれの下の娘だ。知らなかったたろう」

と、市兵衛を啞然《あぜん》とさせた。

「嘘でしょう」

思わず言った。

「嘘だよ。だははは……」

おかしくもないのに渋井はひとりで笑った。

「裏の文次郎店《もんじろうだな》に十日ほど前、年配の侍と孫娘が越してきた。その孫娘がお節だ。国元は北相馬だそうだ。北相馬、わかるか」

「わたしは四年ほど諸国を廻り、北相馬へもいったことがあります。中村家六万石ですね。彼方に青い阿武隈《あぶくま》の山嶺が望まれ、山裾《やますそ》から東の海へとはるばると田畑が広がるのどかな国でした」

するとお節は立ちあがり、市兵衛をまじまじと見た。

「おじさんは、北相馬を知っているの」

「何年も前、仙台《せんだい》から陸前浜《りくぜんはま》街道を磐城へ旅したことがある。そのとき北相馬を通った。お節の国はあの美しい北相馬なのだな」

市兵衛が北相馬を知っているというだけで、節は嬉しそうに頷いた。

父や母は北相馬に、と訊こうとして市兵衛は、ふと思い止《とど》まった。

年配の侍が孫娘を連れて江戸に、というのに何かわけがありそうだった。深川の裏店に居を構えているのだから、江戸見物でもあるまい。

「おじいちゃんと北相馬から旅をしてきたのか。旅は船でか、それとも……」

「おじいちゃんと、ずっと歩いてきました」

「徒《かち》の旅か。それは遠かっただろう。偉いな」

「知らない町やら大きな川やらが沢山《たくさん》見られて、楽しかったです。水戸《みと》さまの大きな町の宿屋にも泊まりました。疲れたときはおじいちゃんが負《お》ぶってくれました」

屈託のない節の表情に、かすかな陰りが差している。

「江戸へきてからは、おじいちゃんにどこかへ連れていってもらったかい」

空《から》になった徳利を盆に載せ、

「いいえ。わたしたち、そんなんじゃないのです」

と、さりげなく言った。口調だけではなく、幼さの中に大人びた心得が感じられ、市兵衛は宗秀や渋井と顔を見合わせた。

「おじいちゃんは北相馬で剣術を教えていました。でも、江戸にこないといけない用事ができたのです。だから剣術道場を止《や》めて江戸へ出てきました。わたしはおじいちゃんが江戸でひとりぼっちで暮らすのは可哀想《かわいそう》だから、一緒についてきたのです」

節は空の徳利を載せた盆を持ったまま続けた。

「北相馬でもおじいちゃんと暮らしていました。わたしとおじいちゃんはいつも一緒です。おじいちゃんと一緒なら大丈夫。おじいちゃんはご飯だって作ってくれるし、お掃除とお洗濯はわたしも手伝うし、お裁縫だってしてくれます。だけどね、年を取って目がよく見えないから、針に糸を通すのはわたしの役目なの。うふふ……」

白い小さな歯並みをこぼした。そして、

「おじいちゃんは優しくて、でもとっても強いの。相馬の鷹《たか》、っていうんだよ」

と、そこだけ祖父を自慢する童女らしい言葉遣いになった。

「相馬の鷹かい。そいつあ強そうだ。けどこのおじさんは風の市兵衛、って綽名《あだな》なんだぜ。強そうだろう」

渋井が節にからんだ。

「風の？　いちべえ？」

「そうさ。風に乗ってばっさばっさと敵を倒すのさ」

ええ？……と節が怯《おび》え顔になって市兵衛を見た。

「やめてくださいよ、渋井さん。お節が怖がっているじゃないですか」

市兵衛は節へ笑みを向けた。

「お節は強くて優しいおじいちゃんが大好きなのだな。だから江戸までおじいちゃんと遠い旅をしてきたのだな」

調理場から茄子を焼く香ばしい匂いと薄い煙が店土間に漂ってきた。

薄煙は夕日が急ぎ足に没して、夕暮れ間近の堤道へふわりふわりと流れ出てゆく。

そこへ、亭主が調理場との仕切りに顔を出した。

「お節、腹がへっただろう。うちで飯を食っていくとええ」

「いいの。晩ご飯はおじいちゃんが帰ってきてから一緒にいただきます」

「じいちゃんは、今、どこへいっているんだい」

渋井が顔に似合わぬやわらかな口調で訊いた。

「お仕事です。わたしはまだ小さいから、おじいちゃんが戻ってくるまで喜楽亭のおじさんちにいなさいって言われているんです」

節は盆を持って亭主と一緒に調理場へ消え、痩せ犬がとぼとぼと節の後を追いかけてゆく。

「渋井さん、あの子のじいちゃんというお侍をご存じではないのですか」

「知らねえ。じつはおれたちも今日初めてあの子と遇ったんだ。おやじが言うには、ここ二、三日、じいさんが出かける昼の間、あの子を預かっているんだそうだ」

「その人は、どんな仕事をしているのですか」

「それもよくは知らねえ。江戸にこなければならねえ用事があったのなら、そいつとかかわりのある仕事なのだろう」

「旦那、あの子の親はどうしているんでやしょう」

助弥が素朴な疑問を口にした。

「どうしているのやら、ちょいとわけありかね」

と、ぐい呑みを呷った渋井に、宗秀が言った。

「鬼しぶ、調べてみたらどうだ。町方の仕事だろう」

「面倒臭《くせ》え。わけありと言っても、国元で食い詰めて仕方なく江戸へ出てきたってえのがほとんどだ。わけありにいちいちかかずらってちゃあ、こっちの身が持たねえ」

市兵衛は節の表情に差したわずかな陰りが気になった。

調理場から節と亭主の笑い声が聞こえた。

焼き茄子の香ばしさが匂い、痩せ犬が嬉しそうにひとつ吠えた。

そのとき、ふと、市兵衛は半開きの表戸の外へ視線を移した。

油堀を川船がゆっくりとゆきすぎるのが、表戸の先の青味がかった中に見えた。

宗秀と渋井と助弥が、江戸の食い詰め浪人の話をしている。

しかし市兵衛は、そのまま黄昏《たそがれ》の堤道を見やり、物静かな足音を聞いていた。

やがてぼうっと人の気配が差し、縄暖簾をわけてゆっくりと男がほの暗い店土間に入ってきた。店土間に物静けさが広がった。

男が入ってきたので、渋井が話を止め、顔を向けた。

男と市兵衛は目を合わせた。小さく会釈《えしやく》を交わした。

二重の切れ長の目に物静けさを湛《たた》えている。

黄昏の薄暗がりの中で中背の風貌は昼間より老いて、窶《やつ》れが見えた。

三河町の宰領屋に訪ねてきた中江という老侍だった。

「おじいちゃん、お帰り」

節が調理場から走り出てきた。痩せ犬が節の後を追いかけて出てきて、節が老侍の袴にすがると、しきりに尻尾を振り遠慮がちに吠えた。

　市兵衛は中江から目が離せなかった。

　矢藤太は、中江の依頼は何か帳簿みたいな内容の調べらしいと言っていた。そのために算盤のできる者を雇おうとしている、と。

　すると節の言った江戸にこなければならない用事というのは、その何かの帳簿調べの事だったのか。

「遅くなった。すぐ晩ご飯の支度をするでな」

　老侍は張りのある低い声で言い、孫娘の頭を撫でた。

「おじさんのお手伝いを、ちゃんとしていたよ」

「そうか。それは感心だ」

　亭主が焼き茄子の丼《どんぶり》を持って出てきて、

「中江さん、戻ったかね」

　と、嗄《か》れ声をかけた。

「申しわけございません。遅くなってしまいました」

　中江は節の肩へ節《ふし》くれ立った手を置き、亭主へ頭を丁寧に垂れた。

「ええだよ。こっちの客は気が置けねえ知り合いだし、お節が手伝ってくれるでおらも助かってるでな。そうだ、ちょっと待ってろ」

　亭主は市兵衛たちの卓へほくほくした湯気の立つ焼き茄子の鉢と醤油を入れた竹筒を置いて調理場へ戻った。そして、焼き茄子を盛って葱と削り節をまぶした新しい鉢を持って現れた。

「たんと焼いたで、持っていきなせえ。晩飯のおかずになるでよ」

「とんでもない。店のお客さんに出す品でござろう。節がお世話になって、本来ならばわたしの方こそ礼をせねばなりませんのに、これ以上甘えるわけにはまいりません。何とぞ……」

「茄子はまだ一杯あるで、客がきたら焼けばええ。お節に食わしてやりなせえ」

　市兵衛らの見ている前で中江と亭主のやり取りが二言三言交わされた。

「さようですか。ではご厚意に甘えさせていただきます」

「おじさん、ありがとう」

　節が祖父に倣《なら》って頭を垂れた。

　それから二人は店土間を出て、亭主と痩せ犬が表戸のところで見送った。

「お節、明日もおいで。鉢はそのときでええでな」

　亭主が黄昏の堤道に声をかけ、痩せ犬も遠慮がちに吠えた。

やがて痩せ犬は渋井の側へ戻ってきて、また尻尾を振った。

「おめえも、あっちこっちに愛想を振りまいて忙しいな」

渋井が肴のうるめいわしを投げた。

痩せ犬がいわしをがしがしと齧《かじ》っているところへ、亭主が火の点《つ》いた付け木を持って現れ、柱に架けた二つの行灯《あんどん》に明かりを灯《とも》した。

狭い店土間に行灯のほのかな明かりが差すと、店の外の堤道へ暗がりがさあっと逃げ去った。

「おやじ、あれがお節のじいちゃんかい。いい年だな。あんなちっちゃな孫娘を連れて江戸へ出てくるなんざあ、やっぱりわけありだぜ」

渋井が声をかけた。

「詳しい事情は聞いてねえ。年はおらより二つ三つ上だで、六十一か二だ。なんのために北相馬くんだりから江戸へ出てきたのか知らねえが、どうやら暮らしのために日雇いの人足なんぞをして稼いでいるらしいでよ。あどけないお節を見ているとおら気の毒になってな。三日ほど前から、昼間、お節を預かることにしたんだ」

「人足の稼ぎで、じいさんと孫娘が江戸暮らしってか」

「文次郎店のもんが伊勢《いせ》町の米河岸で、中江さんが米俵を担《かつ》いでいるのを見かけたと噂をしてた。今日はあの格好だで違うかも知れねえがな。昨日や一昨日は刀も差さねえ人足風体で、暗いうちから出かけていったでよ」

不可解だった。人足の稼ぎでその日暮らしを送る中江が、たとえひと月としても、金二分もの給金を払って人を雇おうとしている。

「おやじさん、お節の両親のことは聞いていないのか」

市兵衛は訊いた。亭主は行灯の明かりを灯す付け木の火を吹き消し、

「たぶん、お節には父親も母親もいねえ」

と、あっさり応えた。

「両親がいないのでお節に不憫《ふびん》な思いをさせたくはねえだが、と中江さんが言ってたでよ。お節の両親がどうなったか、そんなこと、おら訊けねえ」

市兵衛のみならず、渋井と宗秀と助弥の三人は押し黙った。

渋井の側で懸命にいわしを齧っている痩せ犬の頭を、渋井が撫でた。

三

翌日早朝、市兵衛は川風に総髪のほつれ毛をなびかせつつ新大橋を深川へ渡った。

今朝は昨夜とは違い、絣《かすり》の単の羽織を小格子の着物と山桃色の袴の上に羽織り、白足袋《しろたび》に麻裏草履《あさうらぞうり》と、いつも通り貧乏侍なりに身形《みなり》を拵えた。

大川堤を南へ取った。

小名木《おなぎ》川に架かる万年橋《まんねんばし》、仙台《せんだい》堀に架かる上《かみ》の橋を越え、東に折れて今川《いまがわ》町、さらに入り堀沿いに干鰯《ほしか》市場の臭気を嗅《か》ぎながら西永代《にしえいたい》町をすぎ、堀川町へ入る。

堀川町の小路を幾つか曲がってゆくと、やがて喜楽亭の裏手になる文次郎店の木戸が見えてきた。

路地木戸をくぐった一間（約一・八メートル）幅の南北に長い路地の両側に、間口一間半の棟割《むねわ》り長屋の板葺《いたぶき》に石を載せた粗末な屋根が列《つら》なっていた。

路地木戸から西の五軒目、と矢藤太に聞いた。

薄曇りの、しかし蒸し暑くなりそうな朝だった。

「今さら困るよ。第一、いい勤め口なのに勿体《もったい》ねえだろう。せっかくその気になっている先方の旗本にだって申しわけが立たねえ」

矢藤太は珍しく市兵衛に口を尖らせた。

「市兵衛さんに相応《ふさわ》しい勤め口を選びに選んで、紹介したんだぜ。こっちの身にもなってくれよ」

すまん——市兵衛は頭を垂れた。

「田舎暮らしの中江さんには、江戸の奉公がどういうものかわかっちゃいねえのさ。畚《もっこ》を担ぐぐらいしか能のない野郎ならどうにかなるが、算盤ができて怪しげな調べ物をする仕事をおいそれと請ける者なんぞ、江戸中探し廻ったっていやしねえよ」

「だから、私が引き請けるしか人は見つからぬだろう。やむを得ぬ事情を中江さんは抱えているのではないか」

老いた中江と節のあどけない笑顔が、市兵衛の頭の隅から消えなかった。

あの老侍が江戸へこなければならなかった用事とは……という好奇心が働いたことも確かだ。

だがそれよりも昨日、中江の物静かな風貌に祖父の遠い面影を甦らせたことが、市兵衛の胸中に物悲しい懐《なつ》かしさを今朝になっても残していた。

話だけでも聞いてみるか——と、朝目覚めて気まぐれに思い立った。

幸い、先月の仙石家の仕事により得た報酬で暮らしに若干ゆとりがあった。

「で、じいさんと孫娘に同情して仕事を請けようっつうのかい。物好きにもほどがあるぜ。ひと月限定の二分、しかも通いだから朝飯と晩飯は自前だ。金を稼いで暮らすための奉公だろう。お金持ちの道楽でやる人助けじゃねえんだからさ」

矢藤太が言うのはもっともだし、同情など大きなお世話だ。

江戸にこなければならない用事の次第によっては、請けられない場合もある。逆に断られるかもしれない。そうなったらなったですっきりする。それでいい。

市兵衛は路地をたどった。

井戸端で、裏店のおかみさんらが朝餉《あさげ》を終えた茶碗や皿などの洗い物をしていた。朝の早い職人や行商などの亭主は、すでに仕事に出かけている刻限だった。

おかみさんらは手を止め、市兵衛を見守った。

小さな子供らが喚声をあげ、どぶ板を鳴らしながら、市兵衛の傍らを走り抜ける。子供らの後ろ姿を目で追い、向き直ったときだった。

西側の棟の五軒目の腰高障子が開いて、寝間着替わりと思われる紺の帷子《かたびら》を着流し、飯釜を提げて現れた中江と目が合った。

中江は路地に立つ市兵衛を認め、一瞬、戸惑いを浮かべた。

昨日と違い寝起きの後のまだ整えていない鬢がわずかに乱れ、口元にうっすらと髭《ひげ》が見えた。

だが、中江はすぐ昨日と同じ穏やかな顔付きになり、物静かに会釈をした。

「おはようございます。唐木市兵衛と申します。中江半十郎さんとお見受けいたします」

「さようです。唐木市兵衛さんは、昨夕、喜楽亭におられた方ですな」

中江は帷子の寛《くつろ》げた前襟《まええり》や身ごろのあたりを直しつつ、気さくな笑みを絶やさない。

「昨日の昼間、三河町の宰領屋さんでもお見かけいたしました」

「お気付きでしたか。わたしも宰領屋さんでお世話になっております。朝の忙《せわ》しない刻限にうかがいました非礼を何とぞお許しください」

「いえいえ、お気遣いには及びません。わたしの方こそお恥ずかしい形で。今朝は少々寝坊をしてしまいました」

中江は年ごろにも似合わぬ綺麗な歯並みを、薄い唇の間にのぞかせた。

「よかった。すでにお出かけではないかと気にかけておりました。本日は、宰領屋さんより中江さんが算盤のできる雇い人をお探しとうかがい、わたしも少々算盤を心得ておりますゆえお雇いいただければ、とまいった次第です」

市兵衛の言葉に中江は、意外な、という表情になった。

井戸端のおかみさんらは、市兵衛と中江のやり取りを不思議そうに見守っている。

中江は十日ほど前、幼い孫娘を連れて文次郎店に越してきたばかりの老侍。一方は忽然《こつぜん》と路地に現れた五尺七、八寸（約百七十四センチ）ほどの痩軀に、白皙《はくせき》がどこか頼りなげな、しかしよく見るといい顔立ちをした壮漢である。

どちらも貧乏浪人に見えた。そんな貧乏浪人同士が雇うの雇われるのと言葉を交わしている。なんの話だい、とおかみさんらは訝《いぶか》しんでいた。

中江半十郎は寝間着替わりの帷子を渋茶の麻の単に着替え、客の市兵衛に改めて応対した。

住まいは半間と一間半の竈と流し場のある土間があって、落ち縁が続き、次に六畳間へあがる。そして六畳間の奥に腰障子が開け放たれ、濡れ縁と隣家の壁との間の隙《すき》間《ま》のような裏庭が見えた。

市兵衛は黄ばんだ琉球畳の六畳間に、中江と向き合い端座した。

七歳の節が来客を迎えた祖父に代わって、碗や箸や皿をかちゃかちゃと洗っている。

流し場で小さな身体を伸ばしている肉の薄い後ろ姿が健気《けなげ》だった。

二人の前に、水を汲《く》んだ碗を出したのは節だった。

「……道場主と申しましても、小さな町の寺の僧房の一隅を借り受け、界隈の武家のみならず商家や職人、百姓の子供らを相手に細々と営む剣術道場です。孫娘と二人、どうにか暮らしていければそれ以上の望みはありませんが、せめてあの子が嫁にゆくまでは隠居暮らしなどしておれぬ、とそう思っておりました」

中江は微笑み、流し場の節へ温かな笑みを投げた。

「節の母親は、あの子を産んだ後のひだちが悪く、満足に乳も与えられぬままに亡くなり、あの子は母親のぬくもりも知らずに育ちました。父親は中村家に仕える身でありましたゆえ、暇《ひま》なじいさんのわたしが節の母親の真似事をしておった次第です」

なるほど、夕べ喜楽亭で節がふと垣間《かいま》見せた寂しげな陰りは、母親のぬくもりを知らぬ育ちゆえかもしれぬ、と市兵衛は合点《がてん》がいった。

「幸い、赤ん坊のときから優しい聞き分けのいい子でしてな。いたらぬわたしを助けてくれ、どうにかやってこれました。この春、つつがなく七歳を迎え、やれやれありがたい、と思っておりました」

「しかし、江戸へ出てこなければならぬ用事がおできになった。宰領屋さんからは帳簿のような物を調べる仕事、とうかがっています。むろん、江戸での用事にかかわりのある調べですね。それがいかなる用事かはお話しいただけないのですか」

中江は胸の前で両腕を組み、難しい顔をした。

「唐木さんにお引き受けいただければありがたいのですが、たとえお引き受けいただけるとしましても、それはわたしひとりが承知しておくべき事柄に思えるのです。この仕事をお願いしたゆえに、唐木さんに万が一にでもご迷惑をおかけする事態があってはならぬことですし。と申しましても、人の道を誤る仕事では決してありません。その点はご懸念には及びません」

市兵衛は黙ってひとつ頷いた。

そして、流し場の節の痩せた背中を見やり、静かに言った。

「昨夜お二人が戻られた後、喜楽亭の主人から聞きました。お節にはご両親がいないと、仰られたそうですね。中村家のお勤めをなさっておられたお節の父上も、亡くなられたのですか」

中江は笑みを消し、眉間《みけん》に深い皺《しわ》を刻んだ。

「言わずもがなの事を申してしまいました。出府したばかりに喜楽亭のご亭主が気さくに声をかけてくれて、同じ年ごろの気安さもあり、つい気がゆるんでしまったのです。ご亭主にはかえって気を遣わせてしまいました。わたしが仕事に出かける昼間、節を預かってさえくれています。真《まこと》にありがたいことです……」

中江は言い辛《づら》そうに見えた。しかし短い沈黙の後、

「二カ月ほど前、あの子の父親が突然病死いたしました」

と続けた。

「あの子の父親、つまりわたしの倅《せがれ》です。わたしどもの家は代々中村家に仕えてまいりました。身分は低く貧しくとも、侍の家です。母を知らず、父まで亡くすことが節の定めなら、侍の家に生まれた子として耐えるしかないのです。わたしは老いぼれの短い命ある限り、あの子のために生きなければならないと思っているのです」

市兵衛はひと呼吸置いた。

「中江さんは、ご子息の病死になんぞご不審をお持ちなのですか」

中江は応えなかった。

「北相馬からわざわざ出府なされた用事とは、ご子息の突然の病死とかかわりがあるなんらかの事柄についての調べ、ではないのですか」

中江が唇を嚙《か》み締めた。

「もしかするとご子息は江戸藩邸の勤番で、藩邸で病死なさった。だから出府しなければならなかった」

と、市兵衛は続けた。

「中村家に代々仕える家系なら、今は勤めを退《ひ》かれていても、あなた自身が中村家に仕えておられた。あなたは中村家の許しを得ず、出府なさったのではありませんか。万が一の迷惑とは、中江さんのお調べになろうとしている事柄がご子息の病死とかかわりがあって、それは中村家の許しを得られないこと、すなわち中村家との軋轢《あつれき》を生じる恐れがあること、そういう意味ですね」

「おじいちゃん、済んだよ」

流し場の土間から、節が二人に気兼ねしつつ言った。

「ありがとう。もういいぞ。おじいちゃんはまだ唐木さんとお話があるのだ。節は外で遊んでおいで」

「喜楽亭のおじさんに、鉢をかえしてくる」

「ああ。そうしておくれ。よおくお礼を申してな」

「はい。唐木さん、どうぞごゆっくり」

市兵衛は大人びた節と笑顔を交わした。

桜色の笑顔が、薄暗く粗末な土間に輝いていた。

節が跳ねるように表へ出ていった後、表戸を開けたままの路地が薄曇りの下で白く濁《にご》って見えた。

節を見送って向き直った市兵衛に、中江は言った。

「あなたは、敏《さと》いお方だ」

「初めに申しましたが、わたしは算盤を心得ています。若いころ、大坂の商家に寄寓し商《あきな》いを学びました。中江さんのお調べになろうとしていることに算盤勘定が必要なら、きっとお役に立てると思います」

中江は眉間の皺を解いた。

「期間は通いでひと月、給金は金二分、と聞いております」

「それで、引き受けていただけるのですか」

「そのつもりでまいりました。中江さんが事の経緯《いきさつ》を話さぬ方がよいとご判断なさっておられるのであれば、わたしも訊ねません。中江さんのお指図にただ従う。それで結構です」

「わずかな給金で申しわけない。ですが、こんな暮らしであっても給金分は日々の費《つい》えとは別にしております。また、お頼みした仕事のために万が一の迷惑が及ぶ恐れが起こった場合、たとえ仕事が半《なか》ばであっても終わりにいたしますし、お約束の二分はお支払いいたします……」

「お任せします」

ありがたい、助かります、と中江は頭を垂れた。

「されば、これより中江さんがわが主《あるじ》。何とぞ市兵衛とお呼びください」

　市兵衛は笑顔を絶やさなかった。

「ところで改めてひとつ、うかがってよろしいですか」

「なんでしょう」

「二分の給金は日々の費えとは別にしていると、今、仰られました」

「そうです。ですから何があっても間違いなく給金はお支払いいたします」

「中江さんは暮らしを立てるために、昼間、日雇いの仕事をなさっていると、これも夕べ、喜楽亭の主人から聞いたのです。暮らしのために真《まこと》に日傭取《ひようとり》を？」

「ご存じでしたか。面目ない。北相馬と違い江戸は諸色《しょしき》（物価）が高く、わずかでも暮らしの足しになればと、風体を変え、人足の日雇いを始めました。驚きました。わたしと似た勤めを持たぬ武家の方々が人足に雇われており、中には公儀の御家人の方もおられた。畚を担いでおりますと、二本差しはなんの役にも立ちません。ははは……」

　中江は日傭取を恥じることなく、大らかに笑った。

「あいや、ご心配には及びません。お金はあります。じつは身分低きわが家にも代々受け継いだ不相応な家宝がございました。わたしも父よりわが家のいざというとき以外は大事に仕舞っておくようにと譲り受けた、一枚ではありますが慶長《けいちょう》の大判です」

中江は笑顔を消さなかった。

「わずかな蓄えは出府する道中の宿代などに費《つい》えてしまい、今こそそれを役立てるべきときと考え、八日前でしたか、江戸へ出てすぐに大判を両替いたしました。七両は下らないと聞いておりました相場が、深川の両替屋の相場では五両と少々でしたので、思ったほどではなかったものの、それでも両替した金がまだ残っておりますゆえ」

市兵衛は顎に手をあてがった。

「一両を公儀お取り決めの四千文に両替し、この裏店の店賃や暮らしに必要な諸道具のかかりに使い果たしました。北相馬へ戻る宿代に一両少々を残し、残り三両。二分を唐木さんにお支払いしても二両二分が残ります。ひと月半か二月、どんなに長くても三月以内に北相馬へ戻るなら、つましく暮らせば、二両二分でわたしと幼い節の二人、どうにかやってゆけます」

中江は市兵衛にゆったりと頷いてみせた。住みこみの給金とは違う。二人にとってぎりぎりの暮らしは間違いなかった。

「ただ、幼い節には少しは菓子なども食べさせてやりたいですし、古着ではあっても江戸の暮らしに着る物も買ってやりたい。そのための人足仕事です。あの子を思えば日傭取の苦しさなど、知れたものです」

市兵衛はしばらく考えた。ならば早速、仕事にかかりましょう」

「わかりました。それから、
と、右脇に置いた刀の黒鞘をつかみ、立ちあがった。

「唐木さん、まずは見ていただきたい物があります。それを見ていただいて……」

中江は市兵衛が見せた出かけそうな素振りを、諭《さと》す口調になった。

しばらく――市兵衛は中江の言葉を片手を軽くかざして遮《さえぎ》った。

「お請けした仕事の手始めとして、出かけねばならぬ場所があります。むろん、中江さんにもご同道願わねばなりません。どうぞお支度を」

「はあ？」

戸惑う中江に、市兵衛は軽々とした笑みを投げた。

四

文次郎店を出ると、油堀の《喜楽亭》へ寄った。

節は喜楽亭の亭主と調理場にいて、昼前の開店の支度を手伝っていた。

亭主は孫ほどの節が側にいるのが楽しいらしく、普段、市兵衛や渋井らに見せる口数の少ない仏頂面《ぶっちょうづら》とはまるで違う柔和《にゅうわ》な顔付きになっていた。

痩せ犬も節の側で尻尾を振っている。

中江が亭主に昨夜の焼き茄子の礼を伝え、「これより所用で出かけねばなりません。申しわけありませんが本日も節を……」と、改めて頼んでいる間、市兵衛は節の傍らにさりげなく立った。

「お節、今日からおじいちゃんの許で働くことになった。よろしく頼む」

節は市兵衛を見あげ、驚きとほのかな笑みのまじった大きな目をしばたたかせた。

「これからおじいちゃんと出かけるが、たぶんおじいちゃんは帰りにお節の土産を買ってくると思う。お節は土産に何がいい」

市兵衛が小声になって続けると、

「ほんと?」

と、節は祖父と亭主の方へ眼差しを輝かせた。

「間違いない。約束する」

「あのね、わたし、櫛《くし》がほしいの。毎朝おじいちゃんがわたしの髪を、亡くなった母さまの黄楊《つげ》の櫛で梳《す》いてくれるの。でもね、母さまの櫛は大事な形見だから、使わずに仕舞っておきたいの」

後ろで束ね、背中に垂らした節の長い髪が、艶やかに光っていた。

中江が父母のいない孫娘の髪を、愛《いと》おしげに梳く様が偲《しの》ばれた。

「櫛か。節の綺麗な髪に似合う、鼈甲《べっこう》の櫛がいいな」

ううん——と節は顔を横に振った。

「桐《きり》の利休形《りきゅうがた》の小さいのでいいの。わたしはまだ子供だから、鼈甲の上等な櫛は勿体《もったい》ないでしょう」

賢い子だ。

「わかった。言っておく」

節の大人びた気遣いが市兵衛を微笑ませた。

「唐木さん、お待たせしました。節、おじいちゃんはこれから唐木さんとご用があって出かけることになった。喜楽亭のおじさんに頼んでおいたから、こちらでお世話になっていなさい。なるべく早く戻ってくるつもりだが……」

中江は市兵衛に問いかける顔を向けた。

「深川の八幡《はちまん》町ですから、一刻（二時間）、せいぜい一刻半もあれば戻ってこられるでしょう」

市兵衛はあっさりとかえした。

市兵衛と中江は、節と喜楽亭の亭主、痩せ犬に見送られて油堀の堤道へ出た。

薄雲が夏の日差しを遮っているが、蒸し暑さが魚油臭い水面から漂ってくる。

油堀沿いをたどり、通称八幡町と呼ぶ永代寺門前仲町《えいたいじもんぜんなかちょう》の大通りへ折れた。

大通りは、富ヶ岡《とみがおか》八幡や永代寺の参詣《さんけい》に向かう貴賤老若《きせんろうにゃく》の客相手に売り物を並べる表店の賑わいが、すでに始まっていた。

商家もあって、風呂敷包みを背負った小僧や手代風体の商人《あきんど》姿もいき交っている。

門前仲町をすぎて門前町までくると、脇両替の《正直屋《しょうじきや》》が店先に掲げた寛永通宝《かんえいつうほう》を象《かたど》った木看板が見えた。

本瓦葺土蔵造りの店表に弁柄《べんがら》格子の窓があり、銭《ぜに》両替、正直屋、の文字と屋号を染め抜いた紺の長暖簾がさがっている。また紙と糸を扱っている幟《のぼり》が軒《のき》に差してある。

銭両替は、貨幣の交換の傍ら質屋を営んだり、紙や糸、酒、油、などの販売を手がけている店が多かった。

「唐木さん、ここです。先方はわかってくれますかな」

店の長暖簾の前まできて、中江は市兵衛へ振りかえった。

「大丈夫。お任せください。いきましょう」

市兵衛は中江を先に立て、暖簾を押した。

店の前土間に続いて畳敷きの店の間になっていて、店の間へのあがり端には表戸に向けて帳場格子が設けてある。帳場格子の後方の壁際に金箱がふたつ重ねてあり、証書などを仕舞っているらしい大きな簞笥《たんす》が金箱と並んでいた。

店の間片側の納戸は、細格子の二枚戸が立てられていた。

前土間は、鉤型に納戸とは反対側の店の間を囲うように半暖簾の下がる奥へ入っていく、存外に狭い作りである。

数人の客が土間に佇《たたず》み、両替の順番を待っているふうだった。

帳場格子には、縞《しま》のお仕着せの角張った顔の男が難しそうに唇をゆがめて算盤をはじいており、男と並んで同じ縞のお仕着せを着けたそばかすだらけの若衆が秤《はかり》で銀貨の重さを量っていた。

行商風体の客が帳場格子の前に立ち、男が算盤をはじき終えるのを待っていた。

「おいでなさいませ」

若衆が顔を歪めた。秤を帳場格子の台へ置き、

「お客さま、ご用は両替ですか。紙か糸のお求めですか」

と、だるそうな口調で言った。

「わたくし、先だってこちらで大判の両替をいたした者なのですが、その件にて……」

中江が生真面目に応えると、算盤をはじいていた男がひょいと頭をもたげ、中江と市兵衛に不審げな眼差しを寄越した。

男は若衆に目配せし、両替を待つ行商に算盤を指差して小声で話し始めた。

「ただ今、少々混んでおります。順番をお待ちください」

若衆は返事も待たず、秤の仕事にもどった。

中江と市兵衛は、土間の片隅へ混雑を避けた。

表通りに面した格子の大窓から、通りをいき交う人の賑わいが見える。

行商が銭を受け取り店を出ていくと、男は、

「次の方、どうぞ」

と、順番待ちの客を呼んだ。

両替を済ませた客が三人四人と店を出て、新しく客が暖簾をくぐったけれども、店は忙しい刻限がすぎて待ち客は少なくなっていた。やがて、

「次の方」

と、帳場格子の男が中江と市兵衛へ扁平《へんぺい》な顔を向けた。

帳場格子の前に立ち、軽く目礼した。

「両替ですか」

男は上体を伸ばし、固まった身体をほぐす仕種をしながら中江に言った。

そして市兵衛へじろりと眼差しを移した。

「唐木市兵衛と申します。こちら、わが主《あるじ》の台所役として仕えております」

男の眼差しを逃さず、市兵衛は中江より先に口を切った。

年配に思えたが、よく見ると市兵衛より三つ四つは若そうな年ごろだった。

「台所役？　ははあ」

男は嘲笑《ちょうしょう》をうかべ、すぐに無関心な素振りを装った。

貧乏侍が、と目が言っていた。

「先日、わが主がこちらで慶長大判を両替いたしました。その折りに交換いたしました金額についてお訊ねしたい。ご主人、この方でよろしいですね」

市兵衛が確かめ、中江が深々と頷《かし》いた。

男は帳場格子の中で首を傾げたまま、不審そうな目を市兵衛に投げた。

「八日前です。覚えておられますね。わが主が慶長大判を両替いたしたことを」

男は溜息《ためいき》をつき、天井を見あげ考える素振りを見せた。

隣の若衆は秤を使う手を止め、険《けわ》しい顔付きを市兵衛に向けている。

「そんなことがございましたかな。八日も前ですと憶《おぼ》えも薄れておりますので」

男は帳場格子の台に両肘を載せ、算盤の珠《たま》を指先で所在なげにはじいた。

「それがしのことを早やお忘れか。あなたはわたしの慶長大判をためつすがめつ見つめ、今どき慶長大判は珍しい、と言われた。わたしは覚えておる」

「毎日いろんなお客さまにご来店いただいております。二本差しのお暇な方とは違うのでございますよ。へえ」

男は中江に鼻を鳴らした。

「憶えが薄れておられるなら、帳簿を確かめていただければおわかりになる」

「帳簿を確かめるとなりますと、四、五日お時間をいただくことになりますが、よろしゅうございますか」

「何を言われる。そこに売買帳と金銭出入帳があるではないか」

市兵衛は男の傍らに重ねた帳簿を指差した。

「元帳を確かめてほしいのではない。その帳簿の八日前の日付のところをめくればすぐわかりますよ」

男は舌打ちをした。唇をすぼめて、店の奥の方を見かえるような仕種をした。

「そういう話なら後にしていただけませんか。両替を急ぐご商売の方もいらっしゃいますので、困るんですよ」

「そういう話ならとは、あなたはすでにわたしたちがうかがった理由がおわかりのようだ。急ぐのはわたしたちも同じだ。ましてやこれは八日前の話です」

「何を仰っているんですか。わかるわけがないでしょう。変な言いがかりを付けるとお役人を呼びますよ」

「好きになされよ。ともかく八日前のわが主の慶長大判両替は、覚えておられるな」

「松《まつ》ノ助《すけ》、お役人の剛右衛門《ごうえもん》さんを呼んできなさい」

そばかすだらけの若衆が「へえ、ただ今」と、俊敏に立ちあがり、店の間の畳を鳴らして土間に下り、暖簾の奥へ小走りに消えた。

順番待ちの客たちが暖簾の奥へ消える若衆を目で追い、それから帳場格子の前の侍と店の男へ見かえった。

「あなたはその折り、慶長大判を昔は七両二分が公定だが、それは百年前の享保《きょうほう》の公定であり、実情からかけ離れている。今の相場ではぎりぎり高く両替して五両と値を付けられたそうですね。そこに慶長大判の場合、相場よりも高くても手に入れようとする好事家《こうずか》がいるゆえ、少々色を付けましょうと仰られ、五両と五十五文で両替なさった。そうですね」

「さ、さあ……」

男は口ごもり、戸惑いを露《あら》わにした。

「忘れているのであれば、金銭出入帳を確かめられよ」

「ですから、後にしてくださいよ。仕事の邪魔なんだ」

「ならば、わたしが代わりに見て進ぜようか」

市兵衛が帳場格子の上へ手を伸ばした。

「や、やめてくださいよ」

男は算盤をかちゃかちゃと振り廻して、市兵衛の手を払った。

すかさず市兵衛は男の算盤を持つ手首をつかんだ。男は手を動かせない。

「乱暴を働く気か。誰かあ」

市兵衛はにっこりと微笑んで手首を放し、問い質《ただ》した。

「あなたは正直屋の、ご亭主か」

「違いますよ。わたしはね、わたしは正直屋を任されている、ばば、番頭です」

「では番頭さん、この店では慶長大判の相場を一枚五両と客に偽《いつわ》り両替していることを、ご亭主は承知なのか」

「偽りなどと、ひ、人聞きの悪い。わたしがいつ偽りを、も、申しました。そっちのじいさんは、わたしが戯《たわむ》れに五両と言ったのを、それで結構だと言ったから、それがお望みならうちは構いませんけれどね、と両替しただけですよ。それでいいと言ったじいさんの言う通りにしただけなんだ」

　番頭の言葉に、市兵衛と番頭のやり取りを見守っていたほかの客がざわついた。

　大判などに縁のない暮らしであっても、江戸の住人なら慶長大判が五両どころでは済まないことぐらい、子供でも知っている。

「番頭。おぬしが言った偽りを戯れなどと繕《つくろ》うつもりか。おぬしは騙《かた》りをやったのだぞ。承知しているのか。両替商のおぬしには釈迦《しゃか》に説法かも知れぬが、慶長大判は量目四十四匁《もんめ》二分、品位六十八で、貨幣金量はおよそ三十匁と六厘《りん》だ。三分の銅を加えて金色に赤みを添え、華麗な彩色《さいしき》と審美性で贈答用として使われている。金と呼ばれる小判と違い、大判は黄金《おうごん》と呼ばれる宝物なのだ」

「ふん、知っていますよ。それぐらい」

「ならば、享保大判も慶長大判と同じ量目品位というのは知っているな」

　番頭は阿呆《あほ》らしいという顔付きをそむけ、応えなかった。

「品位八百六十八の享保小判に代わって品位六百五十七に落とした元文《げんぶん》小判が出たとき、公儀と本両替商の間で享保大判を一枚十両と決めた。元文金は量目三匁五分、貨幣金量はおよそ二匁三分。黄金一枚の金量は元文小判十数両に当たる。それを十両と取り決めたのは、黄金が宝物として隠匿《いんとく》されるのを防ぐためだ」

番頭は帳場格子の台に指先を、かたかたと打ち当てていた。

半暖簾の間から、使用人らしき男らが表店の様子をのぞいている。

「黄金は品位の落ちる新貨が鋳造《ちゅうぞう》されるたびに逆に値打ちが増し、ますます市場に出廻らなくなる。反対に値打ち以下に不当に下げても同じ事態を招く。そういう事態を招かぬように両替商の協力を得て値を取り決めたのが、公儀の金融施策だ」

周りの客らの間から、なるほどな、とひそひそ言葉を交わす声が起こった。

「値打ち以上に値が上がるのは求める者が多くなれば致し方ない。としても、不当なる偽りを申し、値打ち以下に値を下げるのは、公儀金融施策の信頼を損ねる大罪《そこ》ぞ。市中六十軒の銭両替仲間にこれを訴え、実事《じつじ》が明らかになれば正直屋は両替仲間からはずされる。間違いなく町方の処罰も正直屋主人にくだされるだろう」

「ふん。どうぞ、お好きなように」

「お好きなように？　番頭、正直屋の使用人の立場でありながら、本気で好きにしろと言うのか」

　番頭はそっぽを向いている。市兵衛は唇を結んだ。そして、

「そうか。仕方あるまい。中江さん、こちらでは埒《らち》があきません。本町《ほん》へまいりましょう。わたしが案内します」

　と、中江を促《うなが》した。

「そうですな。そうした方がよいのであれば、そういたしましょう」

　中江が即座に応えた。

「お待ちなさいよ。十両でしょう。いいですよ、両替しますよ。そっちが五両でいいと言ったから五両で両替したんです。最初から十両って言えばいいんだ」

　番頭が後ろの金箱を、がたんと引き寄せた。

　ぞんざいに蓋《ふた》を開け、小判を数え始めた。

　周りの客らが、「おお……」と低くどよめいた。

「待て。わたしは十両でいいとは言っていない」

　市兵衛は口を尖らせて金貨を鳴らしている番頭に言った。

「ええ？　十両と言ったのは、あなたじゃないですか」

「それは品位六百五十七の元文金の、およそ九十年近く前の値だ。いいか番頭。わた

しはわが主の黄金を当たり前の相場で両替されることを望んでいる。当たり前の相場とはどこの両替商でも打歩《うちぶ》を取ってただ今に両替している値のことだ。ただ今は品位五百六十一の文政《ぶんせい》小判だな。よって、ただ今の相場で両替を望む」

番頭の枯葉のような顔色に、朱が差した。血走った目で土間の半暖簾の方を見やった。若衆が呼びにいった役人を待っているふうに見えた。

「じゃあ、幾ら欲しいんです」

「物乞《ものご》いではない。両替だ。言葉に気を付けよ。元文小判で黄金相場の最高値がすでに二十両を超えていた。だが通常は十五両四朱《しゅ》あたりで両替されていた。先日、享保の黄金一枚が文政小判の二十七両某《なにがし》で取り引きされたと、瓦版が書いていた。趣旨は文政金の質の悪さを揶揄《やゆ》したものだ。両替屋の番頭なら知っているだろう」

番頭はいっそう口を尖らせた。

「文政金で通常の両替相場は幾らだ。番頭、正直に教えてくれ」

「しょ、正直ったって……た、たぶん、十七両二分ってところで……」

「それでいい。わたしの知っている相場も同じだ。では八日前の不足分の清算をそれで頼む」

ええっ、じゅじゅ、じゅうななあ……

銭両替屋の貧しい客らが、十七両二分と聞いて溜息混じりの喚声をあげた。

番頭は金箱の貨幣を、じゃらじゃらと殊更《ことさら》にかき廻して、小判と南鐐《なんりょう》二朱銀と銭を格子帳場の台上に並べていった。

「それから番頭、間違えないように。ただ今の銭の相場は文政小判一両に付き七千四百文はくだらぬ。八日前、わが主はおぬしの勘違いでそれを古い公定の四千文に両替していた。その清算も済ませてくれ。むろん打歩は取っていいぞ。一両に付き十文内外であったな」

番頭はふて腐れ、舌打ちを繰《く》りかえした。

「ちょいとその勘定、待ったあ」

嗄れ声が半暖簾の陰からかかった。

半暖簾がひらめき、仕立てのよさそうな縞模様の単衣に博多帯《はかたおび》の壮漢が現れた。

小柄だが、後ろに人相の険しい黒い法被《はっぴ》をまとった男が三人付いている。

三人とも背が高く、さらに後ろにそばかす顔の松ノ助が従っていた。

「ああ、ちょうどよかった。お役人さま、お待ちしておりました」

番頭が甲高い声で言ったとき、表の長暖簾を払って同じ黒い法被の五人が、ざらざらと雪駄《せった》を鳴らし、前土間に踏みこんできた。

店の客らが怯えた声をあげ、片隅に逃げた。

中江は、表から入ってきた五人の男らの方へ向いた。

通りかかりの野次馬が、店の前に集まり始めている。

「その勘定、待ったあ。ご浪人方、二本差しで町家にきて無体なことを働いちゃあいけねえぜ。事と次第によっちゃあ、ただでは済まなくなる。怪我をしねえうちにさっさと帰《けえ》りな」

番頭が、お役人さま、と呼んだ男が言った。

「無体なことをしてはいない。両替屋で当たり前の両替をしているのだ。おぬし、真に町役人か」

「仲町の店頭《たながしら》を務める剛右衛門だ。おめえら二本差しが、まっとうな商いに励む表店から何をたかろうとしているんだ。くそみっともねえだろう」

「繰りかえすが、当たり前の両替中である。たかりではない。店頭が差配するのは岡場所だ。岡場所の外はおぬしの出る筋ではないのではないか。自身番の町役人か町方を呼ぶならわかるが」

「馬鹿野郎。町内で悪さあ働く乞食《こじき》浪人を懲《こ》らしめるのに、自身番も店頭もあるもんけえ」

「おう、乞食浪人、親分につまらねえ理屈をこねるんじゃねえ」

剛右衛門の後ろの険しい顔付きの男が、低くどすを利かせた。

「両替が済んだら帰る。気になるなら見ていてもいいぞ。番頭、両替を続けよ」

「なんだと、さんぴん」

男が身体をゆすって近付き、市兵衛の肩を日焼けした太い手でぞんざいに突いた。

市兵衛は肩をひねって突きをいなし、逆に男の喉を鷲《わし》づかんだ。

あぐっ、げえっ、げえっ……と、男が喉を鳴らした。

高が痩せ浪人、と高をくっていたのが意想外の手練《しゅれん》に男は抗《あらが》う術《すべ》を知らなかった。片膝を土間に突き、市兵衛の手首に縋《すが》るように喘《あえ》いだ。

「触れるな。見ているのは勝手だが、触れるのは許さん」

市兵衛が毅然《きぜん》と言い放った。

ほかの男らが市兵衛と中江を獰猛《どうもう》な目付きで睨《にら》み、身構えた。

「中江さん、ここは狭い。外で見ていてください。少々騒がせることになりそうです」

中江は市兵衛の所作に何事かを覚えたか、即座に頷いた。そして、

「外でお待ちいたす」

「じじい。逃げようたってそうはさせねえぜ」

立ちはだかる男が顔を歪め、腕まくりをした。

「連れを残して逃げる気などない。外へ出るだけだ」

中江が穏やかに言い、男らの間を事もなげにすり抜けていく。

五人の男らは機先を制され、いっそういきり立って中江をばらばらと取り囲んだ。

通りの野次馬は増える一方だった。

喧嘩《けんか》だけんかだ……通りに声が飛び交い、隣近所の表店から使用人や主人らが顔をのぞかせた。

すぐに店の中で乱闘が始まった。

客らが「わあ」と逃げ出してきた。

とそのとき、逃げる客を追いかけるように長暖簾を翻《ひるがえ》してひとりの男が悲鳴と一緒に空を飛んできて、ばき、と音を立て通りの石ころ道に叩《たた》き付けられた。

次の瞬間、通りに面した窓格子が凄《すさ》まじい音を立てて打ち砕かれた。

二人目が崩れる荷物みたいに窓から転げ落ちた。

崩れた荷物は野次馬の足元まで転がり、野次馬が喚声をあげて避ける。

中江を取り囲んだ男らは、店の中で始まった乱闘の様子に啞然とした。

「じじいは後だ。中の野郎を畳んじまえ」

ひとりが喚《わめ》き、五人が中江を残し店へ殺到する。

その拍子《ひょうし》に、五人は投げ飛ばされた三人目と表口のところで衝突し、長暖簾を巻きこんでもつれながら「あたた……」と倒れ、もみ合った。

中江の足元にも男のひとりが横転した。男は、中江を見あげ、

「あ、てめえ」

と、慌《あわ》てて起きあがった。

途端、男の首筋に背後から腕が巻き付き、後ろへひねり倒した。

市兵衛が中江に恐縮して立っていた。

「中江さん、申しわけありません。つまらない騒ぎに巻きこんでしまいました」

「お気になさるな。唐木さんこそお怪我をなさいませんように」

中江は市兵衛をいたわった。

「それにいたしましても、唐木さんはお強いですなあ。見事だ。あ、後ろに……」

市兵衛の背後から殴りかかる男を、市兵衛は振り向きつつ身体を畳んで拳《こぶし》を避け、右から掌底《しょうてい》を見舞った。

がくっ、と男は首を折って道にへたりこむと、もう起きあがれない。

そこへ――

「喧嘩はご法度《はっと》だ。鎮まれ。ご町内を騒がす者は御番所にしょっ引かれるぞ」

野次馬をかき分け、自身番の町役人らが駆け付けた。

怒鳴ったのは、先頭の羽織を羽織った当番らしき年配の男だった。

市兵衛ひとりに痛め付けられた男らは、言われずともすでに気力を失っていた。

道のそこかしこに倒れた男らが呻《うめ》いている。

正直屋の店に駆けこんだ店番が、羽織を着た当番に、

「八左衛門《はちざえもん》さん、土間に仲町の店頭の剛右衛門が泡吹いて伸びてやす」

と、戸口に顔を出した。

「天下の往来で、昼間っから喧嘩騒ぎを起こした者は誰だ」

八左衛門が市兵衛と中江を睨みながら言った。

じつは――と、市兵衛が言いかけたとき、正直屋の店から四十半ばほどの男が走り出てきた。

「申しわけございません、申しわけございません。このたびの事はわたしどもの手違いでございます。何とぞみなさま、お引き取りください。往来のご通行のみなさまの障《さわ》りになります。何とぞ……八左衛門さん、とんだお騒がせをいたしました」

「忠次郎《ちゅうじろう》さん、何があったんだい」

「はい。少々お待ちください」

正直屋の主人らしい忠次郎は八左衛門に頭を垂れてから、市兵衛と中江の前に駆け寄り深々と腰を折った。

「こちらは慶長大判の両替にお越しいただいたお客さまでございますね。正直屋の忠次郎でございます。店の者に事情を訊ね、とんでもないことと驚いております。お客さまにこのようなご迷惑をおかけいたし、重々お詫《わ》び申しあげます。お怒りはごもっともでございますが、何とぞ今一度お入りくださいませ。正直屋忠次郎、喜んで両替をさせていただきます」

市兵衛と中江は顔を見合わせ、ひと息ついて頷き合った。

五

八幡町の櫛屋で桐の利休形の櫛を、節の土産に買った。

それから深川で評判の菓子屋《船橋屋《ふなばし》》で練羊羹《ねりようかん》を二箱買い求めた。

ひとつは節に食べさせるために、ひとつは喜楽亭の亭主へ節が世話になっている礼に使うことにしたものだった。

八幡町から文次郎店への帰途、中江は堀堤を歩みつつ言った。

「まったく思いもしなかった。大判の相場やら量目やら品位やらと、わたしには何を仰っておられたのかさっぱりわからず、今でもまだ少々混乱しております。とにかく唐木さんには改めてお礼をいたさねば」

「わが務めを果たしたのです。礼など、無用ですよ」

市兵衛は笑って応えた。

「そうはいきません。そうだ、昼飯に鰻屋《うなぎ》に仕出しを頼みましょう。江戸へ出てきて鰻の蒲焼《かばやき》を食べさせる店が多いのに驚いておりました。鰻屋の前を通るたびに堪《たま》らなくいい匂いがして、節に食べさせてやりたかった。ですが貧乏暮らしには高くて手が出なかったのです。ああ嬉しい。この金で節に鰻を食べさせてやれる」

中江はいささか気を昂《たか》ぶらせていた。

「唐木さん、お付き合いください。給金について再度話し合いたい。酒も少々いただきましょう。今日は明るいうちから呑みたい気分です」

正直屋の忠次郎は市兵衛と中江を店奥の客座敷へ招じ、茶菓を用意した。

そして、慶長大判を二十五両で両替し直したい、と申し出たのだった。

平静を装ったものの、二十五両と聞いて市兵衛ですら思わず口が開いた。のみならず、一両七千四百文の銭の相場を四千文に両替した清算についても、

「不足分の三千四百文、それにわたしどものお詫びの気持ち分といたしまして新たに四千文、併せて七千四百文、お受け取りを願います。むろん、お手間をおかけいたしましたので打歩はいただきません。はい」

と、忠次郎はひたすら平身低頭した。

「で、ございましてですね、お客さま。このたびのことはこれにて落着といたし、今後はどちらへも一切《いっさい》ご内聞に、お願いいたしたいのでございます」

中江は顔をこわばらせ、忠次郎を睨んでいた。

しかしそれは不満なのではなく、金額に驚いて緊張が解けなくなっていたのだ。

高給取りの大工の日当が、五百二十文から五百四十文の世である。

「正直屋さんの誠意はわかりました。わたしどもも事をこれ以上、荒立てるつもりはありません。これで終わりにいたしましょう」

市兵衛は取り繕って、一言も発さない中江に代わり、さらりと応じた。

中江は、堀川町の鰻屋に文次郎店の住人分の鰻の蒲焼の仕出しを頼んだ。

仕出しが届いて各戸にそれを配った後、中江と節、市兵衛の三人は香り立つ蒲焼の

遅い昼餉を摂《と》った。

節は味わったことのない美味につぶらな目を輝かし、懸命に頬張った。

中江は鰻の蒲焼のほかに灘《なだ》の下り酒の一升徳利を注文していて、市兵衛と冷えた下り酒を酌み交わしながら、

「旨いか。そうか。喉を詰まらせぬようにな。ゆっくり食べるがいい」

と、そんな孫娘に目を細めて言った。

節は蒲焼を食べ終えると、「外で遊んでくる」と言い残し、路地へ無邪気に走り出ていった。

節が走り出ていった路地を中江はぼんやり眺めた。

昼すぎになって雲が切れて薄日が差し、湿った風が吹き始めていた。

路地に蟬《せみ》の声がかしましく響き渡った。

中江は、茶碗についだ冷酒を口に含んで、ふうっと溜息をついた。

慶長大判の両替がもたらした大金によって、江戸での暮らしに目処《めど》が立った安堵《あんど》の溜息に思われた。

「唐木さん、この金を得られたのはすべて唐木さんのご尽力のお陰です。およそ二十両……半分の十両を唐木さんへのお礼とさせていただくつもりでおります」

と、中江は財布を仕舞った胸のあたりを手で押さえた。

酔いが廻ったのか、少し目元が赤らんでいた。

「わたしは二分の給金でお雇いいただいた。仕事の肝心《かんじん》なところはまだ何もわかっておりませんし、手も付けておりません。ご褒美《ほうび》につきましては、仕事の今後の成果によってお考えいただきましょう。まずは、給金二分のわが務めを果たします」

「あいや、これは仕事の成果とは別の事と」

「……はは、先ほどは仕事の手始め。滑り出しは、少々手荒な行為に及んでしまいましたが、成果はまずまずでした。わが主よりお流れを頂戴いたします」

本日のご褒美はこの一杯にて――と、市兵衛は茶碗を両掌にかざした。

ああ、はい、と中江は市兵衛の軽やかな振る舞いに誘われ、徳利を持ちあげた。

「それにしても、唐木さんはお強いですな。わたしなど、童《わらし》相手に剣術指南の真似事をしている老いぼれ道場主。出る幕もなかった。背はお高いけれども、お見かけする限り痩身でいらっしゃる。鋼《はがね》のような膂力《りょりょく》、どちらで修行なされました」

「修行などと言えるものではありません。十代のころひとりで上方へ上り、南都興福《なんとこうふく》寺の僧侶相手に剣と武闘の鍛錬《たんれん》にのめりこみました。若いころは意味もなくただ強くありたい、と無邪気に思っていられた。それがさっきは役に立ちました」

「南都興福寺。奈良ですな。失礼なことをお訊ねいたすが、ご両親は……」

「父も母もわたしが子供のころに亡くなりました。ごく低い身分の家の者です。祖父の代まで武家奉公をしておりました。しかしわたしは今、この通り、渡りを生業《なりわい》にしております」

外の路地を子供らが騒いで走りすぎた。市兵衛は茶碗酒を口に付け、微笑んだ。

「昨日、宰領屋さんにおられた唐木さんをお見かけしたとき、物思わしげな目をしておられたので、あなたを覚えていた。節がそんなふうに物思わしげにあらぬ方を見つめていることが稀《まれ》にありましてな。節のことがふと脳裡《のうり》をよぎったのです。あれは寂しい子です」

中江は彫りの深い顔に淡い憂いを浮かべた。

「母はわたしを産んで亡くなったのです。ですからわたしは母の顔もぬくもりも知りません。お節の寂しさがわかります」

なるほど、それで……と、中江は市兵衛の言葉に頷いた。

路地には雲が切れて差し始めた午後の日溜りができ、蟬がしきりに鳴いている。

二人は、冷たくなった蒲焼を肴にゆるゆると呑み続けた。

中江は仕事の内容には触れなかった。

ただ、大判と小判の品位とやらの違いや貨幣の相場と米の相場の違い、渡り用人とはどのような務めなのか、など当たり障りのない話に終始した。

そのうち、「申しわけない。少し失礼させていただく。唐木さんはそのまま」と市兵衛に背中を見せて横になった。

わずかな酒に酔ったらしい。

剣は抱いているけれども、剣術道場主とも思えぬ隙だらけの痩せた背中だった。

静かな寝息が聞こえ、それがいっそう老侍の儚《はかな》さを垣間見せた。

儚さこそが老いの装いなのかもしれない――市兵衛は思った。

明日からだ。

文次郎店の路地へ出ると、厳しい日差しの中に湿り気を帯びた風がそよいだ。

井戸端におかみさんらの姿はなく、走り廻っていた子供らの騒がしさもなかった。

市兵衛は文次郎店から入り堀堤を仙台堀へ取った。

仙台堀の今川町の堤道を大川へ、のんびりとたどる。

ふ、と風の気配がし、小さな物の怪《もののけ》が昼日中からほろ酔いの市兵衛に並びかけた。

市兵衛と物の怪は、顔を見合わせ笑みを交わした。

薄い胸の前襟の間に、土産の利休櫛をきゅっと差している。

「新大橋まで、お見送りします」

小さな物の怪が市兵衛を見あげ、言った。

なんと物の怪は、側にとぼとぼと歩む喜楽亭の痩せ犬を従えていた。

「ありがとう」

市兵衛は晴々《はればれ》と応えた。

堤道の先に浜通りと漁師町、上の橋、大川向こうの屋敷町の土塀が見える。

西の彼方にはお城の杜《もり》が、深い繁りを空の縁に敷き列ねていた。

「お節、明日は朝五ツ（午前八時）にくるから、おじいちゃんに伝えておくれ」

「はい……あんなに気持ちよさそうに寝ているおじいちゃんは初めて。北相馬から遠い遠い旅をして、江戸へきてからも、おじいちゃん、一所懸命だったから、とても疲れているんです」

大人びた口調で言った。

「市兵衛さん、おじいちゃんを助けてあげてください」

痩せ犬が、はっはっ、と息を吐いた。

「一所懸命、務めるよ」

仙台堀を荷物を積んだ艀《はしけ》が漕《こ》ぎすぎてゆく。

「お節、お節の父上はどういう人だったのだい」

「優しい父さまだったけど、お役目が忙しくて節はおじいちゃんに育てられたの」

「父上はどんなお役目をなさっていたのだ」

「かんじょうにんというお役目でした。でも節はよく知らない。父さまの机には大きな算盤がありました」

勘定人——市兵衛は呟いた。

帳簿調べとは中村家勘定人の仕事とかかわりがあるのか、とすれば……

「父上は江戸にお住まいだったのか」

「うん。一年前から」

「父上は江戸の藩邸で亡くなられたのだね」

痩せ犬が節の代わりに、わん、と小さく吠えた。

「どんなご病気で亡くなられたのか、知っているのかい」

「ううん。でも父さまはご病気ではなかったの。よくわからないけど、おじいちゃんがそう言っていました。おじいちゃんと節は父さまの……」

言いかけた節は口ごもった。節の小さな肩と胸がゆれていた。考えている。どう言えばいいのか、わからないのだろう。

市兵衛は、幼い節にそんなことを言わせた己の迂闊《うかつ》さを後悔した。

大川堤に立ち、浜通りを新大橋へ向かった。

湿り気を帯びた川風が汗ばんだ首筋を撫でた。

川端の柳がゆれていた。

「ここでいいよ、お節。もうお帰り。おまえはちゃんとお節を守って帰るんだぞ」

小名木川に架かる万年橋の手前で節と痩せ犬に言った。

「おじいちゃんのことは、心配はいらない。約束する」

節がこくりと頷き、痩せ犬はまた吠えた。

市兵衛は川風に袴の裾を翻し、万年橋を渡っていった。

新大橋に差しかかった。

いき交う人々の下駄や草履が橋板に賑やかに鳴った。

空には夏の綿雲がなびいている。

橋の半ばまで渡ったとき、深川浜通りの方を振り向くと、堤道に節と痩せ犬が佇んで新大橋の方をじっと見つめていた。

市兵衛の胸が鳴った。

第二章　足軽侍

一

夜明け前から降る雨に、麻布谷町《あざぶたにまち》より御簞笥町《おたんすまち》へ上る坂道はひどくぬかるんでいた。

そこは永昌寺《えいしょうじ》山門前より右手を武家屋敷の海鼠壁《なまこかべ》、左手を御簞笥町の表店《おもてだな》に挟まれた石ころだらけの道だった。

坂道は界隈《かいわい》の小身《しょうしん》の旗本屋敷の組合辻番をすぎて湖雲《こうん》寺門前町へいたる。

そこから乾《いぬい》（北西）の方角へ折れ、右側に海鼠壁がだらだらと列なった先に、両開き鋲打門扉《びょううちもんぴ》を粛然と閉ざす北相馬藩中村家中屋敷の長屋門が見えてくる。

長屋門は左脇に片門番所の出格子《でごうし》窓が立ち、鋲打門扉の間に潜戸《くぐりど》が設けてある。

雨に濡れて黒く染まった反《そ》り屋根の瓦《かわら》の上に、榎《えのき》の樹林がうな垂れていた。

中村家中屋敷長屋門と石ころ道を挟んだ向かい側は、数軒の旗本屋敷の土塀が続いていた。

その行商は、五尺（約百五十センチ）少々の岩塊のような体軀《たいく》に笊《ざる》を堆《うずたか》く積んだ両掛天秤《てんびん》を担《かつ》いでゆらりゆらりとゆらし、長屋門前のぬかるみ道を流していた。

「笊やあ、みそこし万年柄杓《びしゃく》うぅぅぅ」

抑揚を利《き》かせた野太い売り声が、人影の見えない道にうら寂しく響いていた。

紺木綿の腹掛けに股引脚絆《ももひききゃはん》、草鞋《わらじ》履《ば》きの風体《ふうてい》に菅笠《すげがさ》をかぶり、黒い棍棒《こんぼう》のような太い腕や、盛りあがりはち切れる肩の肉を、そぼ降る雨に打たせて光らせていた。

中村家の門前までくると、行商はぬかるみをぴしゃりぴしゃりと踏み締める獣の歩みを止めた。

菅笠の縁をわずかにあげ、長屋門の反り屋根に架かる榎の樹木と薄墨色の雨雲を眺めやった。菅笠の下には、窪《くぼ》んだ眼窩《がんか》とごつごつとした頰骨《ほおぼね》、ひしゃげた獅子鼻《ししばな》、大きく張った顎《あご》の骨、生き物を思わせる不気味な部厚い赤い唇があった。

その部厚い唇を頰を裂くように一杯に広げ、岩をも砕きそうな白い歯並みを容貌《ようぼう》とは不釣合《ふつりあ》いな笑みと一緒にこぼした。

やがて、ぴしゃりぴしゃり、と再びぬかるみを踏み締めた。

長屋門前を通りすぎ、ほんの数間《けん》ばかりいった道の反対側に、旗本喜名山《きなやま》家の表門が見えていた。その冷たく閉じられた門扉へ、

「笊やあ、みそこし万年柄杓ぅぅぅぅ」

と、野太い売り声を雨の中に響かせた。

すると、喜名山家表門脇の潜戸が木組みを軋《きし》ませ、鼠《ねずみ》の看板（法被《はっぴ》）をまとった中間《ちゅうげん》風体の男が潜戸より顔を出した。

「おおい、笊屋さん、見せてくれ」

呼ばれた行商は両掛天秤の山積みした笊をゆらしつつ、表門の廂下《ひさし》に雨を避《よ》けた。

「へえ、ありがとうごぜいやす」

行商は両掛天秤を潜戸の敷居前に置き、潜戸を出てきた中間が、

「ちょいと見せてもらうよ」

と、いくつかの笊を物色し始めた。

「どうぞ、いいのが見つかるまで探してくだせえ。あっしは一服させてもらいやす」

下ろした両掛天秤の脇へ屈《かが》み、腰の煙草《たばこ》入れから鉈豆煙管《なたまめギセル》を取り出した。

雨避けにかぶせた油紙が鳴り、中間は笊を探すぐらいのことに妙に手間をかけた。

「雨の中、大変だねえ」

「雨が降ろうが風が吹こうが、貧乏は待っちゃあくれやせんので」

行商は煙管に火を点《つ》け一服くゆらした。

廂の外では雨が寂しい音を立てている。

短い間があって、道の斜め越しに中村家長屋門へ顔を向けたまま、ひそと言った。

「どうだね、物は……」

中間は笊を物色する手を止めなかった。

「お世嗣《せいし》憲承どのご夫婦の新居普請《ぶしん》に間違いなさそうです。結構は概《おおむ》ね終わり、今は内々の飾付などを設《しつら》える職人らが入っております」

ひそめた声をかえした。

「大目付さまへの届け通りだな。変わった動きは見当たらぬ。しいて申せば、このご時世に贅沢《ぜいたく》なことよ、と思われるぐらいか」

「出入りの職人らは、一様に豪華な御殿と口を揃《そろ》えております。東隣《どなり》の真田《さなだ》さま中屋敷の家士らが塀越しにのぞいて、豪華さに魂消《たまげ》たという噂が立っております」

「お世嗣ご夫婦のご新居とはいえ、中村家は六万石の小諸侯。家格に不相応な贅沢振りに見える。それほど台所事情に余裕があるのか」

「どうでしょうか。このたびの普請に入った大工より聞いたのですが、中屋敷勤番の侍らが中村家のお借米《かりまい》にだいぶ不平を漏《も》らしていたそうです。去年までは歩《ぶ》三がこの春より歩四になったと」

「お借米歩四は厳しい。しかし、この三月の憲承さまと磐城安藤家の鶴姫さまのご婚礼は、相当盛大に行われたと聞こえておるがな」

「お家の表向きと内情は、相当かけ離れているふうに思われます」

お借米歩一、歩二、歩三……というのは台所事情の苦しい諸藩が家臣の禄《ろく》を一割、二割、三割……ずつはねることを差す。享保以前より、お借米をせずに済む諸侯など数家しかない。歩四は家禄の四割減という意味である。

「そこまでお借米をしなければならぬ台所事情で、豪勢な新居普請か。安藤家の持参金がよほど莫大《ばくだい》であったか、それとも……」

行商は、両家の情勢を今少し掘り下げて探ってみねば、と考えた。

「よかろう。念のため、落成まで監視は続け、報告してくれ」

そして煙管を煙草入れに仕舞い、立ちあがった。

「承知いたしました」

中間は応《こた》え、これをもらうよ、と普通の話し声に戻って手近な笊を取り、金を払った。

中間が潜戸に消えるのを確かめてから、行商は両掛天秤を担いで表門の廂下を出た。

雨がぱらぱらと菅笠を打った。

「笊やあ、みそこし万年柄杓うぅぅぅ」

抑揚を利かせた野太い売り声を、人影の見えない道にうら寂しく響かせた。

同じころ、江戸城表御廊下より中之口《なかのくち》御廊下を御目付御用所へ向かっていた十人目付筆頭片岡信正《のぶまさ》は、城内御先手《おさきて》衆の詰所である躑躅《つつじ》之間から中之口御廊下へ出てきたところの御先手組頭《くみがしら》旗本久保大膳《くぼだいぜん》を認め、呼び止めた。

「久保さま、久保大膳さま」

「おや、片岡か」

久保大膳は御廊下の先より片岡信正に呼び止められ、垂れかけた頰の間から黄ばんだ歯並みを見せた。

「息災であったか。同じお城勤めにもかかわらず、ここのところお互い顔を見なかったのう。御目付さまのお役目は、やはり忙しいと見える。はは……」

「先月、えげれす船が浦賀《うらが》に突如現れ、あの折りは燃料の薪《まき》と飲み水を求めてまいったただけですので事なきを得ましたが、その後の処理に四月に続き今月も少々追われております」

「異国の船が、そうであった。われら御先手衆にも出陣の備えの命《めい》が届いておった。四年ほど前にも似たようなことがあったな。お上は事を荒立てぬ手立てで立ち退きを講じておるものの、ちょこちょこと真《まこと》に煩《わずら》わしき輩《やから》だ。一度、ぴしゃりと懲《こ》らしめてやらねば、異国の者どもにはしめしがつかぬのかの」

二人は中ノ口番の方へ折れる中之口御廊下の角で向き合い、立ち話になっていた。どちらからともなく、中之口御廊下を肩を並べてたどり始めた。

「しかし、しめしと申しましても、蒸気とかの仕かけで鉄の船を動かし、果てしなき海原《うなばら》を物ともせず渡ってくるかの者らの胆力は侮《あなど》れません。異国船はどれも数十門の大筒を備えておるとも聞いております。下手に戦《いくさ》を仕かけて、われら勝てまするか」

「ははは……若きころは新陰流《しんかげ》の達人で鳴らしたあの片岡信正も老いたのう。杓子《しゃくし》定規《じょうぎ》な御目付さまのお城勤めが長くなり、武士《もののふ》の気概を失《うしの》うたか」

久保が皮肉交じりに言った。

片岡信正五十三歳。久保大膳は五十五歳。二人は旗本として、若きころより親交があった。しかし城中では、御先手組頭の久保は御目付筆頭の信正より上席になる。

「所詮《しょせん》は欲に目がくらんだ商人《あきんど》風情《ふぜい》。武士の真似事をして戦場《いくさば》に立ったとて何ほどの働きができよう。戦場に命を捨てる覚悟が備わっておるからこそ武士足りうるのだ。欲得ずくの愚《おろ》かな商人どもが身のほども知らず立ち向こうてくるなら、武士の魂にて一刀両断にしてくれるわ。ははは……」

扇子《せんす》で脇差《わきざし》の柄《つか》を打った。大刀は躑躅之間の刀架である。

さようですな――と信正は久保の言葉を当たり障《さわ》りなく受け流した。

幅二間（約三・六メートル）の中之口御廊下を表坊主が小腰を屈め通りすぎてゆく。

「そうそう、久保さまにいささかお訊《たず》ねいたしたいことがございます。いえ、急ぎでも大事でもございません。あくまで念のために、お訊ねいたすほどのことでございます。ただ今少々、お時間をいただけませぬか。よろしければ湯呑所へでも」

久保は、構わぬが……というふうに頷《うなず》き、やや汗ばんだ顎《あご》のたるみを指先で拭《ぬぐ》いつつ大柄な身体《からだ》を運んでゆく。

中之口の御目付御用所をすぎ、六尺部屋の前を西へ折れる北角に湯呑所がある。湯呑所は登城の折り、茶すら喫《きっ》することのできぬ諸侯の休息所でもある。

諸侯同士が江戸城内において、わたくし事の言葉を交《か》わすことのできる唯一の場所と言っていい。それゆえ湯呑所はまた、表沙汰《おもてざた》にしたくない通知などの交換と様々な思惑の交錯《こうさく》する場でもあった。

御目付の片岡が諸侯との内々の談合を望むとき、この湯呑所で偶然いき合ったという体裁《ていさい》を取る場合が多い。

中之口御廊下斜向《はすむ》かいの表坊主部屋の表坊主が茶の世話をする。

諸侯登城日でもない夏の雨の昼下がり、湯呑所に人影はなかった。片岡と久保は麻《あさ》裃《がみしも》の半袴《はんばかま》を払って着座すると、すかさず表坊主が二人に茶碗を運んでくる。

「訊ねたいことはなんだ」

久保が茶碗を持ちあげ、すっと茶をすすった。それから扇子を開き、ゆるゆると煽《あお》いだ。寛《くつろ》いでいる。

「北相馬の中村家のことでございます。久保家は北相馬藩中村家の仮養子願いの幕府お届け役を、昔より請け負《お》うてこられましたな」

「中村家？　さよう。わが久保家祖先と北相馬の中村家は慶長のころよりの所縁《ゆかり》があって、中村家の参勤交代の仮養子願い届けは、代々わが家が引き受けておる」

「では現ご当主の因幡守《いなばのかみ》季承さまと久保さまは、ご親交がおありなのですか」

「むろん中村家にお出入りを許されておるが、わしが片岡を知っておるように気安くはいかぬ。所縁ありとはいえ、相手は六万石の諸侯だ。家格が違いすぎるよ」

久保は砕けた笑みを片岡に向けた。

「季承さまにお目通りを許されたのは、二十五年前に中村家ご当主を継がれたときと、将軍家姫君桝の方さまのお輿入れの折り。それからこの春三月、世嗣憲承さまご婚礼の披露の宴に招かれ、直々《じきじき》にお言葉をいただいた。その三度だけだ。もっとも、江戸家老の筧帯刀とはわが家と中村家のつながりゆえ、しばしば会《お》うておる」

諸侯参勤交代の折り、病死など道中の万が一の不測の事態を考慮し、諸侯は仮養子願いを幕府に届けるのが慣例であった。

家系世襲の手順を幕府は殊《こと》のほか重んじた。

正統な世継《よつぎ》ではないが、万が一の事態が起こったとき、正式の世継が決まるまで仮の当主に就《つ》くのである。そうしなければお家は断絶する恐れがあった。大抵は当主の兄弟や従弟《いとこ》が、その役を務める。

ただなぜか、諸侯に代わって公儀直参《じきさん》旗本の御先手衆が幕府に仮養子願いを届ける慣《なら》わしになっていた。

そのため、参勤交代をするすべての諸侯には、御先手衆のどこかの旗本の家と結び付きがあり、久保家と中村家のつながりがそれであった。

「寛帯刀は五十一、二。おぬしと同じぐらいの年ごろでな。頭の切れる男だ。季承さまの知恵袋と言われ、中村家の 政《まつりごと》 は寛が仕切っておる」

中村家江戸家老寛帯刀の名は、信正も知っている。

「この春の憲承さまご婚礼のお相手は、磐城安藤家の鶴姫さまでございますね」

「さよう。御年十五歳の絵に描いたように麗《うるわ》しい姫さまでな。憲承さまは十八歳の貴公子のような若殿であられ、貴《たっと》き御血筋を体現なされる似合いのご夫婦。まさに次の中村家のご当主と奥方さまに相応《ふさわ》しいお二方である」

「久保さまがご両家の間を取り持たれたと、評判をうかがっております」

「ははは……家禄千五百石の御先手組頭のわが家が、お大名ご両家を取り持ったなどと申すのはおこがましい。幾ら公儀直参旗本でも荷が重すぎるよ。はは……ただ、この話を去年、寛に最初に言ったのは確かにわしかもしれん。酒の席の寛いだ場であった。ご両家の都合など知らず、麗しき鶴姫さまと憲承さまがご夫婦になられればご両家にはめでたい、と戯《たわむ》れに申したのだった」

久保は茶をすすり、扇子を動かし続けている。

「それが年が明けてあれよあれよと話が進んでな。ご両家の間で日取りがたちまち取り交わされ、中屋敷に新しきご夫婦のためのご普請まで決まった。酒の席で戯れに申したことがこうなるとは思いも寄らなかった。人の縁とは不思議なものよな、片岡」

「真に、さようです」

湯呑所の一隅に控える表坊主が、二人の茶碗を新しく替えた。

黒漆《くろうるし》格子の腰障子《しょうじ》の外、中之口御廊下を足音が静かに通りすぎてゆく。

「ところで今ひとつ、妙な噂が聞こえてまいっております。鶴姫さまの御血筋についてでございます」

と、信正は声を落とした。

久保は口をへの字に結んだまま、緩《ゆる》やかに扇子を使っている。

「と申しましてわれら目付に、不穏な動き、あるいは不届きな振る舞い、とかの噂が届いているのではありませんので誤解なさいませんように。妙な噂と申しますのは、鶴姫さまは安藤家の御血筋ではなく、このたびのお輿《こし》入れのために安藤家ご養女のご体面を整えたものであり、ご実家は町方支配の瞽官検校《こかんけんぎょう》法印漆原忠悦《うるしばらちゅうえつ》の娘の咲《さき》ではないかという噂でございます」

久保は急に不機嫌そうな笑みを浮かべた。

「むろん、久保さまはその噂をお聞き及びではございましょうな。漆原忠悦は盲僧官の最高位検校法印に就く力ある者、決して卑《いや》しむのではありません。しかしながら一面、高利をもって公儀高官、並びに大名への金貸業を営《いとな》み、莫大な富を築いた男と武家の間では知られ、中には漆原の卑しさをひどく蔑《さげす》む者がおるようでございます」

信正は間を置いたが、久保が何も言わぬのでさらに続けた。

「鶴姫さまは憲承さま御室、つまりいずれは北相馬中村家六万石の奥方さまになられます。鶴姫さまの御血筋の噂が実事《じつじ》であれば、すなわち金貸業の漆原検校の娘咲が中村家の奥方さまになられる、という事態でありましょう」

片隅へ眼差《まなざ》しを廻らすと、控えている表坊主たちは顔を落とし畏《かしこ》まっていた。

「太平の世、物を作らず商《あきな》いのできぬ武家は肩身の狭い思いをいたしております。富をつかんだ町家の者らの間で、武家の身分家柄が売り買いの的《まと》になるのもやむを得ません。としても、それにも体面限度があるかと思われます。漆原検校の娘咲が大名家の奥向きへご奉公にあがるのは頷《うなず》けますが、幾らなんでも奥方さまになられる嫡子《ちゃくし》御室はなかろう、と申す者が出てまいります」

言いながら信正は、鎌倉河岸の京風小料理屋《薄墨《うすずみ》》の佐波《さなみ》を思い出していた。

旗本片岡家千五百石当主信正に妻はなく、家督を継ぐ子もいない。

信正は片岡の家をどうするつもりか、と親類縁者の気をもませているが、一向に動じる気配がなかった。

信正は上体を少し前へ傾《かし》げ、笑みを浮かべた。

「ですからこのたびのご婚礼には、中村家は相当な裏事情を抱えているのではないかと、様々に憶測が飛び交っておるのでございます」

久保は扇子の手を止め、あっはっはっは……と高笑いを湯呑所に響かせた。

隅の表坊主らが驚いて顔をあげた。

「片岡、御目付役もちまちまと重箱の隅をほじって大変だのう。人の口に戸は立てられぬので、それが遠からず広まるのはわかっておった。些細《ささい》なことだ。御目付どの、見逃してやれ。寛帯刀も思案の末にこのたびの手立てにいたったのだ」

「思案の末、と申しますと」

「じつはな、さっきのわしが憲承さまと鶴姫さまのご婚礼の話を最初に言い出したというのは嘘だ。許せ。はは……酒の席は本当だが、寛の方から相談を持ちかけられたのだ。困っていると。いいか片岡。ある貴公子がお忍びで出かけられた折り、卑しき生まれの麗しき娘を見初《みそ》められた。貴公子はわが妻に、と身を焦がすほどになった」

久保は薄ら笑いをうかべ、また扇子をゆらゆらと使い始めた。

「うら若き男と女、そういうこともあるだろう。大名家の父君母君とて、恋の病に憑《つ》かれたわが子の望みをかなえてやりたいと願うのは人として変わりはせぬ。腹心の家臣になんとかせよ、と命じ、その結果が憲承さま鶴姫さまの春のご婚礼となった。あのお家の中でどのような経緯があったのか、わしは知らぬし、筧にも訊ねぬ。ただ、安藤家ご養女の体面に道筋を付けるために、わしも少々奔走《ほんそう》した。それだけだよ」

「検校の娘が、大名の奥方さまになられるのですね」

「検校の娘を何も本妻でなくとも、と端から口さがなく詮索《せんさく》するが、構わぬではないか。当の中村家でそうするのが最もよき手立てと判断なされた。幕府のお咎《とが》めを受ける振る舞いをしたのではない。御目付どの、細かな詮索はほどほどにお頼み申す」

久保は扇子を掌《てのひら》へ打ち当て、鷹揚《おうよう》に構えている。

「われら目付ごときが、ぐだぐだとお訊ねするほどのことはございませんのでしょう。噂であれ評判であれ、前例なき事柄が耳目に届きますと、われら目付、役目柄、念のために確認をいたす習性がございまして。ご無礼の段、お許しください」

信正は頭を垂れ、それから久保と顔を見合わせ、声を揃えて笑った。

漆原からの莫大な持参金の噂が流れていた。

かすかな懸念が信正の内心から消えなかった。

真にそれだけか、と思えてならない。

しかし……その噂にはもう触れなかった。

二

文次郎店に降る雨が、路地のどぶ板を鳴らしていた。

六畳の部屋には生ぬるい暑気が澱《よど》み、畳にも枕屏風《まくらびょうぶ》にも障子にも湿り気がにじんでいるかのような午後だった。

少しでも部屋に涼気が流れるように、濡れ縁を仕切る腰障子を一尺（約三十センチ）ばかり開けておいた。濡れ縁はしたたる雫《しずく》に黒ずみ、隣家の板塀との隙間《すきま》ほどの裏庭に生《は》えた名も知らぬ野草が、か細く雨の下に震えているのが見えた。

市兵衛は朝から、濡れ縁の腰障子の前に置いた書案《ふづくえ》に向かい、紐《ひも》で綴《と》じた帳簿の紙面を一枚一枚繰《く》って一字残らず丹念に読み進めていた。

今朝、神田から深川堀川町の文次郎店まで、雨の中を歩いてきた。

蛇《じゃ》の目《め》に足元は吾妻《あずま》下駄、袴の股立《ももだ》ちを取り、懐《ふところ》には大坂の仲買問屋に寄寓していたとき、商いの師匠であった主人より譲り受けた上方十三桁《けた》の算盤《そろばん》を差し、朝五ツ（午前八時）前、文次郎店のどぶ板を踏んだ。

中江半十郎は市兵衛に深々と頭を垂れ、わずかな酒に酔って寝こんでしまった昨日の不覚を繰りかえし詫《わ》びた。

「いえ。遠い旅と慣れぬ土地での暮らしは疲れるものです。お気遣いなく」

あんなに気持ちよさそうに寝ているおじいちゃんは初めて、と幼い節が仙台堀の堤道で市兵衛に言った祖父への心遣いが、中江の顔付きを生きかえらせ、老侍の面影《おもかげ》に若き日を偲《しの》ばせる精気が差して見えた。

中江の傍《かたわ》らには節が畏まっている。

「帰りは新大橋まで、お節が見送りをしてくれました」

節は恥ずかしそうに笑った。

朝餉《あさげ》はいかがなされましたか。朝は済ませてまいりました。明日よりは朝昼夜、食事はこちらで用意させていただきますので、そのようにお心得を。ならば朝は家で済ませてきますから、昼と夜だけお願いいたします。いや、それでは。それでいいのです。しかしそれでは……

そんなやり取りを交わしてから、市兵衛はその書案に着いた。

この座用の書案は、昨日夕刻、中江が目覚めてから市兵衛が仕事をするために墨と硯《すずり》、新たに書き記す用があった場合に使う美濃《みの》紙とともに古道具屋で買い整えていた。

書案の上には、《中村家付込帳》《緘《かん》》と表書きし、紐で綴じた部厚い帳簿らしき帳面が筆記道具の脇に置いてあった。

緘、とは封じる、つまり中を見ることはならぬという意味だ。

やはり、北相馬中村家の内々の台所事情にかかわりのある調べなのだ。

それゆえ中江は、詳しい経緯を市兵衛には語ろうとはしない。

「これですね」

市兵衛は帳面をめくった。いきなり、
一、調達、両替商錦屋《にしきや》九右衛門《きゅうえもん》、金三千両内利息四百五十両馳走《ちそう》百五十両
差引二千四百両也《なり》
と読め、およそ十年前の文化十年（一八一三）の日付があった。
「書く物が必要でしたら、どうぞこれをお使いください。それからこれは倅《せがれ》が家で使っておりました算盤です。わたしは使い方を知りませんが、これでよろしければどうぞお役立てください」

それは十七桁の長算盤だった。

昨日、節が言った父親の机の上の算盤がこれに違いなかった。

「わたしは自分の物を持ってきております。慣れておりますゆえこれを」

市兵衛は十三桁の算盤を書案に置いた。

「おお、さすが準備のよろしいことです。それではお願いいたします。わたしは何をいたせばよろしいでしょうか。唐木さんのお指図に従います。ただ、今も申しました通り算盤は使えません。申しわけございません」

「まずはこの付込帳を読みこみます。不明なところがあればその都度《つど》お訊ねしますので、それ以外はお節と普段の営みをなさってくださって結構です。大坂の商家に寄寓していた折り、商いの騒々しさの中で算盤を使うことには慣れております。わたしへの気兼ねは一切《いっさい》無用です。構えられると却《かえ》って気がかりです。何とぞ普段通りに」

市兵衛は膝《ひざ》を中江へ向け、平然と言った。

「普段通りに？」

「さよう。それと白湯《さゆ》を常に用意しておいていただければ、喉《のど》が渇いたときは自分で勝手にいただきます」

「煎茶《せんちゃ》を用意しておりますが、白湯の方がよろしいのでしょうか」

「そうですか。それではありがたく、煎茶をいただきます」

笑みがこぼれた。

付込帳が、商家で対人の貸借を仕訳せずに貸借順に仮に記しておく当座帳に類する帳簿であることはすぐにわかった。後にそれを本帳である大福帳に仕訳して記入し、商いの実情を掌握《しょうあく》するのである。

しかしどうやらこの付込帳は、中村家の江戸上屋敷で貸借したというよりも、中村家が主に両替商へ振り出した手形の詳細を期日を追って記したものらしかった。

手形を振り出して何かの資金を調達しているのである。

調達した資金が使われた目的は記されていない。

金額と手形振り出し相手の名、それと期日が記されているのみである。

そしてそれらの一覧の下には、朱で《済》の字と《小池《こいけ》》の印章が押してあった。

《済》は手形が落ち返済が終わったこと、《小池》の印章はおそらく勘定方の掛《かかり》の頭《かしら》か、江戸留守居役の押印だろう。

市兵衛は、文化十年の四月中旬から始まっている付込帳に出てくる新しい名前を書き出し、振り出した手形の金額を、四月から十月までの七ヵ月、十一月から翌年三月までの五ヵ月の二期に分け、一年ごとに手形振り出しと返済の収支をまとめていった。

　そうして朝がすぎ、昼も廻り、遅い午後の八ツ半（午後三時）ごろになっていた。

　市兵衛は帳簿から目をあげ、狭い裏庭の野草が雨にか細く震える様を眺めた。

　路地のどぶ板を叩《たた》く雨の音が聞こえていた。

　朝からの雨は、止《や》みそうになかった。さほど暑くはないものの、首筋に冷たい汗ばみを覚えた。

　遠くで、雨の中で吠《ほ》える犬の声がした。

　部屋の隅で、中江と向き合って繕《つくろ》い物をしている節が言った。

「喜楽亭であの子が鳴いている」

「喜楽亭で？　ああ、あの犬か。節はあの犬の鳴き声がわかるのかい」

「わかるよ。あの子はね、気が弱いからいつもびくびくして、あんな鳴き声なの」

「へえ、そうかい。節は耳がいいんだね」

　中江は老いて目が見え辛《づら》くなっているらしく、目を細めて懸命に繕い物に取り組んでいた。節は針の穴に糸を通す役目と、自分でも何か小さな縫物《ぬいもの》をしていた。

「節、これが済んだらおじいちゃんと夕餉の使いに出かけよう。節は夕餉に何か食べたいものがあるか」

「ううん、なんでもいい。でもね……」

祖父と孫娘のゆるやかなやり取りと、二人の笑い声が優しく流れた。

市兵衛も思わず頬がゆるんでしまう。

再び市兵衛は帳簿へ目を落とし、梁上二珠《はり たま》、梁下五珠の算盤をはじいた。

手形の収支のまとめは、まだ文化十三年が終わっていなかった。

文化十年から十三年まで、毎年、数万両に達する手形が振り出されている。

振り出された手形が期日までに落ちていれば、不審はなかった。

手形の仕訳には三種、それと思われる項目が読める。

払米《はらいまい》、先《さき》、調達、と金額の頭に記した三種が手形の名に違いなかった。

なんということだ、と漠然《ばくぜん》とした不気味さが、付込帳を読み進める市兵衛の胸の内に広がってゆく。巨額な手形の振り出しが、あまりにも粗雑に、安易に、まるで絵空事の読み本のように繰りかえされている。

振り出した手形が新たな手形の振り出しを産み、それがまたさらに新たな手形をと繰りかえし、年月を追う毎《ごと》に肥大している。

巨額の使い道が不明なのが、空恐ろしさをいっそう募らせた。

なぜこれほどの物が、北相馬で童相手に剣術道場を開く一介《いっかい》の老侍の許《もと》にあるのか。

これは危ない――という訳もない戦慄《せんりつ》が脳裡《のうり》を走った。

六ッ（午後六時）に四半刻（三十分）ほど前、中江は行灯《あんどん》に火を灯《とも》し蚊遣《かや》りを焚《た》いた。

雨は止んだらしく、腰高障子《こしだか》をすかした路地の軒端《のきば》より雫が物寂しげに垂れていた。

夕餉は、路地にまだ昼の薄明かりの残るころ、ひっそりと始まった。菜《さい》は干きすをあぶり、牛蒡《ごぼう》と蒟蒻《こんにゃく》の煮物、味噌汁、漬物、それに二合銚子《ちょうし》の冷酒が添えられた。

「倅がお城勤めに出ておりましたゆえ、わが家のご飯当番はわたしの役目でした。お城勤めと申しましてもごく身分の低い勤めです。下女を雇う余裕もなかったし、元々嫌いではありませんでした。節が手伝ってくれるようになって、楽になりました」

中江は節を見つめて笑い、気持ちよさそうに猪口《ちょこ》を舐《な》めた。

「昨日お節に聞きました。ご子息は中村家の勘定人のお役に就いておられたのですね」

「お恥ずかしい。不肖《ふしょう》の倅です。剣術の才がまるでなかった。せめて算盤ができただけでも、多少はお家のお役に立ちましたかな」

「今は諸家のみならず、ご公儀ですら台所事情が苦しい。戦国の世であれば剣の腕も役に立ちますが、どの家も勘定方に家臣の中の最も優れた者を選《え》りすぐって登用する時代です。ご子息が勘定方の家柄でなく勘定人に取り立てられたのなら、ただ算盤がおできになった、というだけではないのではありませんか」

ほんのりと赤らんだ目元をゆるませた笑みに、中江の穏やかな人柄が顕《あらわ》れている。

「今朝、お見せいただいた算盤は使いこまれておりました。お節、あれが父上の机の上にあった算盤なのだろう」

節は「うん」と頷き、目を一瞬遊ばせて、父親の姿を思い浮かべたかであった。

「いやいや。侍の魂は剣にあります。幾ら算盤ができようとも剣が使えぬ侍は、ご奉公の半分しか果たしたことにはなりません」

中江は頑固に言った。それから、

「あいや、これは失礼。老いぼれた未熟者が唐木さんほどのお強い方に言わずもがなの講釈をしてしまいました。唐木さんは風の市兵衛と言われておられるそうですな。そのような方に田舎侍の埒《らち》もない戯言《ざれごと》、お許しください」

と言い足し、自嘲《じちょう》の苦笑をもらした。

中江は倅の話を続けなかった。付込帳調べの進み具合、そこに何が記されているのかについて訊ねなかった。付込帳にある勘定の収支を知ればよい。それが済めば一切かかわりを持つこと無用、という姿勢を市兵衛に崩さなかった。

三

翌朝、昨夜止んだ雨がまた降り出した。

雨は昨日より激しく、黒い空に雷が鳴った。

市兵衛は蛇の目を差さず、菅笠に紙合羽《かみがっぱ》を羽織った。

家を出ると、雨が紙合羽をばたばたと叩いた。

新大橋を深川へ渡るとき、大川は濁流になり、そこここで逆巻いていた。

土地の低い文次郎店は水はけが悪く、降りしきる雨に路地が水浸《びた》しになっていた。

雨が降りこむため、表の板戸や裏の雨戸を立てなければならず、中江は朝から行灯を灯した。

六畳の部屋は雨漏《あまも》りがし、手樽《てだる》が置いてあった。市兵衛が書案《ふづくえ》に着くと、

「はは……今朝、急に雨漏りがし始めましてな。慌てました」

と、湯鑵《とうかん》に沸《わ》かした白湯で煎茶を淹《い》れ、茶碗を市兵衛の前に置いた。

とん、とん、とん……と雨漏りが手樽を打っていた。

隣家で、昨日今日の雨で仕事にあぶれたらしい亭主とかみさんの喧嘩《けんか》が始まった。

雷が轟《とどろ》き、遠くで子供の泣き声も聞こえてくる。

吹き付ける雨が板戸をゆるがし、水浸しの路地を騒がせていた。

市兵衛には、隣家の夫婦喧嘩も子供の泣き声も、雷も豪雨も雨漏りも、まったく気にならなかった。

書案に向かい、ひたすら昨日と同じ作業が続いた。

薄暗い中に閉じこめられてはじく算盤の珠の音が心地よく、むしろ昨日より捗《はかど》ったくらいだった。

中江は節に、部屋の一隅で書き古した半紙に手習いをさせていた。

「そう、そう、上手だぞ。ここは少し、こういうふうにはねた方がいいな」

と、褒《ほ》めながら向かい合った節の半紙に朱で倒書を入れている。

祖父と孫娘のひっそりとした気配が、切ないほど睦《むつ》まじい。

そのとき、文次郎店のすぐ近くの空を雷鳴が激しく引き裂き、絶叫が走った。

節が肩をすくめ、薄い身体をこわばらせた。

「ははは……吃驚《びっくり》したか。おじいちゃんも吃驚したよ」

市兵衛は中江と怯《おび》える節の方へ顔を向けた。

「ひどい雨になりました。大川も荒れていました」

中江は動じるふうもなく、市兵衛にかえした。

「なんの、これしき。北相馬はとき折り竜巻が襲います。北相馬の竜巻と較べれば、この程度の雨などさほどのことはありません」

「野州《やしゅう》で一度、竜巻が田畑を襲い、木々や家を根こそぎにしていくのを見たことがあります。あれは凄《すさ》まじい光景だった」

「唐木さんは竜巻をご存じでしたか。さよう。ひとたび竜巻が起これば、家に人、牛、馬、海に浮かぶ船さえひと溜《たま》りもありません。北相馬は江戸より荒々しい国柄です」

中江は、はるばるとした眼差しをほの明かりの虚空《こくう》へ投げた。

雨は、昼になって止んだ。生温かな南風がそよぎ始め、裏の雨戸と表の板戸をはずすと、部屋にこもった陰鬱《いんうつ》な気配が吹き払われた。

そうして、南風のそよぎとともに蟬《せみ》の声が一斉に響き渡った。

路地の水が引き、夏の日差しがどぶ板を照らした。

濡れ縁と隣の板塀との隙間のような裏庭の上空に、小さな青空がのぞいた。

雲が流れていく。

文次郎店の住人らが水が引いた後の路地掃除を始めた中に、中江と節もまじって賑《にぎ》わしさがひとしきり続いた。

それから午後がまったりと深まり、西の空に傾いた日が赤く色付くころだった。

中江と節が落ち縁にかけて隠元《いんげん》の筋を取っているところへ、市兵衛は六畳のあがり端に端座した。二人が振り向き、

「何か、要《い》る物がありますか」

と、中江が市兵衛に訊いた。

「付込帳を読み終えました」

「終わりましたか。全部、ですか」

「はい。不明な点は幾つかありますが、付込帳に記されている限りのことは概《おおむ》ねわかりました。ご説明いたします。長くはかかりません。四半刻ばかりお時間をいただけますか」

「承知しました。節、すまぬがひとりで続けていてくれるかい」

筋を取り終わったら……と中江はその後にする仕事を指示した。

「いいの。大丈夫。できるよ」

節は大人びた気遣いを祖父に見せた。

六畳間に市兵衛と中江は改めて対座した。

「賢い振る舞いのできる子だ」

市兵衛は落ち縁の節の背中を見て言った。

「手のかからぬ子です。ありがたいと思っています。今晩の夕餉は芋くずしの荒布巻《あらめまき》とかんぴょう、蒟蒻、大根を煮物にします。それに蒲鉾《かまぼこ》焼と冷たい豆腐です。それを肴《さかな》に冷《ひ》やでやりましょう」

「旨《うま》そうですね。楽しみです。それでは、よろしいですか」

市兵衛は付込帳を中江に向けて双方の間に置き、表紙を繰りながら言った。

付込帳とは商家で言えば当座帳とも呼ばれ……市兵衛は始めた。

諸国で秋に収穫され領主に納められた年貢米は、内米や賑恤《しんじゅつ》（お救い米）などの備蓄用を除き、商いに金融、交易などの要衝の地に設けた諸家の蔵屋敷へ数度に分けて廻漕《かいそう》される。

大坂、江戸、大津《おおつ》、敦賀《つるが》、長崎……といった都市にあって、中でも大坂は八十を超える諸大名が蔵屋敷を構える大商業地であった。

江戸の場合、大川沿いの浅草《あさくさ》蔵前へ高瀬舟《たかせぶね》や平田船《ひらたぶね》で運ばれ集まった米を艀《はしけ》に積み替え、日本橋界隈に集中していた諸家の蔵屋敷米蔵へ納められた。いわゆる払米であり、払米がお家の主要な収入源だが、蔵屋敷はむろん、米のみならず国元の物産も扱った。

国元からの払米は通常四月から、次の回米期の九月まで続き、稀《まれ》に十月まで入船が延びることもあった。市兵衛が手形収支の仕訳を四月から十月、十一月から翌年三月の年二期に分けたのは、中村家の払米の期間に準じたのである。

中村家蔵屋敷の蔵元は伊勢《いせ》町の南部屋七三郎《なんぶやしちさぶろう》らしきことは、付込帳から読めた。

蔵屋敷は払米の都度《つど》、蔵屋敷門前に入札俵数と入札日を記した払米看板を標示する。

南部屋の初札は四月の中旬だった。

入札は蔵名前を持つ仲買に限られており、蔵名前を持たない米商人は仲買を通して米を買い付ける。入札は、朝に行われ夕景のころに決まった。

米商人は一石につき二百匁《もんめ》ないしは三百匁の敷銀を払い、そこで落札が決定した。

それから十日以内に米代金を蔵屋敷へ納め、その折りに払米手形、いわゆる米切手の振り出しを受けるのである。

その米手形をもって蔵出しの手続きをし、初めて米を受け取るのだが、なぜそのような手形が必要なのかと言うと、米を受け取らないからである。

米を買った商人は《買持ち》をする。

四月に初入札があってから商人は米の代金を払って手形を受け取り、入札が通常九月に終了する回米期まで蔵屋敷の米蔵に置いたままにできた。それが買持ちである。

その期間をすぎると《追い出し》になって、米を受け取らない場合は蔵屋敷へ《番《ばん》銭《せん》》を払わなければならない。

けれどもその買持ちの期間、米商人――ばかりとは限らないが、振り出された払米手形を甲《こう》は乙《おつ》に高く転売し、儲《もう》けを得る。乙は甲から高く買っても、米が値上がりすると相場を読めば利益は出る。相場を読むことでさらに高く丙《へい》と取り引きができる。

ときには相場を読み違えて損も出すが、損して得取れ、それが商いである。

蔵米の米を担保に払米手形、あるいは米切手という証書を派生商品にした新たな金融商売が行われているのである。

「……これを米を売る側の中村家蔵屋敷から見た場合、落札された米をすぐには取りにきませんし、くる場合でも段々と便宜《べんぎ》に従って引き出しますから、短期間であれば米蔵に眠っている米を担保に金を借りることができる。お家に急な出費が必要なときは、そうして凌《しの》ぐこともできるのです」

と、市兵衛は中江の様子をうかがいつつ言った。

「そのほかにも国元より米の廻漕が続けば、実際にある米より多めの融通はできなくはない。つまり、北相馬の国元より廻漕された入札米を引当に、中村家蔵屋敷は払米手形のほかにも別種の手形を振り出し、資金調達を図るのです」

中江は不思議そうな顔付きで、市兵衛の説明に耳を傾けている。

無理もない。だが最後にわかればそれでいい。市兵衛は続けた。

「例えばここに払米と先、の記入が並んでいますね。これは蔵屋敷が振り出した払米手形と先手形のことです。文化十年七月九日、の日付があります。一、払米、米仲買商高松屋与五郎《たかまつやよごろう》、四千百俵、金壱千弐百参拾両。隣《となり》に、一、先、米仲買商高松屋与五郎、九百俵、金弐百七拾両、となっています。そして下に二つともに済と記《しるし》があり、小池の印章が押してあります」

中江は市兵衛が指差した項目へ、上体を乗り出して見入った。

「これはおそらく、文化十年七月九日の前に入札米の入船があったのです。入札日が七月九日。廻漕された米俵は一万と百俵。同じ日に払米、米仲買商下村満右衛門《しもむらみつえもん》三千俵、米仲買商木梨信左衛門《きなししんざえもん》三千俵、とあり、三人合わせると一万百俵です」

「それぞれに九百俵ずつが、先手形として入札されておるようですが、これは先に引き出すという意味ですか」

中江が付込帳から顔をあげ、初めて問うた。

四

「違うのです。先手形は、蔵元が後日に国元より到着する入札米を引当に、実際にある蔵米より二割から三割ぐらい多い量を入札させ、振り出す空米《くうまい》の手形のことです。米蔵の米では入札された分には足りません。空米では言葉の響きが不穏当なので、米商人らの間では過米《かまい》と言っております」

「過米？　そのような入札をしていいのですか。万が一、不測の事態が起こって米の廻漕がなかったらどうなるのですか」

「公儀は宝暦《ほうれき》の定めで空米過米の売買を禁ずる通達を出しております。過米はご法度《はっと》です。しかしながら実情は、二、三割の書き加えなら量が少なく危険を感じず、大抵の蔵屋敷役人と蔵元が談合してやっていることなのです。手形に先や空や過の文字が記されてはいません。どれも同じ米切手であり、市場に出廻れば見分けは付かない。幕府も明らかな弊害《へいがい》があって訴えがない限り、見逃しているようです」

ふう、と中江は息を漏らし胸元で腕を組んで付込帳を見おろしていた。

「で、三千俵分の九百両が、下村と木梨の両人からそれぞれ支払われ計千八百両。高松屋の千二百三十両と合わせて都合三千三十両が実際に米蔵にある米を売り払い振り出した手形です。それに三人の仲買商へ九百俵ずつの先手形を振り出し、計八百十両の資金を得ております。これは過米分、実際には米蔵にはない米の分の手形、つまり借金です。ただ、この朱の済は手形が無事落ちて、収支が付いたという記でしょう。小池の印章は掛の頭のものと思われます」

「留守居役の小池辰五《しんご》、です」

「ご子息の、上役だった方ですね」

中江は付込帳へ目を落とし、黙って頷いた。

市兵衛は紙面を繰った。

「実際に、九月に九千八百俵ほどの米の廻漕があったようで、この年最後の入札が行われております。ですがこの入札に際しても、二割から三割分の先手形が振り出されております。何のための借金か、それはわかりません」

　中江は眉間《みけん》に深い皺《しわ》を寄せた。

「それからもうひとつ、調達、とあるのは調達手形のことです。この年の四月の初めにも、調達、両替商錦屋九右衛門、金三千両、とありますが、この手形は年に数度、蔵屋敷の入札が終わった十月から翌年の三月ごろに振り出されております。建前上、入札は済んでおりますから、米蔵に引当にできる米はありません。ゆえに、払米手形でも先手形でもない調達手形が振り出されるのです。もうひとつの借金です」

　市兵衛は中江へ顔をあげた。

「なぜなら表向きは米が引当になっていても、実質において調達手形は金で返済する、という信用に依《よ》る金融なのです。空米を落札させたり、すでに落札された買持ち米を担保に短期の資金繰りを図るのとは筋の違う借金であり、蔵元や御用達《ごようたし》商人らの保証の押印が要ります」

「中村家の蔵元は、南部屋七三郎という江戸の伊勢町の商人と、以前、倅から聞いた覚えがあります」

　中江は幾ぶん嗄《か》れ声で、ぽつりと言った。

「手形の利息は、どれくらいなのですか」

　ここに出ています――市兵衛は最初の紙面に戻り、応えた。

「通常の高利貸の場合、利息は一割五分《ぶ》。両替商錦屋九右衛門から三千両の調達で内利息四百五十両、となります。さらに、体面上は大名貸と言っております大名の場合は、五分の馳走代がかかります」

「馳走代？」

「そうです。保証の押印をした蔵元や手形を振り出した相手へ、世話になるぞと様々に振る舞うのが慣例です。ここでは馳走百五十両。ゆえに差引二千四百両也。三千両の手形を振り出し、お家に入った資金は二千四百両。すべてを利息と見なせば通常二割、返す金額はむろん三千両です」

路地を子供たちの喚声が走り、中江は表へ顔を向けた。

それから流し場に伸びをして、夕餉の材料を水洗いしている節へ眼差しを移した。

中江の骨張った喉が、こくりと動いた。

「期限までに手形が落ちないとき、貸主が公儀へ訴え出れば、公儀が貸主に代わって返済せよと命令を出し、それでもなお返せない場合は、公儀が立て替え、公儀が大名から取り立てるのです」

「そのような、借りた金を返さないなどと」

「しかし、商人はそのようなことはしません。払米手形が金融市場に持ち出されるのは承知のうえでも、調達手形は貸借両者の相対《あいたい》であり、本来市場には持ち出されない慣わしです。それを払米手形に紛《まぎ》れこませ、金融市場に流すのです。払米手形、先手形、そして調達手形、どれも市場では見分けが付きません」

中江は少しずつわかってきているらしく、小さく繰りかえし頷いた。

「今、申しましたものは文化十年だけの場合です。これが十一年、十二年と毎年続き、去年の文政四年（一八二一）の十一月から、空欄になっております。付込帳を新しい帳面に替えたのではないと思います。替えるなら今年文政五年の三月まではこの帳面に書き入れ、今年の入札が始まる四月より新しくするはずです」

もしかしたら――と、市兵衛は言い足した。

「この付込帳は、どなたかが中村家の上屋敷か蔵屋敷に保管されていたのを、持ち出されたのではありませんか」

中江は応えず、紙面へ目を落としている。

市兵衛は付込帳の空白の紙面からまた文化十年の紙面へ戻し、一枚一枚と繰った。

「十年以降、払米手形、先手形、調達手形が翌年以降も同じように振り出されております。違うのは、調達手形の金額が年々ふくらんでいることです。十年が四月に三千両と十一月に五百両の三千五百両です」

中江が、ああ、と顔をあげた。

「文化十年に、上屋敷のご主殿《しゅでん》の増改築がありました。お輿入れの折りに新しく普請した御殿の増改築です。相当の費《つい》えがあったと聞いております。大きな声では申せませんが、ご主殿さまはなさることが何かとお派手と、家中でも評判なのです」

ご主殿とは将軍家姫君が諸侯へご入輿《じゅよ》なされた奥方を差す。将軍家姫君をお迎えするのに、諸侯はご主殿さまの御殿を構えるのが通例であった。

「なるほど。翌十一年は十月に、三人の商人に二千両、千五百両、千両の都合四千五百両の調達手形を振り出しております。次の十二年は……」

市兵衛は調達手形の年毎に増えている額を並べていった。

「さらに、文政元年と文政二年、額がいきなり倍、倍、とふくらみました。手形を振り出した相手も十三人になり、多い相手で六千両、二千両、千両、数百両と寄せ集めて、都合一万六千両余に達しております。これは、何かお心当たりが」

「……文政二年に将軍のお成りが中村家上屋敷にございました。将軍家はご主殿さまのご実家であられます。わが中村家上屋敷に将軍家をお迎えいたし、まさに武門の誉《ほま》れ、なんと誇らしいと、国元でもずいぶんな騒ぎでした」

中江は手を皺の寄った眉間にあてがった。

「前年の文政元年より盛大に上屋敷建て替えが行われ、その折り、能舞台なども建てられたと聞いております。また文政二年には、麻布の中屋敷建て替えも行われました。おそらく、その掛が相当に嵩《かさ》んだと思われます」

「中江さん、それぞれの手形振り出しの箇条には朱で済の字を記し、小池の押印が続いてきました」

「お家の振り出した手形が落ち、収支が付いた記《しるし》、と先ほど言われましたな。借金を返したので、ございましょう」

「おそらくこれは、手形が落ちたという形にする単純なからくりです。前の手形を後で振り出した手形によって落としているのです」

「前の手形を後の手形で落としている、のですか？」

市兵衛は付込帳の紙面を繰った。

「手形が次の手形を産んでいるのです。手形の額が次第に増えているのは、その都度一割五分の利息、五分の馳走代が乗せられているためです。借金は返していません。それどころか、年毎に利息分が上乗せになり増えているのです。ところが文政元年九月の先手形の箇条から、済の文字と押印がありません」

「さようですな。これはどうしたことでしょう」

中江は市兵衛の手先を目で追い、訝《いぶか》しげに訊《き》いた。

「付込帳は商家の当座帳に当たりますから、大福帳などの本帳簿できちんと仕訳されていればいいのです。としても、ここで途切れているのは妙です。手形にはすべて期限があるのは借用書と同じです。期限までに引当の米なり資金なりを用意できなければ手形は不渡りになり、ただの紙切れです」

「不渡り、と申しますと？」

「信用に依る手形の売り買いができず、以後中村家はすべての手形を振り出せなくなります。幕府は元禄《げんろく》のころには、大坂よりの御金蔵銀の江戸送付に為替《かわせ》手形を採用しており、以後、手形の不渡りには特別の保護を与えております。中村家が手形の不渡りを出せばむろん訴訟となり、間違いなく中村家は重き咎めを受けねばなりません」

「ですが、本帳簿を正しく付けておればいいのでしょう。忙しくてここに付ける暇《ひま》がなかったのではありませんかな」

「この付込帳を基に勘定方は本帳簿を付けるのです。それはあり得ません。勘定方の済の文字も押印もないのは、お家が苦しい台所事情をしのぐため手形を乱発し、結果、勘定方に収拾が付かなくなり混乱を起こし始めたゆえ、と思われます」

中江は土間の節へ目を流した。節は竈《かまど》の前に屈み、薪《まき》の燃え具合の番をしている。

「文政元年より、年貢が四公六民から五公五民になりました。北相馬の城下に百姓一《いっ》揆《き》が今に起こるぞと、そんな噂が流れましてな。家禄はお借米歩二だったのが歩三に決められました。倅のわずかな禄も三割減らされました」

「ご子息が江戸勤番に就かれ、出府なさったのは去年の春でしたね。おそらく、お家の台所事情の混乱のさ中、その対応のために国元より勘定方の助手《すけて》を出府させたのでしょう」

「お家の台所が苦しくなっても、北相馬の国はあります。国さえあれば、貧しくば貧しいなりに暮らせばよいのです。みなで助け合い、贅沢《ぜいたく》を改め無駄な費えを抑え、質実を旨《むね》として生きる。武家の本来あるべき暮らしに戻るだけです」

そう呟《つぶや》き、唇を強く結んだ。

市兵衛は短い間を置いた。

「この付込帳だけでお家の台所事情のすべてを知ることは、わたしにはできません。ですが、ご子息が出府なさった去年、文政四年一年だけの、それも十一月までの中村家の振り出した手形のうち先手形は一万両余、調達手形にいたっては、二十一人の両替商や金貸と思われる相手に分け、五万六百九十両の額を振り出しております。両方合わせて六万六百九十両余の手形です」

中江は不審そうに市兵衛を見つめている。まだわかっていない。

「中にはすでに落ちた手形もあるかもしれません。けれど、これらの手形のほとんどが残っていて、それを落とすための資金繰りが今年必要となるなら」

市兵衛はどう言うべきか、迷った。

「中村家は公称六万石ですね。実質の石高はいかほどですか」

「新田開発などで、六万一千二百石はあるかと思います」

市兵衛は十三桁の算盤を取った。

「先ほど五公五民と言われましたな。となると三万六百石が年貢です。ならば家臣及び中間《ちゅうげん》、奥女中、下男下女、門番、江戸屋敷、国元など、お家にかかわりのあるすべての奉公人はおよそ一千九百名、ほどと考えてよろしいでしょうか」

「はい、確かそれぐらいかと、思われます」

「すると、ご家中で必要な内米が……」

公称三万石とする家中で約一割八分ほどの内米に五千四百石、残りが二万五千二百石。

運送料や商人手数料そのほかの一割二分ほどはこの際、差し引かず、市兵衛は四斗《と》俵でおよそ六万三千俵とはじき出した。

文政度、米百俵の収入は三十両ほどである。

六万三千俵を換算し一万八千九百両。食い扶持分も差し引いた奉公人給金、大よそ六千六百八十両余を差し引けば、中村家の台所料は一万二千二百十数両になる。

「ただしこれは米だけの勘定で、北相馬の物産による収入やお借米による家禄が減った分が含まれていません。しかしそれを加えても、運送料や商人手数料そのほかと差し引きしてせいぜい数千両でしょう」

中江は皺を刻んだ額《ひたい》に薄く汗をかいた。それを指先でさりげなく拭《ぬぐ》った。

「中村家の四斗俵の六万三千俵が入札米になるとします。備蓄米は前年から引き継いだ分があるでしょうから勘定に入れぬとし、先手形を入札米の三割増しにするなら、一万八千九百俵余の過米を引当に、金額にして五千六百七十両余が本来振り出せる額のはずです。それが一万両を超えているのです」

そうして――と言いかけ、市兵衛自身、あまりに空疎《くうそ》な数の羅列に溜息《ためいき》を吐《つ》いた。

だが市兵衛は言わなければならなかった。

「先手形と調達手形を合わせ都合六万六百九十両余。先手形分一万両余の粗方《あらかた》は後に廻漕されてくる入札米と、そのほか物産の収入やお借米などでおぎなえていると仮に見なしても、残りの調達手形分五万両余は新たな手形を振り出すなりして落とさねばなりません。手形を振り出す毎に年二割ほどの利息分と馳走料がふくらんでいきます」

「そ、それはどういうことですか」

「五万両余の利息や馳走料で約一万両余。中村家の台所料の一万二千二百十数両をつぎこんで、調達手形の利息分と馳走料を賄《まかな》うと、残りは二千両ほどなのです。質実を旨《むね》として生きるとは、六万石の武家が五万両余の借金を抱えたまま、二千両の台所料でやりくりする、という意味です」

中江は市兵衛の言葉に啞然とした。老いてはいても幅のある肩が、波打った。

「先ほど、中江さんは北相馬のお国はある、と申されました。その通り、北相馬はなくなりません。しかしこの付込帳が間違いなければ、北相馬の中村家がこのまま存続することはできない、そういう意味です。しかもこれは去年一年分の手形だけの勘定です。ほかに借金があれば、事態はさらにひどいことになります」

中江は腕組みを解き、両膝の袴を掌に鷲《わし》づかんだ。

眉間の皺をいっそう深くし、俯《うつむ》いた。そのとき、

「おじいちゃん、支度ができた」

と、祖父と市兵衛の険しい気配に戸惑いつつ、節が落ち縁から遠慮がちに声をかけた。幼い心に不安が兆《きざ》している様子が見て取れた。

市兵衛は節へ笑いかけた。

「おお、できたか。ありがとう。後はおじいちゃんがやるぞ。節も手伝っておくれ」

うん――と節は顔をほころばせた。

「唐木さん、夕餉の支度にかかります。夕餉が済んでからにしましょう。少々訊ねたいことがあります。お渡ししたい物もあります。酒を呑みながら……」

路地に落ちる日差しに、赤味が差していた。

井戸端の方から、裏店のおかみさんらの賑やかな話し声が聞こえてきた。

五

粗末な裏店にも夏の夜更《よふ》けのやわらかな涼感が流れ、腰高障子を開けた濡れ縁の向こうに夜の帳《とばり》がうずくまっていた。

蚊遣《かや》りの煙が香り、六畳間を燻《いぶ》している。

濡れ縁と隣家の板塀との隙間の裏庭に、蛍が数匹まぎれこんでいた。

市兵衛と中江は、薄い行灯の明かりに包まれた部屋の中から暗がりに舞う蛍の光を眺めつつ、夜更けの酒を味わっていた。

徳利《とつくり》や盃《さかずき》が、こと、こと、と据え膳に触れて鳴っていた。

夕餉が済んでほどなく、節の背中が小さくゆれ始めた。中江は部屋の一隅に寝床を取り、ゆれる節の薄い身体を後ろから抱き上げ、寝床へ運んだ。

「今日は沢山手伝ってくれたな。疲れたか。いいからこのままお休み。おじいちゃんと唐木さんはもう少し用があるのだ」

中江は節に布団をかけ、ささやいた。

ふうん……節の生返事が部屋の隅に溶け、やがて心地よさげな寝息が聞こえた。

中江は台所へいき、新しい徳利を運んできた。

「唐木さん、中村家がこのまま存続できないとすれば、これからどうなるのですか」

中江は難しい問いをした。市兵衛は考えた。

「こういう場合、通常取る手立ては台所預かりです。中村家に金を貸した商人らが中心になって談合協議し、商人自らが中村家の台所、及び財産を管理差配します。武家は台所を預かる商人らに一切口出しできません。ご当主であろうと、商人らの指図に従うのです」

「大名の当主が商人に……」

「台所勘定に習熟した商人らに台所を預けるとは、要するに武家は国の営みの座からおりるということです。家中みなが貧しい暮らしに耐え忍ばなければならぬだけでは済まない。武家にとってこれは面目を失墜《しっつい》する事態であり、おそらく勘定方の頭やご重役の中から事ここにいたった責任を取るため、詰め腹を切らねばならぬ者が出ることになるでしょう」

中江の盃を持つ手が止まった。

「たとえそうであっても、さらに大きな金蔓《かねづる》を見付け出し、借金を重ね、体面を繕って、今のままを続けるよりははるかにましな手立てです。お家のありのままの姿から目を背《そむ》けることは、それは遠からずお家を滅ぼします」

「ですが唐木さん、お家がさらに大きな金蔓を見付け出し、借金を重ね、体面を繕い、今のままを続け、勘定方の頭もご重役の誰も事ここにいたった責任を取らず、詰め腹を切らなかったとしたら、お家は誰が滅ぼすのですか。商人ですか、ご公儀ですか」

中江は盃を呷《あお》った。

「誰かが詰め腹を切らねばならぬなら、誰が勘定方の頭やお家のご重役の代わりに詰め腹を切らねばならぬのですか」

仕舞っていた存念が急にこみあげてきたかのように、中江は問い質《ただ》した。

市兵衛は応えに詰まった。苦い酒になった。

中江は何かを感じ取っている、とそのとき市兵衛は思った。

「は、は、は……わけのわからぬことを問うてしまいました。年を重ねても修行の足りぬ未熟者です。先ほど来のお話で少々動揺を覚えております。お許しください」

沈黙を置いて、中江はゆっくりと笑った。

それからおもむろに、懐から白い小さな紙包みを取り出した。

「唐木さん、ありがとうございました。このさっぱりわけのわからなかった付込帳なるものの謎が、老いぼれの頭にようやく解けました。これで十分です。これはこのたびの仕事の給金二分でござる。つつがなく仕事を終えていただきました」

そして――とさらにもうひとつの包みを色褪《あ》せた琉球畳に並べた。

「こちらは、わが家の家宝慶長大判を唐木さんのお力で、わが暮らしにはすぎたる両替をしていただいた謝礼です。あいや、謝礼と申すのは恩着せがましい。唐木さんのお陰で両替料二十両を新たに手にすることができました。半分の十両は唐木さんの取り分です。どうぞお納めください」

「では、お約束の二分を給金の前払いとしていただきます。しかしこちらは、わが仕事を終えてから、雇い主である中江さんのご判断で褒賞を決め、そのうえでいただけるものならいただきましょう。まだ、この給金二分の仕事はしておりません」

市兵衛はもうひとつの紙包みを中江の膝の方へ押し戻した。

「違います、唐木さん。仕事は果たしていただいた。ほかに唐木さんに読み解いていただく帳簿はありません。唐木さんにわずか二分の礼金でお願いした仕事はこの帳簿を読み解くことです。それとこの取り分はまた別です」

中江が紙包みを滑らせた。

「わたしは二分でひと月、中江さんの奉公人に雇われました。あなたはわが主。ご奉公を始めてまだ三日。三日でひと月分の給金をいただくわけにはまいりません。わたしは二分を、中江さんとの初めの約束を正当に果たして稼ぎたい。何とぞひと月、わたしをお役立てください」

市兵衛はまた紙包みを戻した。

「お節から聞きました。中江さんはご子息が病死ではないと言われたそうですね。あなたはご子息の死に不審を抱いておられる。なぜなのですか。何があったのですか。なぜあなたとお節が江戸へきて、なぜこの帳簿があなたの手元にあるのですか。話していただけませんか。お役に立てることがあるかもしれません」

中江は戸惑い、唇を結んで考えこんだ。そして、

「お志《こころざし》、胸に染《し》みます。だがこれより先は、わたしが果たさねばならぬ務めなのです」

と、頭を垂れた。

「わが倅のためゆえ、これより先は身に危険が及ぶかもしれないのです」

「この帳簿と春に亡くなられたご子息とのかかわりで身に危険が及ぶなら、むしろ勘定に詳しいわたしの方が、すでに危険の中に踏みこんでいます。中江さんが危険ならわたしも、のみならずお節の身もそうだ」

「節は、連れてくるべきではなかった」

「お節に一所懸命務めると約束しました。お節との約束をまだ果たしておりません」

中江は困惑し、市兵衛を見つめた。

「なぜです」

なぜか。市兵衛自身にも応えられない。

「さあ、なぜでしょうか」

わからない。

「いいのですよ。理由など……」

市兵衛は笑って応えた。

「あなたはなんという人だ」

　中江はそれまで見せたことのない苦悩に満ちた顔付きを薄暗い天井へ投げた。

「ありがとう、本当にありがとう。唐木さんに助けていただけるなら、千倍、万倍の力を得る気がいたします」

　それから、ぽん、と膝を打った。

「見ていただきたい物があります」

　中江半十郎が部屋の隅の柳行李《やなぎごうり》から取り出したのは、倅中江作之助が父親へ寄越した折り封の書状だった。そこには、
　一筆啓上、まいらせ候《そうろう》……

　という書き出しで始まる奇妙な文面がしたためてあった。

「わたしは中村家に仕える士分以下にすぎぬ足軽小頭《こがしら》でした。娘二人と倅作之助の三人の子がおりました。禄は五両二人扶持《ぶち》、いやはや、同じ足軽身分だった親もおりましたし、子供三人、育てるのに四苦八苦でございましてな」

　大名によって扱いは変わるが、足軽は侍である。勤めは羽織袴に大小を帯《たい》す。

「わたしごときが、寺の僧房を借り町内の子供相手に剣術道場を始めましたのは、わずかでも暮らしの足しにと考えたからです。所詮《しょせん》田舎剣法、腕に覚えありとはいきま

せんが、せめて剣術くらいできねばと子供のころより励んだ挙句《あげく》、役に立ったのが子供相手の剣術道場がせいぜいでした」

北相馬東足軽町の住人は、多くが中村家へご奉公にあがる足軽だった。士としての身分の低さゆえ、界隈《かいわい》の子らは却《かえ》って剣術への思いが強かった。中江自身、倅作之助に懸命に稽古《けいこ》を付けた。侍が剣を使えぬでどうする。剣が強ければ万が一、番方に取り立てられ、足軽身分を抜け出す機会がないとは言えない。しかしながら倅には剣の素養がなかった。

中江はひどく落胆した。剣が使えなければ、万が一番方に、の望みすらない。足軽の子は所詮足軽か。つまらぬ。わが身を振りかえって思った。

ただ、意外なことに倅は童《わらし》のころから算勘なるものが得意だった。中江の知らぬうちに算盤の技まで身に付けていた。

足軽が算盤など、と中江は初めは思っていた。算盤で金勘定をする暮らしではなかった。中江は倅には十代の半《なか》ばから六尺棒を手に城内の角々に立たせ、道筋の警戒に当たる足軽奉公の務めを見習わせた。

倅が嫁を娶《めと》る年ごろになれば番代わりを、とそんな具合に考えていた。

と、倅が十八のとき、勘定役物頭《ものがしら》より呼び出しがあった。倅が勘定所元締七人の下僚勘定人雇いの下役に任ぜられたのである。

算盤を使えることがどうやら役に立ったらしい、とは察せられた。さりながら、いずれ足軽勤めに戻されるものと思いこんでいた。倅が自分の後に就くまで勤めを辞《や》めるわけにはいかぬ。その程度に思っていた。

ところが、三年がたち倅二十一歳のとき、倅は勘定人に取り立てられ、五十俵二人扶持の禄をもらう身分になった。

倅の出世を喜ぶべきだったが、喜びより驚きと戸惑いを覚えた。

勘定所元締七人以下勘定人二十四名まで、家中屈指の秀才が集められていることぐらいは知っていた。そこに作之助が取り立てられるなど、夢想だにしなかった。

そんなことがあるのか。父として倅の力が何もわかっていないことを、中江はそのとき初めて知った。自分にはすぎた子を持った、と中江は心底、悟った。

二年後、倅は嫁を迎えた。

「美しく気立てのよい、倅にはすぎた嫁でした。わたしはそれを機に、足軽奉公を退き、界隈の子供ら相手に剣術を教える、半ば暢気《のんき》な隠居暮らしを始めたのです。ですが、いいことは長くは続きません」

数年がたって、嫁が節を産んだ後のひだちが悪く亡くなった。

それから一年後、長年連れ添った妻も他界し、家は中江と倅、やっと歩き始めたばかりの孫の節との寂しい三人暮らしになった。

またそのころからお家の台所事情がいっそう厳しくなった評判が家中に流れ、倅の禄が五十俵二人扶持という表向きでも借米歩一だったのが、歩二になり暮らしは楽ではなかった。

倅は早朝から夜更けまで続いたお城勤めに、体面上通いの従者を雇わねばならず、下女まで雇うのは台所事情が許さなかった。

ゆえに節が二歳の幼女になったとき、家事仕事と節の世話は、嫁いだ娘らが稀《まれ》に手伝いにきたが、普段は中江の仕事になったのだった。

僧房を借りた剣術道場には、中江は二歳の節を負《お》ぶって出かけ、節が三歳になると、手をつないで出かけた。

炊事に掃除洗濯子育てと、男所帯の慣れぬ暮らしだった。

けれど救いは、節の胸を打つほどの愛くるしさだった。

倅と嫁のいいところばかりを持って生まれ、聞き分けがよく優しく、中江は倅と嫁に代わって節を育てている満ち足りた喜びを覚えることができた。

倅と三人つつがなく暮らし、この子が嫁にゆくまでは老いぼれはせぬ。それが中江のささやかな望みになった。それ以上、欲しい物はない。それで満足だった。

　去年春、倅作之助が江戸勤番を申し付けられた。

江戸藩邸での奢侈《しゃし》が著《いちじる》しい。そのためお家の台所が傾いている。奢侈の中心にご主殿さまがいらっしゃる。誰もそれを止められない。

　いやな噂が、江戸から遠く離れた北相馬の城下にも流れている折りだった。

「お家の台所が苦しい今こそ、われら勘定所勤めの働き甲斐《がい》があるというものです。父上、心配には及びません。もしかするとずっと江戸勤番になるかもしれません。そのときは、父上と節には江戸暮らしをしてもらわねば」

　倅は笑って言い残し、正月早々、ひとりで江戸へ旅立った。

　そしてそれが倅を見た最後になった。

「一年がたったこの三月下旬でした。突然、江戸の上屋敷において倅が病死したという知らせが届いたのです。まったく一切の前触れもなく、初めはなんの戯れかと思いました。悲しむことすらできず、ただ呆《あき》れ、それからすごしたときは、まったく地に足が着いておりませんでした」

「作之助さんは、どんな病で亡くなられたのでしょう」

「ただ流行《はやり》病と。この春の初めの季節はずれの冷えこみが崇《たた》ったと、倅の頭にあたる留守居役の小池辰五どのの知らせにはあるのみでした。確かめる余裕もなく、数日後、遺品とともに遺骨になった倅が帰ってきたのです。恥ずかしながら初めて涙をこぼしました。倅の死がやり切れぬ、とても理不尽なことに思えてならなかった。お家からはそれ以後、一切なんのご沙汰もありません」

「ならばこの書状は、遺骨の届いた後にきたのですか」

「そうです。ふっ切れぬ思いでしたが、仕方なく倅の葬儀を執《と》り行いました。そのさ中、江戸よりの飛脚が倅の書状を持って現れたのです。身体が震えてなりませんでした。倅が戻ってきた、助けてください父上、と言っているかのような、そんな幻覚に囚《とら》われたのです」

まるで、生きているうちは伝えられなかったこの世のとても大事なことを、父親へ伝えるために黄泉《よみ》の国から……それゆえあなたは倅の身に何が起こり、倅の心にあったものを知るために江戸へ出てきた。

と、それは市兵衛が中江作之助の書状を読んで思ったことだった。

文次郎店から北へ遠く離れた北十間川《きたじっけん》の北に、向島押上村《むこうじまおしあげ》の百姓地が広がっている。

夏の夜空には弦月が架かり、星がちりばめられていた。

なだらかに上り下りする百姓地に、蛙《かえる》の鳴き声が響き渡っていた。

その押上村の鉛色に広がる大地の彼方《かなた》に、正観寺《しょうがん》の屋根と御堂を囲む森の影が黒くうずくまっていた。

折りしも、田面《でんめん》広がる夜道を饅頭笠《まんじゅうがさ》に墨染めの衣と思われる雲水風体《ふうてい》の二つの影が、その正観寺の方角へ歩んでいた。

前の影が手にした錫杖《しゃくじょう》の金環が、邪気に満ちた暗黒の野面《のづら》に響き、後ろの影が手にした六尺棒が、こつん、こつん、と地鎮のごとく道を打っていた。

二つの影は言葉ひとつ交わさず、一日の行脚《あんぎゃ》を終えてねぐらへ戻ってきた物《もの》の怪《け》のような沈黙の中にいた。

やがて道は、田野《でんや》に黒くうずくまる正観寺の山門前へきた。

しかし雲水たちは山門をくぐらず、西へ折れ、所どころに破れた跡のある土塀沿いの道をするすると取った。

しばらくいくと、樹林と思われる暗がりの奥へ小道が分かれ、二つの影は人ひとりがやっと通れるほどの藪《やぶ》の間をたどった。

すぐに藪の前方に小さな水路の流れる音が聞こえた。

水路脇に茅葺《かやぶき》屋根の粗末な掘っ立て小屋らしき影が、透けて見える。

そこは正観寺本殿の裏手にあたる藪に囲われた一画で、二人の雲水が寝泊まりに使う以前は正観寺の寺男が住んでいた。

後ろの雲水が小屋の戸の前へ進み出て、立てていた板戸を部厚い夜の暗がりの中に鳴らした。

雲水らが小屋の中へかき消えた。

ほどなく、小屋の明かり取りの竹格子の窓に、ぼうっと蠟燭《ろうそく》か行灯の火が灯された。

闇の中に、不気味な小さな明かりがこぼれた。

そのかすかな明かりを、藪の小道で見ているもうひとつの影があった。

男の目が樹林の間から差すわずかな弦月の明かりを受けて、青く光った。

踵《きびす》をかえし、藪の小道を戻った。遠くから蛙の鳴き声が聞こえている。

小道から正観寺土塀沿いの道へ出ると、寺の黒々とした全貌《ぜんぼう》を仰ぎ見るように顔をあげた。それから、

「渋井の旦那に知らせなきゃ……」

と呟き、夜道を西へ急ぎ足に取った。

第三章　武士の一分《いちぶん》

一

一筆啓上、まいらせ候《そうろう》……と、始まる中江作之助の父親中江半十郎へ宛《あ》てた書状は、自らの身に起こり得る不測の事態を予断し、予断が適中し事が起こった真《まこと》の事情を知り得る手立てを示す文面になっていた。

父上がこの書状を読まれたとき、すでにわが身にはのっぴきならぬ事態が降りかかった後であり、わが定めは早や尽き果て、父上に再びお目にかかる望みは潰《つい》えたと見なさねばなりません。気がかりはただ、愛《いと》しきわが娘節の身のうえであり、わが胸の悲しみは張り裂けるばかりにして……

と、作之助は綴《つづ》っていた。

無念とは申せ、たとえこの身が空《むな》しく朽《く》ち果てた後、わが振る舞いを悪しざまにそしる輩《やから》が現れたといたしましても、わたくしにはわが身を人に恥じる謂《い》われは一切《いっさい》なく、父上の薫陶《くんとう》を受け人となりましたわたくしを切にお信じくだされ、何とぞいかなるご懸念もなきよう……

この書状から、作之助の身に降りかかったのっぴきならぬ事態が突然の病死と推量できる反面、表向き病死と伝えられた作之助の本当の死因は別のところにある、と父親半十郎が不審を覚えたのは無理からぬことだった。

さらに書状には、江戸は本所中之郷原庭町の徳五郎店に住む瓦職人の甲吉という男を訪ねてほしい、その甲吉という職人に父上宛にある物を預けており、その中身に自分の身の潔白を明かす鍵《かぎ》がある、と最後に記していた。

中江は倅《せがれ》作之助の葬儀の日に作之助よりの書状を受け取り、驚き呆《あき》れ、それからは居ても立ってもいられない、押し潰《つぶ》されそうな動揺の中でときをすごした。

一刻でも早く江戸へいかねばならぬ、倅の身に降りかかったのっぴきならぬ事態を明らかにせねばならぬ、と気は急《せ》くばかりだった。

しかし、倅の書状には、ただしこのことは家中の誰にも知られぬようくれぐれもご用心が肝要です、ともあった。

中江ははやる思いを懸命に抑えた。

作之助の葬儀、初七日、さらに四十九日の法要を粛々《しゅくしゅく》と済ませた。

その間に、支配の足軽組頭へ倅が江戸で世話になった知人に礼を述べにいくという口実で出府を届け出た一方、ひとりで旅支度にかかった。

少々の蓄えのほかに家財道具などを売り払い、道中の宿代、江戸での寝泊まりのためのわずかな金を工面した。代々受け継ぎ家宝にしていた一枚の慶長大判も、江戸で両替し滞在の費《つい》えに充《あ》てるつもりだった。

悩みはこの春七歳になっていた節の身だった。

節は「おじいちゃんと一緒にお江戸へいくの」と、思いこんでいた。

「おじいちゃんが江戸へ旅をしている間、節は駕籠《かご》町の伯母さんのところで留守番をしているのだぞ」

と言ったとき、節は声を放って泣き、中江に縋《すが》って離れなかった。

無理もなかった。生まれたときから母を知らず、祖父と父、自分の三人の暮らしだったのが、父を突然亡くし、ただひとり残った祖父とも離れてしまうなど、幼い節には耐えられないのに違いなかった。節を残してはいけなかった。

作之助の四十九日の法要が済んだその夜明け前、中江はお家の許しが出る前に節をともない北相馬を旅立った。

それがこの旅の始まりだった。

「作之助は己《おのれ》なき後、わが家に身に覚えのない咎《とが》めがくだされるかもしれぬと懸念していたと思うのです。もしもそのようなことがあれば、わが家が咎めを受ける謂われはないと明かす手立てを講じ、それをわたしへの書状に託したのです。わたしごとき足軽風情《ふぜい》が、家名などと言うのはおこがましいのですが」

市兵衛と中江は深川から本所への道を北へ取っていた。

日はまだ上ったばかりで、湿り気を含んだ涼気を朝風に乗せていた。

二人は寺町から仙台堀に架《か》かる正覚寺橋を渡り、次に小名木川に架かる高《たか》橋の橋板、五間《ごけん》堀の弥勒《みろく》寺橋、そうして竪《たて》川に架かる二つ目橋を越えたとき、本所の時の鐘が朝五ツ（午前八時）を報《しら》せた。

江戸へ着いたその足で、本所中之郷原庭町の徳五郎店に甲吉を訪ねた。

甲吉から聞かされた事情は奇妙なものだった。

およそ半年前の去年師走《しわす》、中江作之助という浪人らしき侍が徳五郎店の隣《となり》の店に住み始めた。国元はどこで、なぜこの店に住み始めたのか、妻子は、暮らしは……

作之助は一切語らず、仕事をするふうでもなく、とき折り、ふらりとどこかへ出かける、そんな怪しげな侍だった。

けれどもひと月、二月、三月と同じ店の隣同士で暮らすうち、湯屋で顔を合わせる機会などがあって、当たり障《さわ》りのない言葉を交《か》わす間柄になった。

生まれと育ちは北相馬、父親と幼い娘を北相馬に残し仕官の道を求めて江戸に出てきた、と聞かされた。甲吉も寂しいひとり暮らしの職人だったから、二人は気心を知り合う仲となった。酒も呑んだ。

甲吉は「こちらが作之助さんの……」と節に笑いかけつつ、中江に言った。

「ちょっと寂しそうだったが、穏《おだ》やかで、思いやりのある人でやした」

この三月下旬のある夜、作之助が甲吉の店にやってきた。そして、じつは自分は北相馬の中村家の家臣であって、人に明かせぬお家の事情によってこのような裏店《うらだな》暮らしをしていると話し、妙な頼み事をした。

明日自分は櫻田通りの上屋敷へ一旦戻らねばならぬ用ができた。

で、もし――と、中江は言った。

三日がたって自分が戻ってこなければ、これを北相馬のわが父へ送ってもらいたい、と書状と飛脚の代金を渡された。そのうえに油紙に厳重にくるんだ包みを差し出し、もしもわが父が自分のことを訊ねてきたら、父に直《じか》に手渡してくれるようにと、預けられた。

「こいつが作之助さんからお預かりした包みでやす」

と渡された物が、市兵衛が一昨日昨日の丸二日をかけて調べた中村家の手形振り出しの実情を記す付込帳だった。

そのとき作之助は、ご心配なく、万が一のことです、と笑っていた。

「しかしながら万が一、わたしが戻らず、誰かわたしの知り合いと称する者が訪ねてきても、この包みのことは決して明かさず、必ず、必ず、わが父にのみ渡してほしい」

父はしかじかの者で……と、甲吉は作之助の言葉を伝えた。

よっぽど大事な物と思い、甲吉は包みを床下の土の中に埋めて隠した。

作之助は三日がたっても戻ってこなかった。

甲吉はわざわざ葺屋《ふきや》町の飛脚屋へいき、作之助の書状を送る手配を済ませると、その足で櫻田通りの中村家上屋敷までいって櫓門《やぐらもん》前をうろついたという。

市兵衛と中江は、竪川を越え、二つ目の通りを北へ中之郷を目指した。

西側に御竹蔵の塀が延び、東側には御家人の貧しい組屋敷が古い板塀や破れかけた垣根、朽《く》ちた土塀、片開きの板戸などを列《つら》ねていた。

「倅は、ただ、己の潔白を伝えたかっただけではないと思えたのです。どうか、事の次第を明らかにしてほしい、己に代わって武士の一分《いちぶん》を立ててほしい、と父親であるわたしに願っているように思えたのです。幼き子が困り果てて、最後には父親に縋るように、ただひとり心許せる父親に縋るようにです」

中江は五尺六寸ほどの中背《ちゅうぜい》の痩軀《そうく》の背中を、まっすぐ伸ばしていた。

市兵衛が訪ねた今朝も髭《ひげ》と月代《さかやき》を綺麗に剃《そ》って、老いたりとはいえ身だしなみに気を配っていた。

「わたしには、倅の武士の一分を立てるために何をしたらいいのか、まだ正しくわかっておりません。出府してこの一年、倅が江戸でどんな暮らしをし、どんな役目を果たしていたのか、そして倅の身に何があったのか、何も知らない。けれどもひとつだけ確信していることがあります。倅は病死したのではありません。倅は……」

言いかけて中江は口を噤《つぐ》んだ。

二人は大川堤に出ていた。竹町の渡し船が、向こう岸の浅草材木町《ざいもく》へ人を運んでいた。彼方《かなた》には朝の澄んだ空の下に吾妻橋が見渡せた。

「中江さん、誰かが嘘をついています。それを明らかにしましょう」

中江は前を向いた顔をそらさず、市兵衛の言葉に頷《うなず》いた。

甲吉は中之郷瓦町の瓦屋土田へ勤めに出ていた。

火を焚《た》いていたらしく、赤く焼けた顔の汗を手拭《てぬぐ》いで拭いつつ、丸瓦や平瓦を山積みした瓦置き場に現れた。

月代が薄く生《は》え、無精髭《ぶしょうひげ》を伸ばして、小柄な浅黒い瓦焼職人だった。

「あ、こりゃあ中江さんの親父《おやじ》さま、先だっては。まだ何か、あっしにご用で」

甲吉は中江を覚えていて腰を折った。

中江は甲吉に市兵衛を江戸の知人として引き合わせ、丁寧に頭を垂れた。

「甲吉さん、仕事中に真に申しわけござらん。倅のことを今少しおうかがいいたしたく、再びまいったのです」

「へえ、さようで。よろしゅうごぜいやす、なんなりと」

と、甲吉は噴《ふ》き出す汗をしきりに拭った。

「何か変わったことでやすか？　そうすね、大したことはねえんでやすが、作之助さんがお屋敷へいかれた日の昼遅く、空き巣かなんかが作之助さんの店《たな》に入りやしてね。たまたまあっしが仕事が早く退《ひ》けて戻っていやして、壁越しに物音に気付いてのぞきやしたら、空き巣が店の中を物色してやがった。でね、てめえら何していやがると大声を出したら、逃げながら中のひとりが斬りかかってきやがった」

ために甲吉は腕に軽い傷を負った、と言った。

「その空き巣はつかまっちゃあおりやせん。風体《ふうてい》は浪人者らしいのがひとりと、饅《まん》頭笠《じゅうがさ》をかぶった雲水みてえな坊主が二人の三人組でやした」

調べにきた町方役人が、空き巣にしては妙な組み合わせだから、その三人は金貸かなんぞの取り立て屋に雇われた連中で、取り立てにきて作之助が留守のため、せめて金目のものをと家探《やさが》ししてやがったのかもな、と話しているのを甲吉は聞いていた。

甲吉は前夜、作之助のわけありの様子を聞かされていたから、町方には作之助が中村家の家臣だったという事情は話さなかった。

「一応、作之助さんが戻ってからと思っておりやしたのに、その日以来、作之助さんは戻ってこなかったんでござんす。けど、空き巣だろうと取り立て屋だろうと、作之助さんに頼まれたこととは全く関係がねえと思っておりやしたもんで……」

と甲吉は、この前は話すまでもないと思い、半十郎にも言わなかった。

「ああ、そうそう。金貸と聞いて、そのときふと思っていたんでやすが」

甲吉は瓦焼用に積んだ薪《まき》の束《たば》に腰かけ、煙管《キセル》を吹かしながら言い添えた。

「今年の正月だったか、座頭《ざとう》が一度、作之助さんを訪ねて見えたことがごぜいやした。按摩《あんま》さんというよりは、身形《みなり》がよくて、座頭金を生業《なりわい》に営《いとな》んでいる、そんな様子に見えやした。名前は確か雑司《ぞうし》ヶ《が》谷《や》の杉《すぎ》の市《いち》さん、と言いやしたかね。作之助さんは金を借りちゃあいねえ、ひょんなことで知り合ったのだ、と仰《おっしゃ》ってたんで気にもめやせんでしたし、まあ、それだけのことなんでやすけどね」

作之助が徳五郎店から姿を消したその日に、作之助の留守を狙った空き巣、あるいは店を物色していた雲水浪人ら三人の取り立て屋、そして雑司ヶ谷の座頭杉の市。

甲吉から聞けた新しい話はそこまでだった。

「親父さま、遠慮なくなんでも言ってくだせえ。あっしみたいな役立たずでも、もしも作之助さんのためにできることがありゃあ、喜んでやらせてもらいやすぜ」

そう言い残して、甲吉は作業場に戻っていった。

作業場からは薪を燃やす煙が、青空にもうもうと立ち上っていた。

「無駄足になるかもしれませんが、雑司ヶ谷の杉の市に会いにいってみますか」

「お願いいたします。雑司ヶ谷とは、遠いのですか」

「少々かかります。大丈夫、道案内はお任せください」

瓦屋土田を出て町地を隅田《すみだ》川へ取り、吾妻橋の東詰袂《たもと》の河岸場《かしば》から猪牙《ちょき》を使った。

二

江戸川《えどがわ》橋で猪牙をおりた。

関口駒井《せきぐちこまい》町から目白《めじろ》坂を上がり下《しも》雑司ヶ谷町まできたとき、天高く上った夏の日差しは厳しさを増し、蟬《せみ》の鳴き声が周辺に降っていた。

暑いさ中でも雑司ヶ谷鬼子母神《きしぼじん》の参詣《さんけい》客で町は賑《にぎ》わい、四手駕籠《よつでかご》が鬼子母神の鳥居の方へ裕福そうな客を乗せてゆく。

鬼子母神の本殿の甍《いらか》が雑木林の中に見える雑司ヶ谷村百姓町の並びに、座頭杉の市の二階家があった。

下女に案内を乞《こ》うと、濃厚な化粧の女房が応対に出て、市兵衛と中江を狭い庭のある座敷へ通した。市兵衛は中江より、やや斜め後方に控えた。

庭は黒板塀に囲われており、塀の外の道を人の往来が続いていた。

蟬の鳴き声がここでも姦《かしま》しく聞こえる。

ほどなく、褌《ふんどし》が見えそうな半襦袢《はんじゅばん》に団扇《うちわ》を使いながら、小太りの四十半《なか》ばと思われる杉の市が、片手を厚化粧の女房に取られわざとらしくのそりと現れた。

「はは……品格のない卑しい座頭でございます。体裁《ていさい》を気にする目もございませんので、このような格好でお許し願いますよ。何せ暑くてね。はは……」

丸めた頭には吹き出物ができて、それが痛痒《いたがゆ》そうだった。

杉の市は吹き出物のできた頭を団扇で煽《あお》ぎ、隣の厚化粧の女房をふざけて煽いだ。お客さんの前でおよしなさいよ、と笑ってたしなめた女房の鉄漿《おはぐろ》が不気味だった。

「わずかな座頭金の融通でみなさまのお暮らしに少しでもお役に立てばと、ありがたくわが生業を営ませていただいております。ただ、しがない座頭とはいえ、これでも稼業でございます。初めてのお客さまにご融通いたすのは難しゅうございますが、櫻田通りに上屋敷を構える中村家にお仕えでした中江さまの親御さまとおうかがいし、これはお会いいたさねばと思った次第でございます」

中江は杉の市に改めて名乗ると、倅の四十九日を済ませてから出府し、倅が江戸で懇意《こんい》にしていただいた方々を訪ね生前の様子をうかがっている、と訪問の理由を告げた。

「中江さまのご不幸を後に知り、驚いております。人柄の穏やかなよくできたお侍さまでございました。中江さまほど篤実《とくじつ》なお方が突然のご病死など、初めはにわかには信じられませんでした。まったく人の世は無常、一寸先は闇でございます」

と、杉の市は虚《むな》しげな眼差《まなざ》しを見えぬ目に浮かべた。

「そうでございますね、中江さまとわたしのかかわりと申しますと、何からお話ししてよろしいのやら、少おしこみいっておりましてですね」

杉の市は幾ぶん素振りを改め、話すのを躊躇《ためら》う様子を見せた。

丸めた頭にできた吹き出物の周りを、団扇の握りの先でかいた。

「杉の市さん、倅は上屋敷お長屋ではなく、本所原庭町の裏店に居住いたしておりました。そちらで生前、杉の市さんに懇意にしていただいたとうかがい、ご無礼をも顧《かえり》みず本日突然お邪魔いたした次第です。何ぶん急なことゆえ倅がお世話になりましたお礼も用意しておりません。些少《さしょう》ではございますが、何とぞこれを……」

中江は白紙の包みを杉の市の膝《ひざ》の前へ手を伸ばし、置いた。

気遣いは年の功である。仕種《しぐさ》が板に付いていた。

おまえさん、と女房がそれとなく言った。

「うん？　いけませんいけません。中江さま、お世話になったのはわたしの方でございます。これをいただくわけにはまいりません」

杉の市は畳の上を手探りして、包みを指先ではじいた。

中江は紙包みを女房の方へ差し出し、

「倅は、お家の命《めい》で江戸勤番を言い付かっておりましたのに、町家住まいをしておりましたのは、わたくしには合点《がてん》がまいらないのでございます」

と、続けた。

「お家の勘定人役に就《つ》いておりました。それがなぜあのような町家暮らしをしていたのか、いや、させられていたのか、杉の市さんのご存じの事情をお教えいただきたいのです。たとえお家から咎めを受ける粗相があったとしても驚きません。わたしは倅の本当の姿が知りたいのです」

女房がおずおずと包みに手を伸ばし、押しいただく仕種をした。

「そりゃあ、親御さまなら当然のことでございますよね。ふむ」

と、杉の市はまた団扇の握りで丸い頭をかいた。

「中江さまを原庭町の裏店にうかがった折り、なぜこのようなところにお住まいなのかお訊ねいたしました。目は見えませんが臭いでわかるのですよ。貧しく粗末な裏店であるぐらいはね。へへ……しかし中江さまは、お家の事情だ、訊いてくれるな、とはにかんでおられました。お家は今、台所立て直しのために苦しんでいる。生まれ変わるための生みの苦しみのさ中なのだ。そのために自分はここにいると」

杉の市は半襦袢からのぞく剝《む》きだしの膝を撫《な》でた。

「生みの苦しみと？」

「ですが、中江さまになんぞ落ち度があって、あのような裏店住まいをなさっていたのではないと思います」

それから女房に煙管を持つ仕種をして見せた。

女房は心得たふうに、傍《かたわ》らに置いた煙草《たばこ》盆と銀煙管を手繰《たぐ》り寄せた。

「わたしが中江さまに最初にお目にかかったのは去年の霜月《しもつき》十一月、櫻田通りの中村家上屋敷へおうかがいいたした折りでございます。調達手形と申します手形がございます」

杉の市は女房が火を点《つ》けた銀煙管を、旨《うま》そうに吸ってひと息ついた。

「今どき、どちらのご家中も大なり小なり振り出されておる手形でございますが、わたしどもの間では、中村さまの調達手形は度を越しておる、中村さまは危ない、中村家の手形は気を付けろ、という評判は伝わっておりました。その中村家の二百両ばかりの調達手形を、廻り廻ってわたしが引き受けざるを得なくなったのでございます。手形の押印には、伊勢町の中村家の御蔵元の南部屋さんの判がございました」

本来、わたしどもが扱うものではございませんが、座頭など無理を押し付けられる立場の弱い金貸でございます――と、杉の市は煙管をもう一度吹かし、女房へ渡した。

「手形は新春に振り出されており、十一月末に期限が迫っておりましたし、お大名がわずか二百両の調達手形を振り出すのですから、よほどお台所の金廻りが苦しいのだな、とちょっと怖くなったくらいです。それで南部屋さんに引き取ってもらう前に中村家へいって話すだけ話してみようと、訪ねたのでございます。その折り、座頭など蔑《さげす》まず、誠意を持って対応してくださったのが中江さまでございました」

中江の伸びた背筋が身動きひとつしなかった。

「中江さまは困っておられました。南部屋さんほどの大店《おおだな》なら高が二百両でしょうが、しがない座頭金に二百両は大きすぎますと訴えますと、中江さまは二日待ってほしいと仰られました。明後日までには必ず金を作る、とでございます」

「いかがなりましたか」

「二日後、中江さまが中間《ちゅうげん》ふうの従者をおひとりともなわれ、わざわざうちまでお見えになり、手形を買い戻されたのでございます。驚きました。内心は駄目かなと思っておりました。何日後までに金を返すと言って金が返された例《ためし》はございませんのです。へへ……お礼に一献とお誘いしましたが頑《かたく》なに拒《こば》まれて、従者の方とお引き取りになられました」

杉の市は団扇を使い、下女が運んできた香煎湯《こうせんとう》をすすった。

「今どき、あのようなお侍さまがいらっしゃるのだと感心いたしました。それから年が明けたこの正月、もう一度上屋敷に中江さまをお訪ねいたしました。と申しますのは、手形を買い戻された折り、金貸業の間で中村家の噂を耳にしたら、どのような些《さ》細《さい》な事でも教えてほしいと頼まれておったのでございます。すると……」

「倅は、上屋敷にはすでにいなかったのですね」

「はい。中江さまは上屋敷を出られた、と。門番所の方はどなたも中江さまがどちらにいらっしゃるのかご存じではなく、お屋敷のお侍さまはわたしなど相手にしてくださいません。そこへたまたま、中江さまに従ってうちへ見えた中間の方がこられ、それで原庭町の裏店にお住まいであることを教えていただいたのでございます」

「その中間の方は？」

「相すみません。名前も存じあげません。自分は、確か、小池とかいう御留守居役の指図で中江さまに連絡を差しあげるつなぎ役にすぎないと仰って、詳しい経緯はご存じないようでした」

中江は考えこみ、かすかにうなった。

杉の市は唇をへの字に結び、女房にまた煙管を吸う仕種をした。

あいよ、と女房は手早く銀煙管に火を点け、杉の市に手渡した。

杉の市の燻《くゆ》らせた煙がゆらゆらと立ち上り、刻み煙草の臭いが沈黙の中に流れた。

「杉の市さん、おうかがいいたします」

市兵衛が中江の後ろから言った。

中江は市兵衛を、慣れぬ江戸の案内をお願いしている知人と伝えていた。

杉の市はそれまで控えていた市兵衛の方へ、「は?」と汗ばんだ顔を向けた。

「この正月、中江さんを上屋敷へ訪ねられた際、何か噂が入って、それを知らせにいかれたのですね。どんな噂を耳にされたのですか」

「そうそう。あれはですね、中村家のお世嗣《せいし》の憲承さまが磐城の安藤家の鶴姫さまとご婚礼をあげられることが決まったのです。ただ、磐城の安藤家は小石川《こいしかわ》の漆原忠悦さまと仰います検校《けんぎょう》法印さまと深いつながりがおありなのでございまして、わかりやすく申しますと、漆原検校さまはお大名やご大家のお旗本へ多額のお金を融通なさっておられる資産家でいらっしゃいます」

中江が落としていた顔をあげた。

「わたしども座頭の間の噂では、漆原検校さまはお大名や大家のお旗本に総額で三十万両とも四十万両とも大名貸をなさっていると伝わっております。磐城の安藤家は禄高三万石。その安藤家へも数万両の融通をなさっておられるのでございます」

「するとそれは、安藤家が中村家と婚姻を結ぶ縁で漆原検校どのとの間を取り持って、漆原検校どのが中村家の台所へ融通に乗り出す、といった噂ですか」

「その通りでございます。漆原検校さまが中村家お台所立て直しに、相当の肩入れをなさる、という噂でございます」

「としても年利息一割五分を取る大名貸のはずです。漆原検校どのの大名貸は今に始まったことではありません。それがなぜ今年になって、中村家への融資が殊《こと》に噂に上ったのですか」

「はて。お金持ちやご身分の高い方々のなさることは、下々のわたしどもにはわかりかねます。何かほかに噂になる事情があるのかどうか、ただ噂を聞いただけですので原庭町の中江さまをお訪ねし、正月ということもあって、二人で少々お酒をいただきながらその噂をお知らせいたしました」

「倅は、作之助は何か申しましたか」

中江は杉の市の方へ幾ぶん身体を傾《かし》がせた。

「これと言って覚えていることはございません。漆原検校さまの噂を伝えますと、考えこむふうな様子、と申しましても見たわけではございませんけれど。ははは……」

市兵衛の中に、気持ちがすっきり収まらなかった。

検校法印が立場を利用して大名などを相手に金貸を営み、莫大な資産を拵《こしら》えている話は珍しくはない。

漆原忠悦が検校法印の中でも、江戸屈指の資産家であり、金貸として多くの諸侯や公儀高官と親交があるという評判は子供でも知っている。

それが今さら、中村家の嫡子と安藤家の姫君が結んだ婚姻の因縁で、中村家とのかかわりを取り沙汰《ざた》された謂われが解せなかった。

両家の婚姻に何か裏があるのか――市兵衛はふと考えた。

三

一刻半（三時間）ほど後、市兵衛と中江は日本橋伊勢町の賑わいの中にいた。

日本橋川から入り堀に分かれて本船町《ほんふなちょう》より伊勢町へいたる入り堀の西堤は、俗に米《こめ》河岸《がし》と呼ばれている。

河岸場には米俵を満載した艀《はしけ》が次々と漕《こ》ぎ寄せられ、軽子《かるこ》と呼ばれる人足らの米俵を運ぶ喧噪《けんそう》が途絶えず、堤の両岸には米問屋や米仲買の大蔵が、白い漆喰《しっくい》の土塀を壮観に列ねていた。

北相馬の中村家蔵屋敷蔵元南部屋七三郎の本店は、伊勢町の入り堀を西に折れて道《どう》浄《じょう》橋をぐった北堤の通りに面した一角に、本瓦葺《ぶ》き土蔵造りの大店を構えていた。

土蔵造りの長暖簾《ながのれん》をくぐり表店の前土間へ踏み入ると、お仕着せの手代らが、ある者らは客に応対し、ある者らは固まって深刻そうな談合を交わし、ある者らは勘定の算盤《そろばん》をはじいて、表店は前土間も店の間も騒然としていた。

その手代らの間を小僧が走り廻って、声高に報告を入れている。

「大変な賑わいですな。われらのことなど、誰も気にかけない」

「ここはみな商人らの仕事場ですから、侍などがきても仕事ではないことが明らかだからですよ。これが国元からの入札米が廻漕《かいそう》されて入札が始まれば、もっと激しい商いの場になるのでしょう」

市兵衛は傍らを小走りに駆ける小僧を呼び止めた。

「小僧さん、ご主人に取り次ぎを頼みたい。われらは……」

「ここではほかのお客様の邪魔になりますので、あっちでおうかがいいたします」

小僧は寸暇《すんか》も惜しい、という素振りで市兵衛と中江を土間の通路へともない、

「手前どもの主人に、本日はお約束でございましたか」

「約束はない。こちらは中村家勘定人中江作之助どののお父上です。中江どのがこの三月、病によって急死なされたため、お父上は作之助どのが江戸で懇意にされていた方々へご挨拶《あいさつ》に廻られておる。本日、南部屋ご主人へご挨拶にまいった次第」

十三、四の小僧は「はあ、中江作之助さまの？」と、痤瘡《ざそう》だらけの顔を中江に向けて訊きかえした。作之助と聞いて心なしか様子が改まった。

南部屋は中村家の蔵屋敷でもある。蔵屋敷役人の下役として勘定人の作之助はたびたび南部屋へ赴《おもむ》いていただろうし、常駐していたかもしれぬ。

お待ちください、と小僧は店の奥へ小走りに消えた。

店の表通りに荷車に積んだ荷物が届いたらしく、店の中がさらに喧噪に包まれた。

「手前、副番頭を務めております猪之吉《いのきち》と申します。中江作之助さまの親御さんとうかがいました。ただ今主人七三郎は所用で手が離せません。手前が代わりにおうかがいいたします」

猪之吉は縞のお仕着せの若い手代だった。顎《あご》が尖《とが》り、顔付きに険がある。

どうぞこちらへ、と半暖簾を払って土間の奥へ市兵衛と中江を導いた。

暖簾をくぐると、表店に続き数名の手代らが机を並べる小広い部屋になっていた。

表店の喧噪は伝わってくるけれども、急に静かになった。

羽織袴の侍風体もおり、どうやらこの部屋は中村家蔵屋敷の執務部屋らしい。

侍風体の男が、土間を通り抜ける中江と市兵衛へ訝《いぶか》るふうな一瞥《いちべつ》を寄越した。

「ご存じですか」

市兵衛は中江の後ろからささやいた。

「いや、知りません」

次に三つの竈《かまど》が並び、大鍋には湯気が立ち上って、下男下女が忙しく立ち働いている台所の広い土間を通り抜けた。

猪之吉が足を止めたのは、店の棟と裏の主家《おもや》をつなぐ通り庭のような場所だった。

廂《ひさし》の下に筵茣蓙《むしろござ》を重ねた荷車や荷物などが一隅に並び、そこは荷物置き場にも使われていた。通り庭の先に主家の縁廊下と座敷の腰障子《しょうじ》が見えていた。

「どうぞ、ご用を」

猪之吉は二人を見下して言った。

ひどくぞんざいな扱いである。

どうやら猪之吉は、市兵衛らと立ち話で済ませる気らしかった。

市兵衛は呆《あき》れ、唇を強く結んだ中江と顔を見合わせた。

「ご主人にはお会いできませんのか」

中江が改めて訊くと、猪之吉は鼻先で笑った。

「ですからただ今所用で、手が離せませんのです」

「さようですか。わたくし、中村家勘定所勘定人を務めておりました中江作之助の父中江半十郎と申します。猪之吉どのは作之助をご存じでしょうか」

「そりゃあ存じあげておりましたよ。御留守居役の小池辰五さまの下役で、たびたびうちへ見えられましたから。うちは中村家の入札米や物産を扱う蔵屋敷ですし」

「ならばご存じでありましょうが、倅が急な病を得て身罷《みまか》り、生前、こちらでご懇意をいただいたご挨拶にまいりました」

「そうですか。主人にそう伝えておきます」

「あの、倅が御留守居役の小池どのとお家のご用でこちらへまいりましたのは、三月の病を得る直前まで、変わらずにそうだったのですか」

「どうでしたか。そういえば、今年に入ってあまり見かけなかったな」

「猪之吉どの、ご存じならば教えていただきたいのです。作之助は去年師走《しわす》より中村家の上屋敷を出て、本所の裏店住まいをいたしておりました。勘定人である倅はなぜ、誰に命ぜられ、上屋敷ではなく裏店住まいをしておったのでしょうか。倅はいかなる役目を仰《おお》せつかっておったのでしょうか」

「さあ、お武家さまのお役目のことは、わたしにはわかりかねます。ただ、中江さまの件なら、お役目上で何か不都合があったとは聞いています。そのためにお屋敷を出られたのかどうか、知りませんけどね」

「倅にどのような不都合が、あったのですか」

「詳しいことは存じあげません。上屋敷でお訊ねになればわかるんじゃないですか」

「猪之吉さん、中村家の調達手形の振り出しに、南部屋七三郎さんの押印がありました。中村家の調達手形はいつも南部屋さんが押印なさるのですか」

市兵衛が唐突に問いかけた。

猪之吉の素気《そっけ》ない素振りが、急に変わった。

「そんなこと、あなたにかかわりないでしょう。あなた、どなたですか」

「唐木市兵衛と申します。中江さんは江戸に不案内でいらっしゃいますので、江戸のご用の手伝いに雇われた者です。中村家は調達手形を数千両から数百両まで、合わせますとずいぶん高額を振り出されております。南部屋さんはその全部にかかわっておられるのですか」

「だからそんなこと、たとえ知っていても、あなたに話せません」

「去年冬、中村家の二百両ほどの調達手形が町の金貸業者に流れ、中村家上屋敷に持ちこまれました。むろん、手形の押印は南部屋さんです。ご存じでしょうが、ご公儀は相対《あいたい》の貸借の訴えに詮議《せんぎ》は手ぬるくとも、手形保護には厳格な方針を取っております。金貸業の対応に当たられたのが中江作之助さんです。南部屋さんにも、手形を落とすための喫緊《きっきん》なる相談があったと思うのですが」

「それがなんですか」

「その対応の後、中江さんは上屋敷を出られたのです。自分の倅が知らぬ土地で急な病を得て身罷り、死に目にも会えなかった。親ならば、倅が知らぬ土地でどんな暮らしをし、どんな目に遭《あ》っていたのか、知りたいと思うのが人情です。些細な噂話でも構いません。何かご存じではありませんか」

「しつこい人だな。知らないと言ってるでしょう」

猪之吉は口を尖らせた。

ほかに何が訊きたいんです、といった素振りで骨張った肩を細かくゆすった。

中江が、仕方がありません、という顔付きで市兵衛に頷いた。

そのとき、主家の縁廊下に丈の短い涼しげな黒絽《くろろ》の羽織をまとった男が現れ、猪之吉を呼んだ。

「猪之吉、お客さまをこちらの座敷へお通ししなさい」

「へえい。ご案内いたします」

猪之吉が庭越しに男へ腰を深く折った。

男はまだ四十に届いていない年ごろに見えた。痩身《そうしん》で背が高く、用心深そうな細面《ほそおもて》の、仲買問屋の大店南部屋主人七三郎に違いなかった。

「このたびはお悔やみを申しあげます。中江作之助さまはとても有能なお方でいらっしゃいました。小池さまの右腕として頼りにされておられたのでございますけれど」

南部屋は手代の無礼な対応を詫《わ》びた後、中江と後ろに控えた市兵衛にも、ちらと一重《ひとえ》の切れ長な眼差しを投げた。

中江は作之助が生前に懇意になった礼を述べ、死に目にも会えなかった倅の江戸での様子を知るべく「みなさまに話をうかがっております」と言った。

「上屋敷へは、いかれましたか」

「出府してすぐに上屋敷へ向かい、倅の上役でありました御留守居役の小池辰五どのに面談をもとめました。しかし小池どのはもとより、ご家老さまの筧さまもお出かけであったため、屋敷内にさえ入れていただけませんでした」

「それはお気の毒でございました。ともかくも、上役の小池さまのお話をお聞きになりませんことには、心残りでございましょう」

座敷は広く、床の間と違い棚があって、陶器の花立にてっぽう百合《ゆり》が活《い》けてあった。

表店の賑わいは届かず、手入れのいき届いた庭園に小鳥がさえずっていた。

中江は、作之助が本所の裏店に住んでいた謂われを七三郎に訊ねた。そして、

「……のみならず、倅はいかなる病に冒《おか》され身罷ったのか、最期はどのような様子であったのか、苦しんだのか安らかだったのか、わたしや七歳の娘には何か言い残さなかったのか、わたしは何も知らないのです。お家は、突然、流行病で身罷った知らせと倅の遺骨と遺品をわたしどもへ寄越したのみで、今もって一切のお沙汰も詳しい経緯を明らかにもしてくださいません。それがお家に仕えた死者への礼と言えましょうか」

と、抑えている存念をつい垣間《かいま》見せたかに、いつになく強い口調になった。

「上役の小池さまがもう少しきちんとしませんと、いけませんですな」

七三郎は物わかりよく頷いた。

腰元が二人に出した茶菓を勧めた。

「わたくしにも十歳の倅がおります。中江さまのお気持ちはお察しいたします。じつ

はわたくし、中江作之助さまが櫻田通りの上屋敷を出られ、本所の原庭町にお住まいになられた事情を存じあげております」

七三郎は胸の前で腕を組み、眉間に二筋の皺を寄せて目を落とした。

「ご、ご存じでしたか。倅に一体何があったのでしょうか」

「中江さま、何とぞお心静かにお聞きくださいませ」

そう言って、顔をあげた。

「有体《ありてい》に申しあげます。去年暮れのことでございます。中村家の台所で、少々の使いこみが表沙汰になったのでございます。ご家老の筧さまのご命令で、わたしどもと御留守居役の小池さまのみで帳簿そのほかの入念な検証が命ぜられ、隠密に調べ直しをいたしました。万が一の疎漏《そろう》がなきよう三度。で、確かめました結果、やはり使いこみと申しますか、帳簿に穴が空いておりましたのは間違いございませんでした」

「もしや、もしやそれが作之助の仕業《しわざ》と、申されるのか」

「お応《こた》えし辛《づら》いのですが……」

七三郎は頷いた。

「あり得ん。そんなことはあり得ん」

呟《つぶや》いた中江の肩が、ひどく老いてしぼんで見えた。

ふと、七三郎と目が合い、七三郎は薄い笑みを市兵衛へこぼした。

「初めは中江さまも否定しておられました。けれども否定しきれぬと悟られ……ご家老さまは有能な中江さまのこれまでの功労と、代々お家に仕える中江家の名を惜しまれ、何かよき手立てはないかと思案なされました。それで取りあえず噂にのぼらぬよう、内密に中江さまを上屋敷からお出しし、町家住まいをさせ、その間にどのように沙汰をするか決めることになさったのでございます」

「それならばいっそ……」

「ではございましょうが、それはご家老さまのご配慮だったのでございます。すべてを表沙汰にいたせば切腹では済みません。中江家は断絶。中江一族は北相馬より追放、ということもあり得たのでございます。それは忍びないと」

中江の背中が固まっていた。

小鳥がのどかにさえずっている。

手入れのいき届いた庭の竹林が、夏の遅い午後の風に葉をゆらしていた。

「とにかくご家老さまのご恩情で、穏便に使いこみはなかったことに済ます、と決まり、この三月、中江さまを上屋敷に呼び戻されました。そして、中江さまは勘定人の役目を解かれ、北相馬の中江家は改易と伝えられました」

「かいえき？　わが家が改易ですと」

「わたしはその場に居合わせてはおりません。小池さまよりうかがったのみでございます。小池さまは、中江さまがお倒れになったのはその直後と話しておられました。相当心労していたのであろう、ともお聞きいたしました。お倒れになってからわずか二日後に息を引き取られたのでございます。真にお気の毒でございます」

　七三郎は中江に恭《うやうや》しく頭を垂れた。

「去年の十一月、倅はお家の手形を落とすために働いた、とある方からうかがいました。使いこみとはその手形を落とすための金策ではなかったのですか」

「は？　手形？　なんのことでございますか」

　七三郎はなぜか市兵衛を見た。

「二百両の調達手形です。南部屋さんの押印されたものです。それが市場に売り出され、廻り廻ってある金貸の手元に入りました。期限が十一月末と迫っており、金貸は中村家の上屋敷へ手形を買い戻してくれるよう交渉にいったのです。その対応に当たられたのが中江作之助さんでした。中江さんは二日後に、その手形を買い戻されました。南部屋さんにもご相談があったのではありませんか」

　市兵衛が説明を補足した。

「ああ、思い出しました。ございましたな、そういうことが。と、申しましても、手形の件と使いこみの一件は別でございますよ。国の営みも商いの営みも根本は同じ。手形を振り出すということは、国であれ商いであれ、営みが信用に基づき公正に行われておる証《あかし》と申せます。中江さまの使いこみが手形を買い戻すためであれば、隠密に検証する必要はありませんので」

「建前はそうでしょうが、営みにはそれなりの裏があります。信用に基づき公正に振り出されている、という手形の建前を悪用する者が後を絶ちません。中村家におかれましても、北相馬六万石の分《ぶん》を超えて様々な手形を振り出されておられる、と聞こえております。中江作之助さんは、その後始末に奔走《ほんそう》したことが使いこみという形になったか、あるいは、悪用を謀《はか》った者によって使いこみの濡《ぬ》れ衣《ぎぬ》を着せられたのでは」

七三郎は眉間の皺を深め、表情に陰鬱《いんうつ》さを漂わせた。

「中村家に手形の悪用を謀った者がいる、その者が中江作之助さまを陥《おとしい》れた、と仰りたいのですね」

「あいや、ご無礼を申しました。お許しください。例えばそういう推量が働く余地もあろうかと、申しております」

「唐木、市兵衛さんでしたな。お武家で算盤がおできになり、渡り用人を生業にしているお方の評判を聞いたことがございます。風のようにどこへ吹くかわからぬいい加減な輩《やから》という悪評もあり、一方で極めて優れたお侍との噂も聞きましたな。もしや、唐木さんのことでは？」

「渡りを生業にいたしておりますが、そのような噂を聞いた覚えはありません」

「ところで唐木さんは、中村家が六万石の分を超えて手形を振り出している、とどこでどなたからお聞きになったのでございますか。それとも、中村家の帳簿か何かをご覧になったのですか」

七三郎は大店を営む商人らしく、もったいぶらずまっすぐ核心を突いてきた。

「しがない渡り者らが申していたことを小耳に挟んだだけです。裏付けのない風の噂です。しかし、蔵元の南部屋さんがそのようにお訊ねになるということは、中村家の手形の噂は本当なのですか」

市兵衛は切りかえした。

「いえいえ。そのような危ない手形を由緒ある中村家が振り出されるなど、あるはずがございません。不肖南部屋七三郎、蔵元といたしまして中村家が手形を振り出す際のご協議にも加わらせていただいておりますし、手形の保証に押印もいたします。ですから間違いございません。何とぞ、ご安心を。埒《らち》もない風の噂に、惑わされませんように」

突いてはいなす。なるほど、商いは戦《いくさ》か——市兵衛は大坂の商人を思い出した。

四

伊勢町の入り堀の堤道を、西に傾いた日差しが赤く染め始める刻限だった。

商家は夕刻には店を閉じる。

蠟燭や行灯などの弱い光の下での商売は不向きだし、火事が怖い。第一、明かり代がもったいない。だから狂言も相撲も、興行は昼間である。

暗くなって働くのは、泥棒か、女郎か、近年、市中のそこかしこの裏店に職人相手に設けた小屋の高座へ上がる寄席芸人くらいである。

店仕舞いが近付いて、堤道をいき交う手代や小僧らの動きが慌ただしかった。

荷車が賑やかに引かれていく。

「笊《ざる》やあ、みそこし万年柄杓《びしゃく》うぅぅぅ」

笊を堆《うずたか》く積んだ両掛天秤《てんびん》の行商の売り声が流れ、道端の柳が夕方のそよ風にそよいでいた。

夏の日盛りの下を一日中歩き廻り、中江の背中は疲れて見えた。

西日が落とす菅笠《すげがさ》の影が、老いた肩に重たげだった。

南部屋七三郎より聞かされた作之助の使いこみの疑いに、中江は心を痛めている。

「唐木さん、これから深川へ戻り、夕餉《ゆうげ》の支度をいたします。節も待っておるでしょう。今夜も少々、呑みたい気分だ」

中江が振りかえり、屈託を腹の底に仕舞って穏やかな笑みを作った。

「わたしは神田ですから、本日の務めはここで終えさせていただきます。中江さん、思案していることがあります。明日、お付き合い願えますか」

「ご思案が。もちろん、唐木さんにお任せいたします。では、このままお戻りになりますか」

「これから友と、久し振りに酒を呑むことになりそうです」

「ほお。心許せる友と酒を酌《く》み交わすときに勝《まさ》る楽しみはありませんな。唐木さんなら、いいお友達が沢山《たくさん》いらっしゃるのでしょう。そうそう、お別れする前に少しだけ寄り道していただけませんか。些細な用です。大してお手間は取らせません」

中江は言って、堀留《ほりどめ》町の方角へ取っていた堤道より北へ折れる小路に入った。

小路へ折れると、中江の足取りは急に速《すみ》やかになり、市兵衛を導きつつひとつ目の辻に立った。左右を見渡し、身軽に東へ折れた。

道の先の板塀と土塀の隙間に朱塗りの小さな鳥居があり、稲荷《いなり》の祠《ほこら》があった。幟《のぼり》が立っている。

中江は稲荷の前へきて、

「お参りをしていきましょう」

と、市兵衛を稲荷の祠の前へ導いた。が、中江は祠の前に佇《たたず》み、お参りをする素振りがなかった。じっとして動かない。

裏通りへ入ると、表通りの賑やかさはぱたりと途絶える。

「笊やあ、みそこし万年柄杓《き》うぅぅぅ」

小路に行商の抑揚を利かせた野太い売り声が、うら寂しく響いていた。

両掛天秤に積んだ笊が、ゆらりゆらりとゆれている。

行商が稲荷の前を通りかかった。五尺ほどの岩塊のような体軀《たいく》が堆く積んだ笊の間に埋まっていた。

紺木綿の腹掛けに股引脚絆《ももひききゃはん》、草鞋《わらじ》履《ば》きの風体に菅笠をかぶっていて、黒い棍棒《こんぼう》のような太い腕や、盛りあがりはち切れる肩の肉を、夕方の日が赤く輝かせていた。

小路にほかの人影はなかった。

「待て。われらはここにおる」

中江がいきなり呼びかけた。行商の歩みが止まるや、すすっと小路の先へ踏み出した。意外なほど素早い動きだった。

「何者だ。用を言え」

中江は右手を膝にあてがい、左手に腰の刀をつかんでいた。

行商の両掛天秤の笊がゆれている。

「見ての通り、笊売りでござぃやす。笊を売り歩いておりやす」

ぼそ、と応えた。

「侍だな。なぜわれらをつけた。狙《ねら》いはなんだ。誰に頼まれた」

中江が先に腰を沈め、抜刀の態勢を取った。

「危害を加えたくはない。だがそれも事と次第による。話せ」

言いながら、中江の語調も表情も落ち着き払っていた。

行商がうなった。先手を取られて動けない。

菅笠の下の窪《くぼ》んだ眼窩《がんか》に高い頬骨《ほおぼね》、ひしゃげた獅子鼻《ししばな》、顎の張った唇の間から瓦をも嚙《か》み砕きそうな白い歯並みが、猟師に追い詰められた獣のようだった。

と、不意に警戒をゆるめた。

「市兵衛、冗談はよせ」

行商が言った。

うん？　と中江が訝った。

「中江さん、申しわけありません。この男は、先ほど申しましたわが友なのです」

市兵衛が二人の間へ進んだ。

「仰られた通り侍です。侍がこの風体はご不審でしょうが、これは役目上の形なのです。われらをつけていたのではなく、われらより先にこの界隈《かいわい》をうろついておりました。われらが偶然、き合わせたのです」

「唐木さんのお友達、でしたか。すでにお気付きだったと。お二方ともに」

中江は屈めた痩軀を持ちあげ、緊張を解いた。

「気付いておりましたが、互いに務めの途中でしたから声をかけるのを控えておりました。弥陀ノ介《みだのすけ》、おまえが妙な動きをするから不審に見られるのだ」

「妙な動きだったか。すまん。そんなつもりはなかった」

市兵衛と弥陀ノ介は、に、と笑みを交わした。

「風貌《ふうぼう》は怪しくとも気質《きだて》はいたって純朴な男です。ご心配無用です」

中江は弥陀ノ介へ意外そうな目を向けた。

「驚きました。わたしはまったく気付かなかった。お二方ともわたしよりずっと若い身でありながら、よくそこまで修行を積まれましたな」

それから市兵衛と弥陀ノ介が照れるほど、繰りかえし見較べた。


半刻（一時間）後、鎌倉河岸の京風小料理屋《薄墨》の店土間奥の座敷から、男らの小気味よい笑い声がもれてくる。

四畳半の座敷の襖《ふすま》は、夏の宵《よい》の涼気を取るために一尺（約三十センチ）ほど開き、襖の間から京嵯峨野《さがの》の景色を描いた衝立《ついたて》の絵がのぞいていた。

女将《おかみ》の佐波が、黒い漆塗《うるし》りの盆に赤い切子《きりこ》の装飾をほどこしたぎやまんの酒器を載せ、調理場の暖簾をくぐって、紬《つむぎ》の単衣《ひとえ》に小紋模様の小袖《こそで》の姿を艶《あで》やかに現した。

四十に手が届いた今でも、界隈では美人で評判の女将である。

河岸場には杭《くい》につながれた川船が、ごとり、ごとり、と船縁を打ち鳴らし、宵の静寂《しじま》を低く騒がせていた。

川面より漂う涼気が、軒行灯《のきあんどん》を掲げた桐《きり》の小格子《こごうし》の引き戸を透し、前庭に野の小笹の風情をあしらった石畳を越え、縦格子の表戸を半ば開けた店土間へ流れていた。

店土間の入れ床に毛氈《もうせん》を敷き衝立で仕切った席には、界隈の暮らしにゆとりのある御隠居やお金持ちの常連客が早や座を占め、佐波の父親である料理人静観《せいかん》の拵《こしら》えた京風料理と芳醇《ほうじゅん》な香り立つ下り酒を楽しんでいる。

この刻限、薄墨は早くも全部の席が埋まっていた。

「お酒をお持ちいたしました」

佐波は座敷の襖を半間《げん》(約九十センチ)ばかり開け、膝からするりと座敷へあがった。

「そりゃあ、弥陀ノ介の行商に後をつけられれば怪しいと思うだろう。その御仁もさぞかし肝《きも》を冷やしたのだろうな。ははは……」

公儀十人目付筆頭片岡信正が笑った。

信正の左右に唐木市兵衛と小人《こびと》目付返《かえり》弥陀ノ介が向き合って、それぞれの宗和膳《そうわぜん》を囲んでいた。二人も信正の笑い声に誘われ、にやにやしている。

「わたしは肝など冷やしておりませんぞ。ただ、困ったなとは思いました。市兵衛がすぐ言ってくれればいいものを、この男、黙って見ていたのですよ。人の悪い」

「弥陀ノ介はどう応ずるか、面白そうでちょっとそそられたのだ」

「どうする気だった、弥陀ノ介」

信正がおかしそうに訊《き》いた。

「あの老侍が刀を抜いたら、天秤を捨てて逃げましたろうな。あははは……」

あははは、あははは……と、三人は何がおかしいのか、とにかく楽しげである。

「片岡さま、どうぞ」

と、佐波は信正の同じぎやまんの盃《さかずき》に酌《しゃく》をし、信正は「ふむ」と受ける。

二十数年前、料理人の父親静観が京より江戸へ下り、この鎌倉河岸に京風小料理屋《薄墨》を開いたとき、ともに江戸へ下った佐波は十六歳だった。

十六歳にして佐波は女将となって薄墨を切り盛りし、気難しい料理人気質《かたぎ》の静観を助けて二十数年がたった。

麴町《こうじまち》大横町《おおよこ》から赤坂《あかさか》御門へ下る諏訪《すわ》坂に旗本千五百石の屋敷を構える片岡信正と佐波が、互いに惹《ひ》かれ合い結ばれた経緯を知る者は多くはない。

あの二十数年前の春、信正は二十九歳の若き公儀十人目付だった。

あれから諦《あきら》めの、それでいて切ないほどに愛おしい歳月が儚《はかな》く流れた。

これでよかったと諦めることのできる道理を、佐波は流れた歳月の中で育《はぐく》んだ。

どれほど儚くとも、愛おしい歳月はなおも続いてくれればという、平凡な、それ以上の望みを佐波は願ったことはなかった。

「だが中江半十郎という老侍の腕は、案外侮《あなど》れぬぞ。弥陀ノ介の動きを読んで、それに応じられるほどの者はそうはいない」

信正が改まって市兵衛に言った。

佐波は市兵衛に酌をし、それから弥陀ノ介にも「どうぞ」と酒器を廻した。

「お会いしてまだ数日しかたっておらず、どれほどの使い手か、わたしにもよくわからないのです。年は六十を回っておられるようですし、常に穏やかさを失わない控えめな方です。仕種に衰えは見えませんが、七歳の孫娘とひっそりと暮らす優しい祖父という様子が、とても似合っています」

「七歳の孫娘を連れた、六十すぎの老侍か」

弥陀ノ介が佐波の酌を受けながら言った。

「そうなのだ。美しく賢い童女でな。父と母はすでに亡く、老いた祖父を頼りに二人だけで江戸へ出てきた」

まあ、そんな小さな子が……市兵衛の言葉に佐波はわずかに胸をつまされた。

「孫娘と老侍。珍しい二人連れだ……」

信正が言った。

「とはいえ、北相馬から七歳の孫娘をともなって出府したのです。よほどの強い決意を胸に秘めているのでしょうな」

弥陀ノ介が言い添えた。

「だからさっきは驚いた。弥陀ノ介にあんなふうに立ち向かうとは意外だった」

「敵意ではなかった。なんというか、己を捨ててやり通すという覚悟が漲《みなぎ》っており、それゆえおれも困ったのだ」

「兄上、小石川の漆原忠悦という検校法印の評判はご存じですか」

「大名貸で富を築いた漆原忠悦なら、むろん知っておる」

この場限りの事として聞いていただきたいのです——と、市兵衛は話し始めた。

市兵衛が話し始めると、佐波はさりげなく座をはずした。

そうして、薄墨を長年ごひいきにしてくれている店土間のお客さまの間を愛想よく廻り、お客さまのお膳に目配りし、いつものように忙しく立ち働いた。

佐波が信正の弟市兵衛を知ったのは、まだ一年もたたぬ去年《とし》の冬である。

信正に、先代の片岡賢斎と後添《のちぞえ》の市枝《いちえ》との間に生まれた十五、年の離れた弟がいることは知っていた。

市枝は子を産んだ後、新しい命と己の命を引き換えるように亡くなった、とも信正から聞いた。

市兵衛は、才蔵《さいぞう》という幼名で十三歳まで片岡家で育った。

けれども父親賢斎が亡くなったときを契機に、なぜか片岡家を去った。そうして母方の祖父唐木忠左衛門《ちゅうざえもん》の許《もと》で元服を果たして唐木市兵衛と名乗り、ひとり上方へ旅立った。

そのとき弟に何があったのか、信正は弟の深い心の変化《へんげ》を語ろうとはしない。

「あれは、己の内なる声に従ったのさ。そういう男だ」

信正は、ただそう言うのみであった。

けれども佐波はこのごろ思うことがある。

あの兄と弟はとてもよく似ている。兄と弟というよりもどこか、父と倅のように二人は似ていて、同じときを歩んでいる、と。

佐波は襖を一尺ほど開け放した座敷の方へ、愁《うれ》いのある眼差しを投げた。

佐波がそう思ったのは、市兵衛の母の市枝が、若き日の信正が初めて慕い憧れた女性だったことに、誰に言われたのでもなく気付いてからだったけれども……

京嵯峨野の風景画をあしらった衝立が見え、衝立の向こうから三人の男たちの息吹《いぶき》が感じられる。

「この三月、中村家の世嗣憲承どのと磐城の安藤家のご息女鶴姫さまが婚儀を交わされ、鶴姫さまがお輿入《こしい》れなされました。その婚儀が急遽《きゅうきょ》決まったという正月ごろ、座頭金の金貸業の間で、漆原検校が中村家と安藤家の婚儀に絡《から》んで中村家の台所立て直しに相当肩入れするらしいと噂が流れたそうです。じつは、中江半十郎さんにわたしが雇われましたのは……」

それは北相馬中村家の元足軽小頭中江半十郎と孫娘節の出府より始まった。

中江の許に突然届いた江戸勤番勘定人だった倅作之助の病死の知らせ、中村家の手形振り出しを記した付込帳の詳細、そして今日、中江とともに雑司ヶ谷の座頭杉の市、伊勢町の中村家蔵元南部屋七三郎を訪ね、わかったことがある。

「中江作之助さんは、杉の市の持ちこんだ調達手形を落とすために手を尽くした翌月の師走、己の不正が発覚し、家老筧帯刀の配慮で本所の裏店に身を隠したことになっています。さらに年明け正月ごろ、世嗣憲承どのと鶴姫さまの婚儀が急遽決まり、漆原検校の中村家への肩入れの噂が座頭の間に流れました」

信正は聞きながら、盃を重ねている。

弥陀ノ介も信正に倣《なら》うかのように、黙って盃を舐《な》めた。

「しかし作之助さんは杉の市に、お家は今、台所立て直しのために苦しんでおり、生まれ変わるための生みの苦しみのさ中にあって、そのために自分はここにいる、と言っていたのです。それから二月後の三月、作之助さんは突然病死しました。ちょうど、憲承どのと鶴姫さまの婚儀が執《と》り行われたころと思われます」

市兵衛は信正から弥陀ノ介へと眼差しを移した。

「なぜ、作之助さんは本所に身を隠したとき、お家か蔵屋敷に保管すべき付込帳を持っていたのか。三月に上屋敷へ一旦戻る際、原庭町の隣人甲吉に、万が一自分が戻らなかったならばと、父親への書状と父親に渡してほしいとなぜ重要な付込帳を託したのか。なぜ、大名貸の資産家で知られる漆原検校が、あえて中村家へ肩入れなのか。なぜ、作之助さんは突然病に倒れ身罷ったのか……」

信正はぎやまんの盃を膳に置き、手酌で酒をついだ。

「中江半十郎は倅の病死を、不審に思っているのか」

「病死のみならず不正な使いこみにも、倅はそんな男ではないと固く信じております。作之助さん自身、書状で父親にそれを訴えていました。まるで、自分の身によからぬことが起こるかもしれぬと予断していたかのごとくにです」

「確かに、倅が突然病で亡くなったというのは、おぬしのなぜが、なぜのまま消えてしまった按配《あんばい》だな」

それは弥陀ノ介が言った。

「そうなのだ。理不尽な嘘を感じる。全部がつながっている。だが、誰かが吐いた嘘が全部をばらばらにして、本当のことを見えなくしている。わたしにはそう思えてならない。中江さんはわたしよりもっともどかしい思いに苦しんでいるのだ」

「まあ市兵衛、呑め」

兄は弟をいたわるかのように、弟の盃に冷酒をついだ。それから一方の弥陀ノ介の盃にも酌をした。

「弥陀ノ介、その格好のわけを市兵衛に話してやれ」

「御意《ぎょい》」

弥陀ノ介は即座に、信正へかえした。

小人目付は徒《かち》目付とともに目付の配下にある。目付は旗本御家人の監視役でありながら、執政である老中はもとより、諸侯の動向にも目を配る。その手足となって働くのが徒目付や小人目付だった。

中でも小人目付は、江戸市中のみならず、扮装《ふんそう》を変えて諸国の内偵もやる。

隠密目付、とも呼ばれる公儀の下僚である。

弥陀ノ介は笊売りの行商に形《なり》を変え、伊勢町の南部屋七三郎の店を探っていた。

今は、紺木綿の腹掛けと股引脚絆の扮装に麻の法被《はっぴ》をまとい、岩のような肩と腕を隠している。

「こちらの話も、ここだけの事と仕舞っておいてくれ」

もちろんだ——と市兵衛は頷いた。

「諸侯同士の婚儀は、太平の世とはいえ、一応われらは両家の事情を調べる。あくまで念のためだ。すると、気になることがわかった。安藤家の鶴姫は養女で、安藤家は鶴姫の仮親だったのだ。鶴姫は町家の資産家の娘らしいとな。で、それも念のために調べた。わかったのは鶴姫はある両替商の縁につながる資産家の娘で、その資産家が漆原検校法印だった。鶴姫は漆原検校のひとり娘咲だ」

「漆原検校の娘が鶴姫？　そうか、それで座頭らの間に噂が広まったのか」

「たぶん。検校さまのお嬢さまが大名家のご新造さま、つまり嫡子《ちゃくし》の室にお輿入れになられた。いずれはお大名の奥方さまになられる。表立ってではないが、漆原家は六万石の大名中村家の奥方さまのご実家になる。なんと誇らしい、とだろう。後でわかったが、ご公儀には両替商の名までしか届けられていなかった」

「漆原忠悦が娘の嫁ぎ先の中村家の台所立て直しに肩入れするのは、当然というわけだな」

弥陀ノ介は首肯した。

「それから、中村家と安藤家の台所事情も探った。磐城三万石の安藤家は、漆原検校に数万両の大名貸を受け、当主ですら漆原検校に頭があがらぬという噂だ。そして中村家は無謀な手形を乱発して、台所は火の車どころではすまないありさまらしい。今日、この格好で伊勢町をうろついていたのは中村家蔵屋敷の南部屋の内情を探るのが狙いだった。じつは配下の者が南部屋の使用人に入っておる」

南部屋の表店の喧噪が、市兵衛の脳裡《のうり》をよぎった。

「といっても、無謀な手形乱発を確かめる帳簿をつかんだのではない。おぬしはその帳簿を調べたことになる。中村家が振り出した様々な手形は、ご法度《はっと》なのか」

「違法とまでは言えない。ただ手形が不渡りになれば、市場は混乱する。公儀は不渡り手形を振り出したお家に厳重な咎《とが》めをくだすだろう」

「お頭、これはやはり、表向きの事情とは違い、漆原の莫大な持参金なりによって、お家の台所立て直しを企てた婚儀なのかもしれませんな」

「ふむ。どの武家も台所事情に苦しんでいる。中村家も安藤家も、両家を取り持った御先手の久保家にせよ、資産家の金貸漆原検校とつながりを付けることに損はないからな。中村家は大名の家名を漆原検校法印に売った、あるいは買ってもらった、と考えた方が筋が通る」

信正は珍しく難しい顔付きを見せた。

「だとしても、検校の身分の家柄が大名家につながる企てを卑《いや》しむのではない。太平の世を望み、太平の世になった。太平の世に必要な得物《えもの》は弓や鉄砲ではなく富だ。富のある者が高い身分を得て、家柄を作る。われら由緒あると自惚《うぬぼ》れる武家とても、古《いにしえ》は卑しき地下人《じげにん》だった」

ぎやまんの盃を、信正は口元へ運んだ。

「市兵衛、おかしいとは思わぬか。われら侍は身分という美しく装飾を施《ほどこ》した筥《はこ》を後生大事に守っておる。だが筥の中にはもう何も入っておらぬ。おまえは空の筥に入れるべきものを入れるために、片岡の家を去ったのだったな」

市兵衛は応えなかった。

弥陀ノ介は黙々と酒を呑んでいる。

「わたしは空の筥の番人だ。その番が役目なら、中が空でも役目を果たすさ。北相馬の中村家はお上の姫君さまがご主殿さまとして現当主季承どのへ入輿《じゅよ》なされた。桝の方さまだ。お上につながるその中村家が漆原検校に家名を切り売りしなければならぬほど台所事情が傾いていたとすれば、放ってはおけぬ。そのために弥陀ノ介に探らせていた。遠からず中村家の実情は、内々にご執政にご報告せざるを得ぬ」

信正が声を落として言った。

「中村家は今年に入って、麻布の中屋敷内に豪壮な御殿を世嗣憲承どのと鶴姫さまご夫婦の住まいとして普請にかかっておる。またしても莫大な費えと思われる。おれの推量だが、中村家はもう歯止めが利かなくなっているふうに見える」

弥陀ノ介がそう言って、ぎやまんの盃を膳の上にことりと置いた。

「兄上、ご執政よりお上にも報告は上るでしょうね」

「間違いなく上る。内々に中村家救済のなんらかの手立てが講じられるかもしれぬ」

「そうなれば、中村家の政《まつりごと》を執っている家老の切腹は避けられませんね」

「ふむ、避けられぬ。中村家の江戸家老は筧帯刀という男だ」

「家老のみならず中村家の留守居役も、切腹を申し付けられるでしょうね」

「たとえ中身が空であれ、笞を守ってこその侍の面目だ。それが守れぬのなら切腹もいたし方あるまい」

「翻《ひるがえ》って家老や留守居役は、お家の台所の窮状《きゅうじょう》をつかんだ一勘定人が、これまでの失政を正し、笞を守る番人として政の改革を律儀《りちぎ》に志《こころざ》したとすれば、定めし邪魔に思うでしょうね。こんな融通の利かぬ者を放っておけば、今に詰め腹を切らされることになりかねん、と」

今度は信正が応えなかった。

「こんな男はいっそ病になって急死してくれれば、と願うでしょうね」

弥陀ノ介が持ちあげた盃を、胸の前で止めた。

「市兵衛、何が言いたい」

「中江半十郎さんは倅の身に起こった本当のことを知るために出府した。倅の死後届いた書状の中で倅自身がそれを望んでいると、中江さんは思っているのだ。ただ一途《いちず》な親心が、中江さんを動かしている。わたしはその助手《すけて》に雇われた。兄上、この務めは侍の面目のためでも空の筥を守るためでもありません」

「市兵衛、おぬしまた、妙に危ない事に首を突っこむ気ではあるまいな」

弥陀ノ介が睨《にら》んだ。

「危ない事とは、どんな事だ」

「危ない事とはだな、危ない事とは……」

「いいのだ。二人とも呑め。そして、二人とも自らなすべき事をなせ」

信正がそこで、からから、と笑い、憂《う》さを払ったかであった。

すると薄墨の店土間から、酒の席のなごやかなざわめきが伝わった。

五

南本所石原町《いしわら》より横川《よこ》に架かる法恩寺橋《ほうおんじ》へいたる通り。その通りを横川堤へ出る数町手前の両側に、吉田町《よしだ》の町家が軒《のき》を列ねている。

通りは薄暗く、低い二階家が並んで、どの軒先にも軒提灯《ぢょうちん》がほのかに灯《とも》っている。

提灯の周りには、羽虫がたかって暑苦しい。

人通りはまばらだが、と言って町が寝静まった様子はない。

通りのそこかしこに、大抵は帷子《かたびら》ひとつに裾端折《すそっぱしょ》りの若い者らが立っていて、通りがかりに声をかけた。

「親方、いい子がいますぜ。元ご大身《たいしん》のお嬢さま。親の拵えた借金を返すために自ら身を売った気立ての優しい本物のお武家のお嬢さまですぜ」

「旦那だんな、いい男だね。ちょいと遊んでいきやせんか。情の濃いのから高飛車なのまで、より取り見取り、揃えてますぜ」

冷やかしもいれば、そんな客引きの若い者らと交渉を始める通りがかりもいる。

どこかで鳴らす三味線《しゃみせん》の音が、か細く聞こえている。

表戸を開け、葭簀《よしず》で目隠しした煮売屋の明かりが通りへこぼれている。

この煮売屋の天井裏の二階で、安く済ます物好きもいる。

女郎の嬌声《きょうせい》や甲高《かんだか》い笑い声が、とき折りどこかの二階から聞こえてきた。

野良犬が女郎の声に心引かれもせず、客引きの周りをうろついていた。

誰もが誰にも関心がない、気怠《けだる》い夜だった。

山岡頭巾《やまおかずきん》に絞りの羽織をまとった身形のよい侍が、従者を従え通りかかった。

上客と見た客引きらが、「お殿さま、お待ちいたしておりやした」「お殿さま、こっちですよ。お見限りで」などと、ざわざわと集まり、野良犬までが客引きと一緒に、侍の足元を嗅《か》ぎ廻った。

「戸倉《とくら》屋の者はいるか」

侍が集まった客引きへ声をかけた。

「へえ、戸倉屋はうちでごぜいやす」

小柄な客引きが、小腰を屈めて言った。

それからほどなく、山岡頭巾の侍は小柄な客引きに案内され、軋《きし》みを立てる狭い戸倉屋の板階段を上がっていた。従者は階下の店土間に待たせた。

二階の板廊下は音を立て、傾いた家が客引きと侍の踏み締める歩みにゆれた。

狭い廊下に手燭《てしょく》を提《さ》げた客引きが、廊下奥の半間の襖の前で手燭をかざした。

「こちらでやす」

襖はところどころが破れていて、補修もしていない。

侍は客引きに小さく合図を送った。

「ええ、お客さま、お楽しみ中恐れ入りやす。お客さまをお訪ねの方がお見えでございやす。ご案内いたしやした。ええ、お客さま」

ええ、お客さま……と客引きの三度目の呼びかけの後、「ううん？」と獣じみた呻《うめ》き声がかえってきた。

「わたしだ。開けるぞ」

侍は声をかけ、客引きに心付けを渡し、「ご苦労だった。いけ」とさがらせた。

客と女のこそとしたやり取りが聞こえた。

侍がぞんざいに開けた部屋は三畳間に蚊帳《かや》が吊《つ》るされ、有明行灯《ありあけあんどん》がほの暗く灯っていた。明かり取りの小窓の竹格子の向こうに、黒い夜空が息を殺している。

侍と入れ替わりに、赤い長襦袢の女郎がむっとする体臭を振りまき、小腰を屈めて廊下へ出ていった。

蚊帳の中に男がいた。布団の上で胡坐《あぐら》をかいている。丸めた頭に白い下帯だけの裸だった。長い手を胡坐の両膝へ伸ばしているのがわかった。

「蚊帳の外より話されても構いませんぞ。中は何の最中でしたゆえ、いささか臭いし噎《む》せる。ただし、外は蚊がきます」

部屋の隅に饅頭笠と墨染めの衣、そして錫杖《しゃくじょう》が不用心に立てかけてある。

侍は束《つか》の間躊躇《ためら》い、蚊帳の中に入った。

有明行灯がぼうっと照らす男の顔は、剃った頭から額《ひたい》、頬、頤《おとがい》にかけて酷薄そうに細く、薄い唇の周りから長い顎まで髭にびしりと覆《おお》われていた。

年のころは三十半ば、無駄な肉のない白い裸の胸に毛が生《は》えている。

一重の目が、刺すように侍を見あげていた。

侍は湿った薄い布団《ふとん》に着座し、提げた大刀を左脇へ置いた。

「祇円《ぎえん》、捜したぞ。仕事だ。修策《しゅうさく》は」

祇円と呼ばれた男は細面《ほそおもて》を壁へ向け、すぐに侍へ戻した。

壁の方から殺した女の嬌声が聞こえていた。激しい息遣いがわかった。

あふ、あふ、あふ……と、壁の向こうで続いている。

「呼べ。ご家老さまのご命令だ」

侍が低く言った。

祇円は丸めた頭を大きな掌《てのひら》で撫《な》でた。それから蚊帳の裾をまくり、胡坐のまま長い手を伸ばし、嬌声の聞こえる壁を激しく叩いた。

「修策、小池さまがお見えだ。こっちへこい」

張りのある声が、有無を言わさず、という語調で流れた。

隣の嬌声が消え、女郎屋の中が急にひっそりとした気配に包まれた。

北相馬中村家留守居役小池辰五は、ふん、と鼻先を鳴らした。

すぐに修策が、下帯に白い半襦袢をはだけたままの格好で現れ、背中を海老のように丸めて蚊帳の中へ滑りこんだ。

やはり綺麗に頭を剃りあげた修策は祇円より若く、三十前に見えた。痩《や》せてはいても鋼《はがね》のごとく研《と》ぎ澄まされた体軀だった。

手に白木《しらき》の鞘《さや》の仕こみを提げて、唇と大きな鼻の周りをしかめ、小池を睨んだ。

「老いぼれが南部屋に現れた。中江作之助の父親の中江半十郎という男だ。元は中村家の足軽だった。間違いなく例の帳簿を持っている。取り戻せ」

小池は祇円と修策の前に白紙の包みを投げた。

「このたびは前金が十両だ。仕事が終わればもう十両を渡す」

「おお、張りこみましたな。それほど難しい老いぼれですか」

祇円が包みを拾って言った。

「小うるさく探っておるようだが、老いぼれごとき難しくはない。平次《へいじ》よりも簡単だろう。だが、作之助が盗み出した帳簿が厄介なのだ。あれが世間に出廻ると困る。おれの切腹は免れん」

修策が入ったときにまぎれこんだか、蚊帳の天井に蛾《が》がさわさわと踊っていた。蚊帳の天井は、膝立って手を伸ばせば届きそうなほど低い。

修策が蛾を目で追っていた。

「そんな大事な帳簿を一勘定人ごときに盗まれるとはぬるいお家ですな。しかも、用心に勘定人を始末することにした直前まで気付かなんだ。傾くわけだ」

祇円が薄く笑った。

「おぬしらは言われた事をなせばよい。殺し、盗み、密偵がおぬしらの仕事だろう」

「へえ、さようで」

祇円が包みを下帯ひとつの尻の下へ差し入れた。

「老いぼれの始末は」

「老いぼれがあがいたとてさしたる事は探り出せはせん。任せる。やるなら夜盗に襲われたとかを装ってな。ただし、始末するにしても帳簿を手に入れてからだ。無闇なことはするな。それと……」

　蛾がさわさわと飛び、三人は蛾を見あげた。

「中江が渡り者をひとり雇っているらしい。算盤の使える侍だ。たぶん中江は帳簿を読みこむのに渡りを雇ったのだと思う。そんなやつはどうでもいいのだが、帳簿の中身を読まれてしまったのは間違いない。中江よりもそいつは必ず始末せよ」

「渡り者の算盤侍は珍しい。己の技量を売って暮らしておる男ですか。剣と算盤、道具は違うがわれらと同じ。そういう男は斬りたくはありませんがな」

「どうせ、卑しき渡り者だ」

「技量もないのに代々の身分と家禄を継いで安穏《あんのん》と暮らしておる侍ほど、われら卑しくはありませんぞ」

　刹那《せつな》、修策の白木の仕こみが、ちゃっ、と鳴った。

　片膝立ち、抜いた仕こみの白刃《はくじん》が薄暗い蚊帳の中を一閃《いっせん》した。

　ひゅうん、ぴしっ、と閃光が音を発した。

　小池は、はあっと腰を落とし、両手を後ろへ突いて倒れそうな身体を支えた。

「な、何をする。危ないではないか」

　我にかえり、修策へ怒鳴った。

そこへ二つになった蛾が、ぱさ、と降ってきた。

修策はすでに、木鞘へ刀身を納めている。

「小池さま。ご用心なされよ。一寸先は闇ですぞ。は、は、は」

祇円が眉ひとつ動かさず笑った。


同じ夜、北町奉行所定町廻り方同心渋井鬼三次と手先の助弥が、愛宕《あたご》神社裏天徳《てんとく》寺門前町向かい、西久保車《にしくぼくるまざか》坂町のとある裏店のどぶ板を踏んでいた。

「旦那、あそこらしいですぜ」

背の高い助弥が、渋井の後ろから路地半ばの腰高障子をひょいと指差した。

腰高障子に明かりが映っている。

渋井は肩をゆすり、おう、となった。

「まだ起きてやがる。助弥、声かけろ」

助弥が走り抜けていき、腰高障子の前へ身体を寄せて言った。

「卯吉《うきち》さん、いるかい。北町の旦那のご用だ。卯吉さん、開けるよ」

助弥が掌《てのひら》で障子を軽く叩いた。

中から男の声がかえってきた。

建て付けの悪い障子を引き開けると、半間の土間の先の四畳半に卯吉が座って着物を畳んでいた。

角行灯《かくあんどん》の明かりが、高く積んだ着物を照らしている。

「へえ。卯吉でやす。ご用で」

五十半ばに見える卯吉が、立ちあがりかけた。

「いいんだ、いいんだ。そのままにしてな」

渋井が助弥より先に土間へ入り、卯吉を制した。

「湯灌場買《ゆかんばがい》の卯吉だな。北町の渋井の旦那だ」

後ろから助弥が言った。

へえ、と卯吉は弱々しく応え、着物の側に座ったまま黄ばんだ畳に手を突いた。

「それは湯灌場小屋で買い集めた着物かい」

渋井は四畳半のあがり端に腰を落とし、片膝を畳に載せた。

差料《さしりょう》を杖《つえ》にして卯吉へ斜《はす》に向かい、鬼しぶと綽名《あだな》される顔をゆるめた。

「さようで」

と、卯吉はごま塩の薄い髪を総髪に後ろで束《たば》ねた頭をひょこりとさげた。

「景気はどうでえ」

渋井は唇をへの字に結んで顎を撫でた。

家主や地主は、仏となった店子《たなこ》を店で湯灌（棺に入れる前に遺体を湯で拭き清めること）することを嫌った。

そのため、湯灌場小屋が埋葬する墓地や焼き場の近くに建っている。小屋の番人がいて、そこで仏の縁者が湯灌する。

湯灌場買とは、仏を湯灌する湯灌場小屋で死装束《しにしょうぞく》に替え、捨てられた仏の生前の着物を番人から買い取る生業である。

「ところでおめえ、先だって人斬りに遭った仏の着物を買ったそうだな」

「買っちゃあおりやせん。人斬りに遭った仏の着物なんぞ売り物になりやせんので。番人が血だらけの着物を燃やしていたのを見ただけでやす。いい着物だったが、こりゃあ売り物にならねえな、と話しやした。二、三ヵ所斬られた跡がありやして、血がべたべたと付いており、あっしでも気色悪かった」

「いつごろのことだい」

「へえ。三月の後の方だったと思いやす。なんでも櫻田御門の方のお屋敷の侍が盗みを働いたとかで、ご家老さまに成敗された侍の着物だと言っておりやした」

「成敗された？」

「へえ。そりゃあ浮かばれねえ着物で可哀想《かわいそう》だ、と番人が竈にくべた着物に手を合わせやした」

「どこの湯灌場小屋だい」

「天徳寺の湯灌場小屋でやす。小屋の番人は参平《さんぺい》という男で、参平に訊いていただけりゃあ、たぶん詳しくわかると思いやす。へえ」

ふうん、櫻田御門の方のどっかのお屋敷でね――渋井は顎の無精髭を撫でながら、腰高障子の外の暗い路地へ、鬼しぶの不景気面《づら》を廻らした。

第四章　切腹

一

前夜、中江半十郎は眠れなかったと見え、目が赤くいささか精彩を欠いていた。

「おはようございます。本日もよろしくお願いいたします」

と、市兵衛への穏《おだ》やかな表情や素振《そぶ》りは変わらなかったものの、六十をすぎて新しい土地での日々は、やはり気の疲れる暮らしなのかもしれなかった。

市兵衛に心の屈託を見せないように気を配っている。

己《おのれ》の心の屈託を人に知られるのは、はしたない振る舞い、という気位を中江は持っていた。

おそらく、昨日、伊勢町の南部屋七三郎から倅《せがれ》作之助がお家の金を使いこんでいたと聞かされ、そんなはずはないと内心は憤《いきどお》り、しかしながら倅の汚名をそそぐ証《あかし》を持たぬことに心を痛めて、昨日は眠れぬ夏の夜をすごしたのだろう。

そのうえ、中江家改易の沙汰《さた》まで決まっているらしい。

そのお達しすら未《いま》だなく、何もかもが曖昧模糊《あいまいもこ》としている。なんと不誠実な。それが二心《ふたごころ》のない侍のやり方か。

作之助の書状にはあった。

無念とは申せ、たとえこの身が空《むな》しく朽《く》ち果てた後、わが振る舞いを悪しざまにそしる輩《やから》が現れたといたしましても、わたくしにはわが身を人に恥じる謂《い》われは一切《いっさい》なく……

中江は一片の曇りなく倅を信じ、それゆえに心ない言葉に受ける疵《きず》も深い。

その朝も油堀の喜楽亭の亭主に節を頼んだ。

「大丈夫、気兼ねなんぞいらねえ」

「おじいちゃん、市兵衛さん、いってらっしゃい」

と、亭主と節、それに節の用心棒気取りの痩《や》せ犬に見送られ、市兵衛と中江は油堀堤を大川へと取った。

油堀は佐賀《さが》町より大川へ流れ入る。

油堀に架かる浜通りの板橋をすぎると、永代橋の東詰めである。

永代橋をいき交う人通りが、賑《にぎ》やかに橋板を鳴らしていく。

六ッ半（午前七時）すぎ、夏の日盛りにはまだだいぶ間があった。川風が涼しく、帯を引く薄雲が橋向こうの町の空に幾筋もたなびいていた。

永代橋の半《なか》ばまで渡ったところで、市兵衛は中江へ振りかえり、菅笠《すげがさ》の縁を軽く持ちあげた。

「昨日申しましたように、考えていることがあります。今日はまず、京橋の柳町《やなぎ》へ向かいます。よろしいですね」

「心得ました。唐木さんと見知らぬ江戸の町を廻っておりますと、倅の息吹《いぶき》が感ぜられ、倅が生きかえったような心持ちになります」

中江は菅笠をあげ、寝不足を吹き払う笑みを見せた。

本八丁堀の通りより楓《もみじ》川に架かる弾正《だんじょう》橋を渡った。

そこは江戸橋手前の一丁目から京橋川にぶつかる八丁目まで材木商の土手蔵が軒《のき》を並べている。

通りを越えて本材木町の七丁目と八丁目の西隣《どなり》の一画が柳町。南隣は炭《すみ》町で、このあたりには遊里が多く、俗に角町とも唱《とな》えられていた。

町医師柳井宗秀は、その柳町の小路に住まいを兼ねた診療所を構えている。

診療部屋の引き窓を開けると、狭い庭の垣根越しに女郎屋の二階家がある。

女郎が二階の窓辺に腰かけ手すりに凭《もた》れかかってうっとりしているのや、手拭《てぬぐ》いを手すりに何枚も干していたりするのが見え、ときには昼間から客と戯《たわむ》れる嬌声《きょうせい》も聞こえてくるし、女郎が二階の窓から診療部屋の宗秀に呼びかけてきたりもする。

「市兵衛、具合が悪いのか。あがれ」

中背《ちゅうぜい》に痩軀《そうく》の背中を丸めた宗秀がさらりと言い、

「おや。あなたは喜楽亭のお節の祖父どの。中江さんでしたね。どうぞおあがりください。むさ苦しいところですが」

と、後ろの中江に勧めた。

中江は菅笠を取って改めて名乗り、お見知り置きを、と腰を折った。

診療部屋は壁に大きな薬用の簞笥《たんす》と医療器具や書物の並んだ棚があり、「あれは医師らしく見せる飾りだ」という人体図が貼ってある。

宗秀は通いの下女のばあさんを雇い、ひとりでこの小さな診療所を営《いとな》んでいる。

蘭医宗秀に妻子はいない。江戸へ戻ってから妻も子もできたが、ゆえあって離縁した。どんな事情があったのか宗秀は語らず、市兵衛も訊《き》かない。

宗秀は二人を診療部屋へ招じ入れ、下女のばあさんが市兵衛と中江に茶を出した。

「診療の支度をしなければならん。薬師《くすし》を雇う余裕もないので、すまんがやりながら聞くよ。どうしたのだ」

薬研《やげん》で薬の材料を砕きながら宗秀が言った。

市兵衛は朝の忙しいときに訪ねた非礼を詫《わ》びてから、「早速ですが、お教えいただきたいのです」と、用件を切り出した。

薬研を使う手を止めず市兵衛の話を黙って聞いていた宗秀は、やがて砕いた材料を匙《さじ》で掬《すく》って乳鉢《にゅうばち》に入れ、鹿の角の杵《きね》で混ぜ合わせ始めた。そして、

「突然倒れて、二日後にか……」

と、訊きかえした。

「人が突然、病に罹《かか》って命を失う場合は決して少なくない。様々な理由が考えられるが、大きく分けて、頭、胸、それから心の臓が病に冒《おか》されると、突然死にいたるという事態が起こり得るのだ」

宗秀は続けた。

「人の身体《からだ》には血の管《くだ》が隈《くま》なく張り廻《めぐ》らされておる。頭には脳があって、脳が人の身体と心のすべてを指図しておる。脳が指図を止《や》めてしまえば人は即座に死んでしま

う。人の身体は息がないと生きてはいけぬ。だからみな息をするだろう。血の管は身体の隅々にまで息を運ぶ役割をしておる」

市兵衛と並んだ中江が上体を前へ傾《かし》げ、深く頷《うなず》いた。

「脳も息を必要としているから血の管が廻っておる。日々の暮らしの中で無理や無謀を重ねると、血の管が弱って突然破れる事態が起こる。脳の血の管がそうなると脳に息が廻らなくなって、脳が死に、従って人は死ぬ。突然頭に痛みを覚えて倒れ、二度と起きあがれぬ」

倅はもしや、と中江は呟《つぶや》いた。

「脳だけとは限りません。胸の臓は息を外から取り入れる働きをしておる。肺という臓だ。心の臓は血の管に赤い血が息を運ぶために流れるようにする働きを掌《つかさど》っておる。脳だけではなく、肺も心の臓も働きが止まると、人は束《つか》の間《ま》も生きていけないのです」

中江さん、ご子息は——と、宗秀は杵を使う手を止めて中江へ向いた。

「子供のころより心の臓に病があったとか、咳《せき》をよくした、あるいは病でしばしば臥《ふ》せったとかはありませんか」

「わたしは界隈《かいわい》の子供らを集めて剣術の稽古《けいこ》を付けておりました。倅にも厳しく稽古をさせました。わたしの知る限り、心の臓が弱かったとか病がちであったとかはなく、人並みだったと思います」

「酒を好まれるとか、賭博《とばく》などが好きだったとかは？」

「わたしは呑みますが、倅はまったく嗜《たしな》みません。賭博なども、そのような遊興ができるほどの豊かな暮らしではありませんでした。強《し》いて申せば、剣術の稽古にはあまり熱心ではなく、本ばかり読んでいる子でした。それも四書とかは読まず、算勘のわけのわからない書物を夜遅くまで、毎晩」

「ほお、算勘の書物を」

「わたしはそれが不満でした。そのようなくだらぬ書物を読む暇《ひま》があれば、なぜもっと剣術の稽古に身を入れぬ、と。行灯《あんどん》の油がもったいないと、苦言を呈したことさえあります」

宗秀がわずかに苦笑を浮かべた。

「中江作之助さんはその算勘の力がお家に認められ、家中の秀才が集まる勘定所勘定人に取り立てられたのです。異例の抜擢《ばってき》です」

市兵衛が言い添えた。

「それは大したものだ。さぞかしご自慢のご子息だったのでしょうな」

「秀才などと、とんでもありません」

中江は声を小さくして頭を垂れた。

「ご子息が倒れて二日後に亡くなられたのであれば、脳か肺か、心の臓か、その三つのどれかが病に冒され、障害を受けたと思われます。しかし、ご子息の症状を診《み》ていないわたしがここで勝手に憶測を働かせても意味がありません」

「それゆえに、先生にうかがいにまいったのです」

市兵衛が身を乗り出した。

「突然倒れて二日後に亡くなるというほどの急な病であれば、医師が呼ばれ、なんらかの治療を施《ほどこ》しているはずですね。治療の甲斐《かい》もなく亡くなった、と。お家からの中江さんへの知らせには、流行病《はやり》とあったそうです」

「流行病？　ふむ、間違いなく医師は呼ばれたろうな」

「先生のお知り合いの蘭医の中に、櫻田通りの中村家へお出入りなさっておられる先生を、ご存じではありませんか。その先生が上屋敷に呼ばれ、作之助さんを治療なさったのなら、作之助さんの最期の様子がわかります。作之助さんの身に何が起こったのか、本当のことがわかります」

中江が市兵衛に、なるほどそうか、というふうに頷きかえした。

宗秀が訝《いぶか》しげに中江と市兵衛を見つめた。

「お家にはご当主のお見立て役を務めるお抱え医師が間違いなくいるが、どのお屋敷にも町医師が必ずひとりや二人はお出入りを許されている。中級以下の家士や下働きの雇い人を見立てるのは、大抵そういうお出入りの医師だ」

わかった。ちょっと待て——と、宗秀は杵で混ぜていた乳鉢を机に置き、書物棚に積んだ書物の中から一冊の帳面を取り出した。

宗秀は座に戻り、帳面をめくった。

「これは江戸市中の、漢医、蘭医の町医師を一覧にした名帳だ。漢医はあまり熱心ではないが、われら蘭医の有志は二月か三月に一度寄合を開いて、珍しい患者の見立てや重病人に施した手立て、あるいは予防などの手立てなどを話し合い、医術の向上を図っておるのだ。むろんすべての医師ではないが、小普請《こぶしん》に廻った医師の名も出ておるし、各々《おのおの》の医師がどこのお屋敷にお出入りしているかも載っておる」

宗秀は帳面をめくる手を止め、指先で紙面をなぞった。

「われら医師の便宜《べんぎ》のために作られた名帳でな。あった、これだ」

宗秀は山下《やました》御門外山城《やましろ》町に屋敷を構える蘭医大蔵彦太郎《おおくらひこたろう》の名をあげた。

「年はまだ若いが、五年前長崎から戻り、父親の跡を継いで山城町で診療所を開いておる。父親は山下御門外の界隈では名の知られた漢方の医師だった。倅を漢医ではなく蘭医にするため、長崎へ遊学させたのだ。大蔵彦太郎は三年ほど前、櫻田通りの北相馬中村家お出入り医師になっておる。ここに出ておる」

「大蔵彦太郎先生が、この三月、作之助さんを治療した見こみがありますね」

「大いにあり得る。優秀だし人柄もいい。紹介状を書こう。中江さんのお訊《たず》ねになりたいことを、たとえご子息を治療していなくても中村家上屋敷にお出入りしているのですから、どんな容体だったかぐらいは必ず聞いていると思います」


市兵衛と中江は、京橋川に架かる京橋を渡って銀座《ぎんざ》町とも言われる新両替《しんりょうがえ》町の大通りを南に取った。

山下御門外からお濠端《ほりばた》の道へ折れると、山城河岸《がし》のある山城町の一画に大蔵彦太郎の診療所があった。

祖父の代から町内に三代続く診療所は敷地が広く、柳井宗秀の診療所とは較べ物にならない立派な建物だった。

午前の診療はすでに始まっていたが、身形《みなり》のいい界隈の商人《あきんど》や商家の手代、裕福な家のおかみさん風体《ふうてい》や、新道《しんみち》あたりに住む年増ふうの患者が目に付いた。

新道あたりに住む年増は、妾奉公《めかけ》の女が多い。

市兵衛と中江は客座敷に通され、ほどなく現れた大蔵彦太郎は面長《おもなが》な顔に育ちのよさげな笑みを浮かべた医師らしい風体の優男《やさおとこ》だった。

ただ医師らしく見せるためか、蘭医にもかかわらず、頭を丸めていた。

「わたくしどもは柳井先生のように、治療代を出せぬ貧しき者を薬料さえ取らずに診ることはできません。この通り所帯が大きく、祖父母、両親、妻に子供ら、代々わが家に奉公する者や弟子もおります。わたくしなど、柳井先生の足元にも及びません」

大蔵は謙遜《けんそん》し、少し頰《ほお》を赤らめた。

市兵衛は、朝の忙しい刻限に訪れた非礼を重々詫びた。

「お気になさらずに。診療は弟子がやっております。わたくしはお大名屋敷へお出入りを主に務めさせていただいておりますゆえ。何より、わが先達柳井先生のご紹介ですからお会いしないわけにはまいりません」

大蔵は市兵衛が述べる用件に熟々《つくづく》と聞き入った。

そうして市兵衛が話し終えると、大きくひとつ頷いた。

「わかりました」

大蔵は中江へ、育ちのよい顔立ちを向けた。

「ご子息を亡くされ、心よりお悔やみを申しあげます。さぞかしお辛《つら》いことと、お察じいたします。確かにわたくしは、櫻田通りの中村家上屋敷にお出入りを三年ほど前より言い付かり、家中の方々が病に罹られた折りの脈を取っております。中江半十郎さん、わたくし、中江作之助さんを存じあげております」

「おお、倅を、中江作之助を存じていただいておりましたか」

中江は膝《ひざ》を乗り出した。

「去年春、江戸勤番に就《つ》かれ出府なさった折り、屋敷内で風邪が流行《はや》っており、中江さんが少々熱を出されました。そのとき、脈をお取りいたしました。自分は北相馬の小さな城下しか知らぬ。江戸は大きい、と童子のように驚いておられましてね。それで覚えておるのです。いや、熱は大したことはありません。薬をお出しし、以後は中江作之助さんを診てはおりません」

「それでは、先生に倅の最期を、み、看取っていただいたのですか」

「ですからわたくしは、去年の春以後、中江作之助さんを診てはいないのです」

「ああ、さようでしたか。ならば別のお出入りの医師の方が……」

「櫻田通りの中村家上屋敷へお出入りを言い付かっておりますのは、わたくしひとりかと思います。お屋敷のお抱え医師がおられますので、その方が診られるという場合もないではありません。ただしこの春三月に、中村家上屋敷において家中のどなたかが病死なさった実事《じつじ》がないのです。どなたも、病死なさっておられません」

市兵衛と中江が同時に声をもらしそうになった。

中江の老いて骨張った喉《のど》が鳴った。

しかし……と呟きがもれた。

「中江作之助さんの最期の様子を知るためにわざわざ北相馬より長い旅をなさってこられたのですから、包み隠さず、知る限りのことをお話しいたします。何とぞ、お心静かにお聞きください」

大蔵は物思わしげに小首を傾げ、ふ、と戻した。

「しかしながらこの三月、ご家中の方がおひとり亡くなられました。聞くところによりますと、その方はお家の勘定所に勤める勘定人で、お家のお金を不正に使いこみ、切腹を申し付けられたと」

「せっぷく？　切腹ですと」

「さようです。わたくしは人伝《ひとづて》に聞いたのみで、最初はどなたが切腹させられたのか存じませんでした。半月ほど後に、その方が中江作之助さんと知りました」

「で、ですが、お家はわたくしに病死と知らせて、まいったのです」

「お家よりどういうわけで病死とお知らせがなされたのか、残念ながらそれにもお応《こた》えできません。お屋敷で改めてお確かめになられるべきでしょう。しかし、お屋敷内に流れている真偽のほどはわからぬ噂を、もうひとつ聞いたことがあります。中江作之助さんは江戸家老の筧さまに謀《はか》られたと。筧さまは恐ろしいお方だと。なぜ恐ろしいかと言えば、中江作之助さんの切腹を見届けた者が家中には誰もいないゆえと」

診療所の方より下男が患者を呼ぶ声が聞こえた。

客座敷を廻る縁廊下を囲む庭の木立で蟬《せみ》が鳴いて、重苦しく暑い夏の刻限を座敷に伝えていた。

二

山下御門をくぐったとき、お城の御太鼓坊主《おたいこぼうず》の打ち鳴らす御太鼓が九ツ（正午）を報《しら》せた。

お濠端を西へたどった道が二つに分かれ、北へ取ればお濠に沿って日比谷《ひびや》御門から櫻田御門。市兵衛の前をゆく中江はその道を南に折れ、次の角を西の外櫻田の通りへと取った。

大名屋敷の土塀が通りの両側に長々と列《つら》なり、どこまでいっても人影はなかったし、広壮な表長屋門の部厚い門扉《もんぴ》は石のように閉じられていた。

途中、二ヵ所の辻番の前を通りすぎたが、番士が中江と市兵衛を呼び止めることはなかった。

中江の後ろを従者のごとく従う市兵衛は、中江が向かっている先がわかっていた。

菅笠の下の中江の中背の痩軀が、苦渋を懸命に堪《こら》えている。

沈黙の殻《から》に閉じこもり、市兵衛も声をかけなかった。

だが、もはや中村家上屋敷の責任ある者に訊ねなければならぬときだった。

中江は倅の身に起こった本当のことを知るために、出府した。

お家が口を閉ざし続けるのは身分軽き者を愚弄《ぐろう》するにもほどがある。

しかし、違う。

と、そのとき市兵衛は思い当たった。

あの付込帳だ。中村家の手形を振り出した実情をあるがままに記したあの付込帳が中江の手にある限り、中村家は中江に軽々しく手が出せない。

あれが万が一表沙汰《おもてざた》になれば厄介な事態を招く、と少なくともそう用心している。

いや、そんな事態を恐れている。

中江作之助は、万が一の身の潔白の証のために、密かにあの付込帳を持ち出し、懐《ふところ》に隠して上屋敷を出たのに違いなかった。

通りの両側のお屋敷から、蟬の鳴き声が雨のように降っていた。

外櫻田より櫻田通りを南へ折れた。

角の辻番と霞《かすみが》ヶ関《せき》方面へ分かれる辻を越えて十数間先に、中村家上屋敷の表櫓門《やぐらもん》が見えた。黒鋲《くろびょう》打ちの門扉が、固く閉ざされている。

「唐木さん、お家はわたしに何も明かそうとはしない。あってはならないことです。幾ら拒《こば》まれようと、わたしはお家に事の次第を問わねばなりません。亡き倅の面目がかかっています。ただ唐木さんを、これ以上わたしの都合に巻きこむことはできません。何とぞ、これまでにしていただきたい」

中江は門前へと歩みながら、菅笠を取り、市兵衛に言った。

従う市兵衛は応えた。

「前にも申しました。わたしはあなたに雇われた。あなたは今、わが主《あるじ》です。主の都合を付けるために働くことがわが生業《なりわい》。お気兼ねなさいませんように」

中江は振り向き、市兵衛と眼差《まなざ》しを交《か》わした。

渡り者の腕の振るいどころです――と、市兵衛にも少々意地があった。

表門の敷石を踏み、両廂《びさし》の門番所へ声をかけた。

中江が二度声をかけてから、縦格子越しに障子窓《しょうじまど》がぞんざいに開き、薄茶の看板(法被《はっぴ》)をまとった番人が横柄な対応を見せた。

番人は中江を覚えているらしく、この前の……という顔付きをした。

それから後ろに控える市兵衛へ、探るように一瞥《いちべつ》を寄越した。

「ご家老の筧さまに、お目通りをお願いいたしたい。筧さまにどうしてもお訊ねしなければならぬことがあるのです。お取り次ぎをお願いいたします」

「先だっても申しました。ご家老さまはお忙しい身ゆえ、お約束の方以外、お会いになりません。お引き取りください」

「ご家老さまがお忙しければ、御留守居役の小池さまはいらっしゃいますか。小池さまはわが倅作之助の上役でございました。小池さまにお目通りを」

「小池さまは今、伊勢町の蔵屋敷へいかれてお留守です」

「ならばほかのご重役方にお目通りをお願いいたしたい。この三月、当お屋敷で身罷《みまか》った中江作之助に起こった事情をうかがいにきたのです。武士の情けでござろう」

「お家から知らせがあったでしょう。それで全部なんです。武士ならそれで潔《いさぎよ》く諦《あきら》めたらどうですか」

お家の知らせには詳しい経緯は一切なく、と中江と番人の押し問答が続いた。

番人の語調が荒っぽくなっても、中江は引き退《さ》がらなかった。

番人が市兵衛へちらちらと目を投げた。

と、反対側の門番所の障子戸が開き、縦格子の間から看板の番人が中江の様子をうかがった。

中江がそちらの番人へ頼もうといきかけると、障子戸がぴしゃりと閉じられ、後ろの門番所の障子戸も閉じられた。

中江は諦めきれず逡巡《しゅんじゅん》し、うろたえているのがわかった。

中江は表門へいき、門扉を叩《たた》き始めた。

どん、どん、どん……

「お頼み申す、お頼み申す。どなたか、お願い申す」

邸内へ呼びかけた。必死さが痛々しかった。己の心情を仕舞いこみ、穏やかさを失わない普段の中江らしくなかった。

市兵衛は黙っていられなかった。

門番所へ近付き、縦格子を叩いた。

「番人どのに申します。頭《かしら》の方にお伝え願いたい。当方はご当家の手形振り出しにかかわる帳簿の内容についてもおうかがいしたいことがござる。ご当家でおうかがいできないのであれば奉行所へまいらざるを得ませんが、それでよろしいかと、番人の方、帳簿の内容であると頭の方にお伝えくだされ。番人の方、よろしいな。しかとお頼みいたしましたぞ」

門番所に応答はなかった。だが、中でざわざわした気配があった。

「おぬしら、何をしておる」

六尺棒を手にした辻番の二人の番士が、櫻田通りの角の番所から声を聞き付けてやってきた。

中江は門扉に拳《こぶし》を当て、肩をゆらしている。

「われら、怪しい者ではございません。当お屋敷へ人を訪ねてまいりましたが、お留守ゆえただ今戻るところです。さ、中江さん、本日はこれまでにして」

「人を訪ねた者が門を荒々しく叩き、昼日中から声高《こわだか》に叫ぶなど、不埒《ふらち》な振る舞い。事情を訊く。辻番へまいられよ」

「申しわけござらん。平に、平に」

そのとき、門扉脇の潜戸《くぐりど》が音を立てて開いた。

戸が軋《きし》み、中から次々と家士が潜戸を出てきた。

「よいよい。後はこちらに任せてくれ」

黒羽織に細縞《ほそじま》の平袴《ひらばかま》の侍が、番士らに言った。

家士らは七人で、そのうちの六人が黙って市兵衛と中江を取り囲んだ。

六人ともが、不快さを剝《む》き出しにしていた。

「なんと、上林源一郎、源一郎だな。おぬし、江戸勤めであったのか」

中江が陰鬱《いんうつ》な雰囲気にくるまれた黒羽織の侍へ、二歩三歩と歩み寄った。

「上林、立派になったな。剣の腕が認められて出世した、と聞いていた」

「中江先生、ご無沙汰をいたしておりました。門外が騒がしく、何事と訊ねますと先生がお見えと聞き、急いで出てまいりました」

「すまぬ。心ならずも騒がせてしまった。許してくれ」

「いえ。気付かなかったわたしが落ち度。お心を鎮めていただければよいのです」

「源一郎、今のお役目は何をしておる」

「番方の見廻り役に就いております。この者らはわが組の者です」

「組の者、では見廻り役の組頭になったのだな。なんとめでたい。大した出世ではないか。子供のころからおぬしには剣の素養があった。で、いつ出府した」

「ご家老の寛さまのお指図により、この正月に」

「正月？　ならば作之助に会《お》うたであろう。作之助から何か話を聞いておらぬか」

　上林は地黒のこけた頰を、わずかに震わせた。

　そのことですが、と上林は市兵衛へ眼差しを流した。

「作之助さんの最期の様子を知るために、先生はわざわざ出府なされたそうですね。昨日は伊勢町の南部屋を訪ねられたとか」

「そうだ。源一郎、おぬしの知っていることがあったら教えてくれ。作之助の身に起こった本当のことが知りたいのだ」

　上林は三十前後に見えた。

　市兵衛と中江を取り囲む六人は、なぜか警戒を解かなかった。

「御留守居役の小池さまより北相馬へ知らせが届いたはずです。病により急死と。それで十分ではありませんか。埒もない本当のことなど」

「そうではない、源一郎。本当のことなればこそ受け入れられるのだ。何があった、おかしい、という不審が少しでも兆《きざ》せば、死したる者は浮かばれぬし、生き残った者も苦しむ」

「不審ですと？　相変わらず、中江先生らしいことを仰《おつしや》る。先生は昔からそういう方だった。思いこんだらいいも悪いも判断が付かなくなり、思いを通さないでは気がすまない。お年をめされても少しも変わっておられませんな。のどかなものだ」

　上林は慇懃《いんぎん》な口調で皮肉を言った。

「ですが先生、知らずにすませた方がいい場合も世の中にはあるのですよ。お家の知らせが病死なら、それはお家の温情ゆえにそうしたのでしょう。受け入れなされ。実事を知らせることが死者を鞭《むち》打ち、遺族にも恥をかかせる。それではあまりに忍びない、とそういう判断もあるのです」

「昨日、蔵屋敷蔵元の南部屋七三郎さんから、作之助の公金使いこみの疑いや、中江家改易のお裁断がくだったと聞いた。また別のところからは作之助が病死ではなく切腹だった噂がある、とも聞いた。知らずにすませた方がいい場合とは、それらを言っておるのか」

　上林はまた市兵衛へ目を向け、酷薄そうな笑みをこぼした。

「疑いや噂、ではないのかもしれません」

「源一郎、なぜそんな練《ね》った言い方をする。われらは身分低くとも武士ぞ。武士の倅が死んだのだ。倅の生き死にのわけも知らされない親の心を、無念と思わぬか。おぬしとて親がいるのだぞ」

「ふふん、足軽ごときが武士ですと。まあいい。物も言いようですな」

上林は市兵衛より目をそらさなかった。尖《とが》った顎を市兵衛の方へしゃくり、

「おぬしが、中江先生に江戸の道案内に雇われた渡り者だな。名は唐木市兵衛と南部屋が言っていた」

と、語調を変えた。

上林の背丈は、市兵衛よりもやや高い。

「さようです。道案内そのほかの用を務めるために、お雇いいただきました渡り者です。お見知りおきを」

「道案内とは、腰に二本を差した村の番太《ばんた》みたいな男だ」

上林は、取り囲んだ六人と嘲笑《ちょうしょう》を交わした。

「おぬし、手形の帳簿の件で話が訊きたいと叫んでいたそうではないか。おぬしが持っておるのだな、その手形の帳簿とやらを」

「わたしは持っておりません。そのような帳簿があると存じておりますが」

「中江先生に見せられ、どういうことが書いてあるのだと、訊ねられたのか」

「わが主のお許しがなければ、お応えしかねます」

市兵衛の物言いに、六人がざわついた。

「おぬし、中村家の門前を騒がして、喧嘩《けんか》を売るつもりか」

「滅相もございません。しがない渡り者でございます。みなさまもどうぞお心をお鎮めくださいませ」

上林をのぞいて、六人はいきり立ちそうな気配だった。

「唐木、言っておくがその帳簿に中村家の手形振り出しの記述があるなら、それは中村家の物だ。盗み出された物に違いない。おぬしが在《あ》り処《か》を知って隠し立てをするなら、盗人の片割れと見なさざるを得ないぞ」

「帳簿の在り処も中村家から盗み出されたかどうかも、わたしは存じません。知らずにすませた方がいい場合は知らぬように振る舞うのが、渡り者の務めでもございます」

なんだと、こいつ、乞食《こじき》侍が、と六人が口々に吐き捨て、身構えた。中には刀の柄《つか》に手をかけた者もいる。上林は眉間《みけん》をしかめ、顔をそむけて市兵衛を斜《はす》に見た。

「落ち着かれよ」

市兵衛は片手を前方下へかざし、六人を制した。

「源一郎、みなを止めよ。唐木さんは江戸に不案内なわたしのために、助手《すけて》を申し出てくださった。中村家とはなんのかかわりもないお方だ。そのような方に乱暴狼藉《ろうぜき》を働くのは、わたしが許さん。帳簿はわたしが持っておる。だが、今のお家の対応では渡すわけにはいかん」

中江は手を広げ、市兵衛の前へ出た。

六人は、おいぼれが、という顔付きを露骨に浮かべている。

「……先生、怪我をしますぞ」

上林が割って入った。

「みな、野良犬の挑発など放っておけ。つまらぬ渡りごときを相手にすると却《かえ》ってお家に瑕が付く。先生、作之助さんが亡くなられ、お気の毒なのでわたしの存念をお伝えしたのです。死んだ者のことはもう忘れて北相馬へ戻り、年相応な余生をお楽しみなさることです。もっとも中江家は早晩改易ですが」

上林は中江へ陰鬱な笑みを投げ、言い捨てた。それから、

「ゆくぞ」

と、六人を促《うなが》した眼差しには、残酷な嘲弄《ちょうろう》と悪意に満ちた愚弄と、噎《む》せかえる日盛りの暑気がこもっていた。

三

昼を廻ってほどもなく、午後はまだ一刻（二時間）と深まってはいなかった。

「唐木さん、今日はもう戻りましょう。年ですな。いささか疲れました。遅くなりましたが昼餉《ひるげ》の用意をいたします。酒を呑みたい気分だ。それに今日は、節の側にいてやりたい。唐木さん、年寄りに付き合っていただけませんか」

身体よりも心が疲れ、中江は打ちひしがれているかに見えた。

「よろこんで、お付き合いさせていただきます」

二人は山下御門へ戻り、山下町、南鍋《みなみなべ》町、尾張《おわり》町、を抜けて三十間《さんじっけん》堀に架かる木《こ》挽《びき》橋の河岸から猪牙《ちょき》に乗った。

油堀の喜楽亭に寄って、節をともない文次郎店に戻ったのはおよそ半刻後だった。

中江が遅い昼餉に、瓜《うり》の粕漬《かすづけ》の香の物と焼豆腐に人参青菜、鴨肉を甘辛く煮立てた料理を素早く拵《こしら》え、「田舎料理です」と、それを肴《さかな》に昼間から冷酒を舐《な》め始めた。

喜楽亭で昼をよばれていた節は、路地で近所の子らと遊んでいる。

中江は路地で遊ぶ子供らの様子を眺めながら、仕舞っていた思いを吐き出した。

「作之助がお家の金を使いこんだ、それが実事なら、倅に切腹なり斬首を申し付け、中江家改易の裁断をくだすのはやむを得ぬお沙汰です。はっきりとそれをわが家に伝えればいい。それだけの話です。なのになぜ、お家は病死などと偽《いつわ》る」

それを隠蔽《いんぺい》することこそが不審をかきたてるし、何よりもお家がわれら軽輩の者を軽んじている顕《あらわ》れなのです、と憤りを抑えかねていた。

「昨夜、友と酒を呑んだ折り……」

と、市兵衛は昨夜薄墨で、信正、弥陀ノ介との話に出た、中村家の世嗣憲承へ安藤家鶴姫のお輿入れに大名貸で著名な大資産家漆原検校がからんでいるらしいと言われている事情を語った。

「それでお家の台所の立て直しが図られ、中村家は今、麻布の中屋敷に憲承どのと鶴姫の豪壮な屋敷を普請中だそうです」

「そうですか。漆原検校の肩入れで、お家の台所はひと息ついたのですね」

中江は言い、しかしさして関心を示さなかった。

「中江さん、わたしも不審に思えるのです。作之助さんが本所原庭町にご家老の配慮とやらで身を隠したのが昨年師走。中村家と安藤家の婚儀が急遽《きゅうきょ》決まったのが今年の春の初めごろと思われます。台所の立て直しは漆原検校よりの莫大な持参金で図られた。そうして婚儀がこの三月。作之助さんの病死の知らせは三月でしたね」

「およそ二カ月前になります」

「けれども、作之助さんは病死ではなく使いこみの咎《とが》めにより切腹、そして中江家は改易が決まっていた。それがおかしいのです」

中江は黙って市兵衛を見ている。

推量ですが——と、市兵衛は前置きして言った。

「作之助さんの使いこみの裁断に、そんなにこみ入った手間をかけたことがです。しかも、改易の裁断は中江さんの許《もと》にまだ届いていない。思うに、そのような手間をかけざるを得なかったし、中江家にも手出しができない。あの付込帳のせいです。お家は付込帳が中江さんの許にある限り、中江家には手が出せないのです」

市兵衛は酒を含み、唇を湿らせた。

「あの付込帳には、わたしが数だけを読んだのではわからない台所の不正あるいは乱脈が、例えば本帳簿と突き合わせれば明らかになるのかもしれません。ひとりではないでしょう。何人ものご重役方らが組まなければ、できることでもありません。作之助さんはそれに気付いていた。だからこそ作之助さんは密《ひそ》かに持ち出した」

中江は身動きせず聞き入っている。

「気付かれた者らは、なんらかを付会して作之助さんを隠密裡《おんみつり》に上屋敷から出した。例えば、それを暴くとおぬしの命が狙《ねら》われる、しばらく身を隠していよ、などと。その間にどう手を打つ、とその者らが策を練るためにです」

蟬が鳴いている。市兵衛は続けた。

「結果、中村家と安藤家の婚儀が急遽決まった。実情は安藤家が仮親となり、中村家に漆原検校の娘咲のお輿入れです。漆原検校の莫大な持参金と、資産の後ろ盾《だて》を目当てにした婚儀です。婚儀が決まったことで台所の始末は目処《めど》が立った。残るはそれまでの不正や乱脈の始末です」

酒の入った茶碗を持つ中江の手が震えた。

「いっそのこと、不正も乱脈もなかったことにすればよい。ただし、それがあったと知っている作之助さんの始末は、一勘定人が使いこみを働いて切腹を言い付かったことにすればよい。上屋敷に呼び戻し切腹を申し付けよと……」

「馬鹿な。だとすれば、作之助はその策に乗せられた、ということですか。なんと不甲斐《ふがい》ない。そんな愚《おろ》かな策におめおめと。そのうえなぜ、腹まで切らねばならん。筋が通らない」

「作之助さんはおめおめと乗ったのではありません。侍は上役に命ぜられ、お家のためだとなだめ賺《すか》されれば、理不尽とわかっていても従わなければならないときがあるのです。作之助さんは幾らなんでもこれは妙だ、と内心疑っていた。それゆえ、己の身の潔白を明かすことのできるあの帳簿を持ち出したのです。そうしてお屋敷より呼び出しがあったとき、密かに徳五郎店の甲吉に託し、あなたに渡るように手配した」

一勘定人のそれが精一杯の抵抗だったろう、と市兵衛は思った。

「すべてを知っていたなら、作之助はなぜ、書状にそれを書かなかったのですか。わたしみたいな老いぼれにもわかるように」

「作之助さんには誰が台所の不正乱脈を働いた張本人なのか、名指しできる証拠がなかったのだと思います。不正乱脈は付込帳と本帳簿を突き合わせればわかる。多額の金がお家の台所から消えている。勘定人の中江さんにはそれぐらいを読み取るのは容易だったはずです」

あるいは――と、市兵衛はひと呼吸置いた。

「作之助さんは張本人を知っていたとしても、あまりに恐れ多く、名前を出せない相手だった。それはできなかったのかもしれません」

中江は言葉を発しなかった。顔が歪《ゆが》み、落ち窪《くぼ》んだ二重《ふたえ》の目が薄っすらと潤《うる》んだ。

「わたしの推量が当たっていたとしたら、中江さん、あの帳簿は危ない。お家はあの帳簿を奪いかえすために、人の命など塵芥《ちりあくた》のごとくに軽んじるでしょう。もしかすると、作之助さんも切腹ではなく……」

市兵衛はそこで口を噤《つぐ》んだ。

それ以上言わずとも、中江はもう気付いているはずだ。

夏の午後の日差しが、路地に日溜《ひだま》りを作っている。

それから市兵衛と中江は、暗くなるまでゆっくりと長い酒を味わった。

中江は、北相馬の麗《うるわ》しく豊かな土地を自慢し、倅作之助が幼かったときの思い出を語り、人並に味わった喜びや悲しみを語り、勘定人に出世した自慢の倅作之助と亡き嫁によく似た節と自分とのささやかな暮らしを、淡々と語って聞かせた。

「もう、あの暮らしはありません。すべてがすぎ去ってゆきました」

中江は幸と不幸の年輪を心に刻むかのように言った。

夕刻になり中江は夜食を拵え、中江と節、市兵衛の三人で夜食を摂《と》った。

中江が節の行水《ぎょうずい》の支度にかかった五ツ（午後八時）すぎ、

「今日はずいぶん馳走《ちそう》になりました。今夜はこれにてお暇《いとま》いたします」

と、市兵衛は差料《さしりょう》を帯びて菅笠をかぶり、土間へ降りた。

「さようですか。年寄りの愚痴《ぐち》話にお付き合いいただき、ありがとうございました。唐木さんのお陰で気が清々《せいせい》いたしました。助かりました」

「わたしでよければ、いつでもお付き合いいたします。明日は伊勢町の南部屋へもう一度いきましょう。違う話が訊き出せると思います」

「おお、そうですね。よろしくお願いいたします。暗い夜道は明かりがないと不自由ですし、いらぬ疑いを受けます。これをお持ちください」

中江が提灯《ちょうちん》を持たせてくれた。

「では、くれぐれもご用心を。お節、また明日な」

節が顔中を笑みにして、「うん、明日ね」と手を振ってみせた。

暗い路地を出て、堀川町より大川端の浜十三《はまじゅうさん》町へ抜けた。

夜空に月はなく、星が輝いていた。

大川に対岸の町の明かりがちらほらと浮かんでいた。

川の上流に架かる新大橋の黒い影が、ぼうっと見渡せた。

ほろ酔いに火照《ほて》った身体に、夏の川風が心地よい。

やがて市兵衛は、深川元町から日本橋濱《はま》町の武家屋敷地へ渡る長さ百十六間《けん》（約二百九メートル）の新大橋にかかった。

漆黒《しっこく》の大川の上流に、小さな明かりがかすかに認められた。

あれは両国橋《りょうごく》を渡る人の提《さ》げる提灯の灯だろう。

川船が一艘《そう》、橋をくぐり抜けて上っていく。

だがそのとき市兵衛は、ゆるやかな反《そ》り橋を上る半《なか》ばに、か細く触れる金環の音を耳にした。

橋の前方の、暗黒の夜空を背に、黒い人影が佇《たたず》んでいた。

市兵衛はひたひたと橋板に草履《ぞうり》を鳴らしつつ、人影に目を凝《こ》らした。

饅頭笠《まんじゅうがさ》をかぶっている。手に錫杖《しゃくじょう》を握り、錫杖の金環が、からん、からん、と夜の静寂《しじま》と戯《たわむ》れていた。

風体《ふうてい》から、僧侶らしい。

同時に市兵衛は、橋の東詰よりつかず離れずついてくる足音にも気付いていた。

橋板を草鞋《わらじ》がかすかにすっている。

たまたまの通りすがりであってほしい、と願う己が少し滑稽《こっけい》に思えた。

酔ったか。仕方あるまい。言い聞かせつつ、市兵衛は袴《はかま》の股立《ももだ》ちを取った。

ゆるやかに肩を廻しほぐした。

饅頭笠の僧侶と十間（約十八メートル）を切るほどの間に縮まっていた。

橋上の影が次第に黒いくっきりとした僧の立ち姿を現し始めていた。

金環が、からん、からん、と鳴っている。

僧の影が橋の中央へ移動し、ひたひたと歩む市兵衛へ向いた。

「渡り者だな。中江半十郎に雇われておる」

硬い声が暗がりを透して投げ付けられた。

饅頭笠がゆれた。

「この夜更《よふ》けに胡乱《うろん》な。ご坊、何をしておられる」

市兵衛は僧へ向けて提灯をかざした。

「おぬしを待っていた。用がある。すぐすむ」

殺気が僧の風貌《ふうぼう》を取り巻いていた。

市兵衛は歩みを止めた。

「誰に雇われた、と訊いても無駄か」

殺気が妖気となって立ち上っている。

提灯をかざしたまま草履を脱ぎ、左手で刀の鞘《さや》をつかんだ。

背後より足音が接近している。

「同じ金で雇われた者同士、務めを果たしにきた。それだけだ」

「ご坊、意味も知らぬ務めに命をかけるか」

背後から熱気が風を巻き起こして迫ってくる。

とんとんとんとん……橋板が鳴っていた。

市兵衛は身体を夜空へすっと伸ばし、かざしていた提灯を落とした。

提灯が落ちてゆく。それに並ぶように市兵衛は夜空へ伸ばした身体を軽《かろ》やかに沈め、沈めながら左へ反転させた。

ざあっ……そのとき背中へ急速に何かが襲いかかった。

最初の一撃が夜を斬り裂き、市兵衛の沈めた背へ浴びせられた。

反転する市兵衛の菅笠の縁を、撃刃がかすめた。

破片が飛び散り、影の吐息が聞こえた。

橋板に落ちた提灯がぱっと明かりを放って、墨染めの衣とゆれる饅頭笠を照らした。

市兵衛は反転しつつ、背後からの僧の正体を読んだ。

体軀、動き、得物《えもの》、性根。

「南無」

僧が叫んで、逃がした獲物へ二の太刀《たち》を振るう。

得物は六尺棒に仕こんだ息を呑む長刀だった。
それを夜空に易々《やすやす》と翻《ひるがえ》し、うなりをあげて打ちこんでくる。
市兵衛はなおも反転を続けて身体を逃がした。
同時に抜刀し、追いかける長刀をはじきかえした。
からあん。
橋上の静寂に谺《こだま》した。
激しい衝撃が市兵衛の身体を撓《たわ》ませる。
だが、長刀は再び夜空へ旋回する。
咄嗟《とっさ》、市兵衛は橋詰へ逃げるのではなく、橋上十間先の錫杖の僧へ突進を図った。
橋板が鳴り、長刀の僧は市兵衛の逆の動きに虚を突かれた。
「殺っ」
僧は即座に反応した。
長刀を天空にかざし、市兵衛の突進を追う。
一方、錫杖を構える僧の金環が、からからと鳴った。
市兵衛は橋板を軽やかに蹴《け》る。
背後より追う僧の吐息が、肩にかかるかだった。

錫杖の僧は市兵衛を見つめ、笑った。

用はすぐすむ、と思ったのに違いなかった。

風が市兵衛を包んで鳴った。

その刹那《せつな》の変転だった。

市兵衛の突進は背後の僧へ一転した。

「くわっ」

そこでも虚を突かれた長刀の打ち落としは粗雑だった。身体をそよがせた市兵衛の肩先をわずかにかすめ、虚《むな》しく空を斬った。近すぎる。

市兵衛と僧の身体がそこで激突した。

二つの獣の肉は破れ、骨が砕けた。

僧は市兵衛より小柄だったが、鋼《はがね》のように鍛《きた》えあげた身体だった。

しかし、吹き付ける風がその身体をよろめかせた。

僧の若い顔が歪んだ。

次の一瞬、市兵衛の痩軀は風に乗った。

天空へ躍動した。

僧は市兵衛の躍動に、一瞬、心奪われた。

市兵衛の四肢が風を切り、宙を舞うように上段の構えに取った。
それから僧の脳天へ、滑《なめ》らかな一撃を見舞った。
すとんと降り、身体を低く畳んで撃ち落とした剣先は橋板に触れる直前に静止した。
僧の饅頭笠が砕け、くるくると夜空を舞っていた。
脳天から斬り落とされた鋼の身体が、悲鳴をあげて仰《の》け反《ぞ》った。
僧は二歩三歩よろめきさがり、主を失った長刀が橋板を転がった。
「南無……」
僧はまた叫んで、どう、と横転した。
しゅうぅぅぅぅぅ、と血の噴《ふ》く音が聞こえたとき、もうひとつの熱気が迫っていた。
どどっ、と橋がゆれる。
同時に、市兵衛の背中へ錫杖が振り落とされた。
「修策っ」
祇円が呼んだ。
だが祇円は、市兵衛の風のような動きに遅れた。

もはやそれは、市兵衛の想定内の振る舞いにすぎなかった。

祇円は市兵衛に誘われ、打ちかかったのにすぎなかった。

市兵衛の痩軀は三度反転し、なす術《すべ》もなく橋板を叩いた錫杖の金環が鳴った。

身体を畳んだまま僧の脇をすり抜けると、祇円の身体がくるくると舞った。

「うおおお……」

くるくると舞いながら、祇円は夜空へ吠《ほ》えた。

市兵衛より二寸（約六センチ）は高い長軀で、饅頭笠の下に髭《ひげ》に覆《おお》われた細い頤《おとがい》が見えた。

斬られた脇腹を押さえ、長軀を弓のように折った。

燃え尽きた提灯が、祇円の長軀を暗がりに包んだ。

それから祇円は、その夜、唯一間違いのない行動を取った。

崩れ落ちる身体を支え橋の欄干《らんかん》へ駆け寄って、かろうじて手すりに縋《すが》り付いたのだ。

「また、あ、会おう」

祇円は橋上に立ち尽くす市兵衛に言った。

そうして漆黒の大川へ身を躍《おど》らせたのだった。

水音が消え、橋上にも川にも、ほんの束の間の斬り合いが始まる前と変わらぬ静寂が覆った。

ただひとつ、一体の亡骸《なきがら》が橋上には横たわっている。

西詰の広小路《ひろこうじ》の橋番が、騒ぎを聞き付けて橋を渡ってくるのが見えた。

そのとき、はた、と市兵衛は気が付いた。

中江さん、お節……

咄嗟に市兵衛は踵《きびす》をかえし、橋を駆け戻った。

文次郎店に駆け戻ったとき、中江半十郎は路地の井戸端で諸肌《もろはだ》を脱ぎ、無駄な肉のない痩軀の汗を拭《ぬぐ》っていた。

中江は、手拭いを絞る身体を起こし、

「どうなされました」

と、不思議そうに市兵衛に声をかけた。

すぐに市兵衛の菅笠の縁の破れに気付き、「まさかそれは……」と言いかけた。

市兵衛は中江の変わらぬ穏やかな表情を認め、よかった、と胸を撫《な》で下ろした。

四

翌日、また雨になった。

新しい菅笠に柿渋《かきしぶ》を塗った紙合羽《かみがっぱ》を羽織り、市兵衛が文次郎店にきたのは六ツ半（午前七時）前だった。

節がひとりで市兵衛を待っていた。

その朝、中江は市兵衛を待たず出かけていた。

節は土間の流しに身体を伸ばし、碗や皿を洗っていた。

「お節、おじいちゃんはなぜひとりで出かけたのだ」

「今日は自分の用で出かけるので、市兵衛さんにうちで待っていてくださいって。戻ってから全部お話ししますって、伝えるように……」

お節は市兵衛を見あげ、

「おじいちゃんは、市兵衛さんをこれ以上危ない目に遭《あ》わせるのは申しわけないとも言ってました」

と、心配そうに言った。

「自分の用とは、どんな用でどこへ出かけたのか、お節は聞いていないかい」

節は細い首を左右に振った。

しょうがない人だ。昨夜、市兵衛が襲われたことを気にかけている。

出かけるなら伊勢町の南部屋か、櫻田通りの中村家上屋敷かだ。どちらだ。やはり上屋敷だろう。

「お節、ではおじいちゃんを追いかける。お節は喜楽亭にいさせておもらい」

うん、と節は頷き、洗い物をすませにかかった。

そこへ路地のどぶ板が鳴り、蛇《じゃ》の目《め》を打つ雨の音がばらばらと聞こえた。

腰高障子《こしだか》に男の影が二つ映った。

「ごめんよ。北町の者でやす。中江さん、開けますぜ」

紙合羽を羽織った助弥と、蛇の目傘を差し、黒巻き羽織の下の白衣を裾端折り《すそつぱしょ》にした渋井鬼三次が路地に立っていた。

渋井の雪駄《せった》と紺足袋《たび》がすっかり濡れている。

「おう、市兵衛。やっぱりいたか。お節、じいちゃんはいるかい」

渋井が朝っぱらから景気の悪い鬼しぶの渋顔を、市兵衛の傍《かたわ》らに立つ節に向けた。

渋顔に気色の悪い笑みを浮かべているのは、渋井なりの節への媚《こび》らしい。

「おじいちゃんは市兵衛さんがくる前に出かけました。いき先はわかりません」

「そうか。中江のじいさんはお出かけか。しょうがねえ。市兵衛、中江のじいさんとおめえにちょいと仕事の手伝いを頼みにきたのよ。中江さんがいなきゃあ、おめえひとりでもいい。出かける。支度はいいかい」

「それは困ります。わたしはこれから中江さんを追わなければなりません」

「まあそうなんだろうがな、おめえが中江さんの仕事の助手《すけて》に雇われたのはむろん承知だ。で、中江さんがどういう狙いで北相馬の田舎から幼いお節を連れて江戸へ出てきたのかも、大体わかった。それを承知でおめえと中江さんに頼みにきたのさ。つまり、中江さんの狙いに役立つかもしれねえ仕事の助手なんだ。そそられるだろう。どうだ、これねえか」

中江の身が案じられる。

束の間、市兵衛は躊躇《ためら》ったが、

「いきます。場所はどこです」

と応えた。

「北十間川の北側、向島だ。夕べ、新大橋で雲水が斬られた。雲水が斬られた事情やどこの誰が斬ったのかはわからねえ。じつはそいつあ雲水の形《なり》をしたちょいと物騒な始末人《しまつにん》なんだ。町方が追っていた。そいつには兄貴がいる。兄弟で始末人をやっていやがるのさ。その兄貴を引っ捕らえにいく。面白そうだろう」

「雲水の始末人？」

修策、と昨夜の僧の呼んでいた名前が甦《よみがえ》った。

「船でいく。詳しい事情は途中で話す」

「お節、事情は聞いたな。わたしは渋井のおじさんと出かけることにする。何かわかりそうだ。おじいちゃんは向島より戻ってから追いかけるから心配しなくていい。とにかくそれまで、喜楽亭にいっていなさい」

「おおし、船は中の橋の河岸場に待たせてある。助弥、おめえはお節を連れて喜楽亭のおやじに預け、その足で中の橋へこい。おれたちは先にいって船で待っている」

「承知しやした。お節、いくぜ」

助弥は自分のかぶっていた菅笠を節にぼっそりとかぶせ、片腕に軽々と抱きあげ、ほいさ、ほいさ、とそぼ降る雨の路地を走り抜けていった。

渋井はこの三月、本所中之郷原庭町の徳五郎店であった空き巣の一件を、忘れていたのではなかった。

忘れようが忘れまいが、自分の持ち場で起こった一件は全部、その持ち場の定町《じょうまち》廻り方の掛《かかり》になる。

定町廻り方南北町奉行所六名ずつの十二名、臨時廻り方同じく六名ずつの十二名、併《あわ》せて二十四名の廻り方同心が、武家地、寺社地を除いた江戸五十万町民の治安に当たっている。

むろんそれではとても手が廻らない。

廻り方はそれぞれ手先の岡っ引を自前で従えていて、その岡っ引の下にまた下っ引がいて、それらの手先連中が廻り方の手足目鼻となって働くのだ。

岡っ引も下っ引も大抵ならず者の悪《わる》である。悪だから悪の動向がつかめる。差し口が入る。それを廻り方に伝えて廻り方が引っ捕らえ、お手柄お手柄……という段取りである。

徳五郎店の空き巣に狙《ねら》われた中江作之助のことは、国元は奥州のどこかの浪人者という以外、名前も忘れかけていた。

ただ、空き巣が雲水二人と侍らしき者の三人組という妙な組み合わせなのと、徳五郎店のくそぼろ家を空き巣が狙った魂胆が訝《いぶか》しく、こいつあただの空き巣じゃねえな、という疑念が湧《わ》いてぼんやりとは覚えていた。

渋井には助弥以外にも蓮蔵《れんぞう》という手先がいる。空き巣の件は蓮蔵に探らせていた。

中之郷界隈に似た空き巣が出没しているんじゃねえかとか、また界隈を喜捨《きしゃ》に廻る雲水を見かけた者はいねえかとか、とそんなことをである。

その後、空き巣に入られた浪人者が店に戻ってこないと知らされ、やはり浪人者は借金か何かのもめ事が元で姿をくらまし、雲水と侍は浪人者を追う役に雇われた連中に違《ちげ》えねえ、と当たりを付けた。

そっちの線からも洗え、と蓮蔵に指示を出し、ひと月と何日かがたった。

忘れていたのではないが、放っておいた。

どうせしけた空き巣か取り立て屋の仕業《しわざ》だ。そのうちめっかるさ、と。

御師《おし》を装った殺し請負人《うけおいにん》蟬丸《せみまる》一味の一件が片付いた五月のある日、大川の中之郷竹町に近い水辺で、どこかの武家屋敷の中間《ちゅうげん》らしき斬殺体があがった。

渋井の持ち場ではなく、その掛は別の廻り方だった。

ところが、徳五郎店の一件を探っていた蓮蔵が、中間殺しを探っている手先仲間から妙な話を聞いた。

中間の名は平次。櫻田御門外櫻田通りの北相馬中村家上屋敷に奉公する男だった。

平次の姿が中之郷竹町の岡場所でとき折り見かけられ始めたのは、去年の師走《しわす》ごろからで、中の女郎に馴染《なじ》みができ、斬殺された五月上旬のその日も馴染みと遊んだ帰りだった。

平次の死体が見つかったのが夜の四ッ半（午後十一時）すぎ。女郎が平次から中村家の中間と聞いていて、中村家へ知らせが走り、櫻田通りの上屋敷の中間仲間や下男らが亡骸《なきがら》を引き取りにきたのが一刻半（三時間）後だった。

中間仲間の話から、平次は中之郷の原庭町に知り合いがいて、とき折り何かの用事があって会いにいっていたという。どうやら、その知り合いに会いにくるたびに竹町の岡場所で遊んで、そのうちに中の女郎に馴染みができたらしい。

原庭町と周辺の訊きこみが行われ、二つのことがわかった。

ひとつは平次殺しがあったその刻限、竹町の大川端で雲水姿の二人組を近くの辻番の番士が目撃していた。ほかにも、二人組の雲水を見たという町民や岡場所の若い男らが何人かいて、その雲水が怪しいと探索が続けられた。

そして今ひとつ。平次が会っていた原庭町の知り合いが、徳五郎店の中江作之助という浪人者だった。

二人が竹町の蕎麦屋《そば》で会っているところが、とき折り見かけられていた。

徳五郎店の中江作之助との意外なかかわりだった。

渋井は、改めて蓮蔵に中江作之助の素性《すじょう》の調べを進めさせた。

すると、作之助はどうやら浪人者ではなく中村家の家士であり、何か事情があって徳五郎店に身を隠すみたいに去年の師走より暮らしていたのだ。

「中村家は固く口を閉ざしている。けどな、平次は中江作之助とお家の連絡役をやっていたんじゃねえか。平次殺しによって、三月下旬に徳五郎店から姿を消した中江作之助の素性がわかり、平次を斬った雲水二人組が徳五郎店へ空き巣に入った三人のうちの二人かもしれねえ、とわかってきたわけさ。妙なつながりがあるじゃねえか。とにかく、ただの空き巣や借金の取り立て屋の一件じゃねえことははっきりした」

大川は静かで、降り続ける雨だけが川面《かわも》でさわさわと騒いでいた。

渋井は艀《はしけ》の胴船梁《どうふなばり》にかけ、蛇の目を差している。

助弥のほかに紙合羽を着た手先が二人、それに鉢巻と黒の半着に鎖帷子《くさりかたびら》、股引脚《ももひききゃ》絆草鞋《はんわらじ》履きの当番の若い同心が三人、これは雨に濡れるのも構わず同船していた。

「でな、中村家の方は埒《らち》が明かねえから雲水の行方《ゆくえ》を徹底して追った。そしたら祇円と修策という八州《はっしゅう》じゃあちょいと知られた兄弟の始末人が浮かんだ。雲水の形をして旅暮らしを続け、金でいろんな始末を請ける恐ろしい連中だ。そいつらがこの春ごろ江戸へ出てきたって噂があるじゃねえか」

渋井の蛇の目を、雨が小気味よく打っていた。

ところへ五日ほど前、市兵衛が文次郎店の老侍の仕事を請ける成り行きになったと聞いた。老侍の姓が中江といい、中江といやあ中江作之助も北相馬の中村家だったな、と渋井の心底で響き合った。

それとなく確かめると、中江半十郎と孫娘の節が、徳五郎店に暮らしていた中江作之助の父親であり、娘であることがわかった。

さらに、中江が節を連れて出府した事情が、倅作之助が三月下旬に上屋敷において急の病で亡くなった事情を訊ねるためらしいとわかって、渋井はもっと驚いた。

三月下旬なら中江作之助が徳五郎店から姿を消したころだ。

中江作之助は姿をくらましたのではなく、亡くなっていたのだ。

れっきとした家士がなぜか裏店暮らし。家士は上屋敷へ戻って急死。家士が暮らしていた裏店に忍びこんだ雲水ら。家士との連絡役だった中間が雲水に斬られた事情。雲水は金で雇われる名の知られた始末人……

どうってことのなかった一件が、急に根の深いつながりを見せ始めた。

中江が倅の病死に不審を抱いているのは明らかだった。

「そりゃあそうだ。おれだって、こいつあ怪しいぜ、と思うもんな」

渋井は市兵衛を横目に見て、渋面をゆるませた。

一昨日、渋井はある差し口から、車坂町の湯灌場買が斬殺体の火葬された噂をしている話を聞き付けた。

その湯灌場買は、三月下旬の夕刻、天徳寺の湯灌場小屋の番人に、血のべっとりと付いて刀疵《かたなきず》のある着物を見せられ、これは櫻田通りの中村家の家士の着物だ、と聞かされた。湯灌場買は、

「これじゃあ売り物にならねえな」

と、買うのを断ったが、その家士はなんぞ粗相があってご家老さまに成敗されたそうだ、とも聞かされた。

中村家の家士と聞いて渋井は、ふと、中江作之助の名を思い出した。

そこで車坂町の湯灌場買を訪ね、さらにその足で天徳寺の湯灌場小屋の番人の話を訊きにいった。番人は、

「詳しいことは知らねえ。覚えているのは仏さんの名が、中江なんとかでやした。仏さんの名前だけは何度も出やしたので、間違《まちげ》えありやせん」

中江も融通を利《き》かさぬからこういうことになる、と家士らが言っていたのを番人は聞いていた。

中江作之助が徳五郎店から姿を消した三月下旬の日時も合う。なんと節の父親であり中江半十郎の倅中江作之助は、病死ではなく、また切腹でもなく、粗相を咎められ成敗されたというのだ。

渋井はぞくぞくした。

気の毒じゃねえか、と思う一方、渋井の好奇心はいっそうふくらんだ。

昨日、渋井は徳五郎店の中江作之助の隣人甲吉にもう一度話を訊きにいった。

おめえ、まだ話してねえことがあるんじゃねえか、と問い詰めた。

甲吉は「へえ、相すいやせん」と頭をかき、隣人の作之助の抱えていそうな裏事情を慮《おもんぱか》って、町方の渋井にさえ伏せていた中江半十郎への書状や託された帳簿らしき物の話を明かした。

「中江さんと市兵衛が甲吉を訪ねたことも聞いたぜ。それで中江作之助が上屋敷で成敗された裏にきな臭《くせ》えわけが隠れていやがるのが、見えてきたってわけさ。だが武家のことは町方に手が出せねえ。中江さんとお節の役に立ってやりてえが、どうすりゃあいい。とまれ、こっちにできるのは雲水を捕まえることだ。と思っていたら祇円と修策らしき二人組の居所が、蓮蔵の方から知らせがあった」

祇円と修策は、向島の正観寺の空家になっている寺男の小屋をねぐらにしていた。

渋井は、昨日、向島の正観寺に踏みこむ届けを上役へ出した。

その許しが寺社奉行所より出る前の昨夜遅く、新大橋で斬り合いがあり、なんと雲水の修策が斬られた、という知らせを受けた。

渋井はぐずぐずしていられない、と思った。

兄の祇円は逃がしちゃならねえ、正観寺に踏みこむ、と腹をくくった。

奉行の榊原主計頭に直談判《じかだんぱん》し、当番の同心三人を動員することが許された。

「祇円をとっ捕まえたらおめえらも訊きてえことがあるんじゃねえかと思ってな。とっ捕まえるのはこっちがやるから知りてえことを訊いてみな。少々痛い目に遭《あ》わせたって構わねえからよ。な、友は役に立つだろう。ふふ……」

渋井は不敵に笑った。

わかりました――と、市兵衛は応えたものの、若い当番の同心三人を見て、大丈夫かな、と小さな不安を覚えた。

五

正観寺本殿裏手の寺男の小屋を、手先らが取り囲んだ。

樹林が小屋の裏手の三方を廻《めぐ》り、樹林の間を小さな水路がちょろちょろと音を立てて流れている。

樹林を越えた先は押上村の水田や畑で、薄曇りの空から止《や》む気配もなく静かに降り続ける夏の雨が、墨絵のような田園風景を描いていた。

彼方で吠える犬の鳴き声が、侘《わび》しげだった。

渋井は蛇の目を差し、小道の木陰に身を隠して静まりかえった小屋を眺めていた。

三人の若い同心は脇差《わきざし》一本を腰に挟み、十手《じって》を握って武者震いをし、やってやるぜ、という意気ごみが見えた。

助弥と二人の手先らも、それぞれ自前の十手を持つことを許されていた。

蓮蔵と手先らは、渋井が到着する前に小屋を取り囲んで見張っていた。

菅笠をかぶった蓮蔵が、身を屈《かが》めて渋井の許へ駆けてきた。

蓮蔵の羽織る紙合羽から、雨の雫《しずく》がしたたっていた。

「旦那、野郎はまだ眠りこけてやす。ふん縛るなら早《はえ》え方が」

「ふむ。裏手は押さえているかい」

「へい。手下十人ばかりで囲んでおりやす。幾ら腕利きだろうが相手はひとり。逃げ出してくりゃ袋叩きにしてやりますぜ」

「いいだろう。じゃあ、手早く片付けてくれるかい」

渋井は三人の当番同心に声をかけた。

「承知」

同心が力強く応えたので渋井は人差し指を唇の先に立て、しっしっ、と押さえた。

渋井は捕り方に加わる気はまるでなく、蛇の目を差し、三人の同心と蓮蔵が水溜りのできた庭を小屋へ忍び足で近付いてゆくのを、悠然と眺めていた。

表は板戸が二枚閉じてあり、明かり取りの窓に竹格子があった。

同心は明かり取りの窓から中をそっとのぞき、それから段取りを決めて表戸を三人で扇形《おうぎ》に囲んだ。蓮蔵は同心の後ろに付いた。

「それっ」

と、ひとりの声が聞こえ、三人が並んで板戸を蹴った。

一枚の板戸が中へ吹き飛び、一枚は破れて同心の足が突き抜けた。

板戸を蹴散らしつつ三人は、おおっ、と小屋の中へ飛びこんだ。

蓮蔵が十手をかざして続く。

どたんばたん、と物が打ち鳴り、喚《わめ》き声が聞こえた。

「派手にやるじゃねえか」

渋井は隣の助弥に向いて笑った。

途端、蓮蔵が悲鳴をあげて走り出てきた。

続いて、同心二人が飛び出し、三人目は転げ出てきた。

「ああ?」

渋井が声をあげた。

同心らは三人目を助け起こし、黒い穴のような小屋の戸口に十手をかざした。

「御用だ、神妙にしろ」

叫んだ同心の若い声が引き攣《つ》っていた。

御用だ、と言いつつ、三人はじりじりと後退《あとじさ》った。

「だ、旦那、でで、出てきやした」

蓮蔵が渋井のところまで逃げ戻り、震える手で十手を突き出した。

と、墨染めの衣をまとい、錫杖をじゃらじゃらと鳴らしながら、祇円と思われる雲水が、黒い穴から庭先へゆっくり歩み出た。

同心らは取り囲んだまま、祇円との間を保ってさがるばかりだった。

御用だ、得物を捨てろ、と遠巻きに言っているが、同心らは手を出さなかった。

祇円は取り囲んだ同心らを黙って睨《にら》み廻した。

跣《はだし》の長い脚で地面を踏み締め、手に持った錫杖を三人へ突き付けた。

丸めた頭と髭に覆われた尖った顎、獣のように細く締まった顔に、嘲笑が浮かんだかに見えた。

祇円は同心らが手を出してこないと見て、小屋の方へ戻りかけた。

その背中へ、ひとりが躍りかかった。

「神妙にしろっ」

振りかえるや祇円は、同心の十手を錫杖で易々と払い、胴へ錫杖をかえした。

どすん、と脇腹を打たれた同心が水飛沫《しぶき》をあげて横転する。

そこへ二人目三人目が打ちかかったが、それも錫杖を振り廻す祇円の反撃に遭い、たちまち怯《ひる》んで不甲斐《ふがい》なく逃げ廻る。

うおおお、と祇円が喚き、同心らは遠巻きに「御用だ」を繰りかえした。

「弱《よえ》えなあ」

渋井は呆《あき》れて呟《つぶや》き、しぶしぶと蛇の目を閉じかけた。

また祇円は小屋へ戻りかけるかのように背中を向けた。

悠々と戻りかけるかに見えた途端、小屋を囲む樹林へ跳躍した。

墨染めの衣が翻り、長い四肢が雨をかき廻したみたいに見えた。

それから、ざざっと樹林へ姿を消した。

「やべえ。追っかけろ」

渋井が叫んで、蛇の目を差したまま走り出した。

祇円が飛びこんだ樹林から、取り囲んだ手先らの喚き声や悲鳴が聞こえた。


祇円は樹林の中に流れる水路を駆けた。

水路は浅いが、水草が邪魔になる。

後ろから同心らが追いかけてくる水を蹴立てる音が聞こえる。

水路の両側から捕り方の手先らが棒や十手で打ちかかってくるのを、錫杖で次々と薙《な》ぎ倒した。中には勇敢に水路の先へ飛びこみ、正面から襲いかかってくる怖い物知らずの若造もいた。

祇円の雄叫《おたけ》びと、じゃらじゃらっと打ち落とす錫杖が、若造を蹴散らした。

旅暮らしで八州の野山を駆ける術を知る祇円に、追手は次第に遅れを取った。

水路の水飛沫と降りそそぐ雨が、祇円の痩軀を濡れ鼠《ねずみ》にした。

水路の彼方に、押上村の水田や畑がはるばると広がっている。

百姓家の屋根屋根や小さな森が雨に煙る田園の中に点在していた。

森のひとつに赤い鳥居が見えた。

祇円は水路より堤へあがり、そこから畦道《あぜみち》をたどった。

脇腹の痛みと吐き気が急速にこみあげた。

濡れた衣に血が黒く広がっていた。

昨夜、新大橋で渡り者に斬られた疵だった。深手だった。晒《さらし》を何重にも巻いたが、血は止まらないし、痛みに気が遠くなった。

祇円の足がもつれた。

追手の声は小さくなっていた。まだ逃げられる。逃げ果《おお》せるとも。薄れゆく脳裡《のうり》に思い浮かぶのは、それほどのことだった。

犬の鳴き声が侘しい。

祇円はその男の顔に見覚えがあった。

男は二本差しの侍だった。

ほっそりとした身体を寸分の歪みもなくまっすぐ立て、畦道の先に物静かな風情《ふぜい》で佇んでいた。

紙合羽に菅笠をかぶり、雨に煙る田園の風景を愛《め》でる文人墨客《ぶんじんぼっかく》のように、どこか数《す》寄者《きしゃ》めいて周囲の景色に溶けこんでいた。

祇円は崩れそうになる身体を、錫杖を突いて支えた。

息が苦しく、一面の雲に覆われた天に向けて口を喘《あえ》がせた。

ひと心地ついた祇円は、喘ぎつつ言った。

「おぬし、どこぞで会ったな」

「お忘れですか。昨夜、新大橋でお会いしました」

市兵衛は、静かにかえした。

祇円は市兵衛をじっと見つめ、髭に取り巻かれた唇を歪めた。

「昨夜の渡り者か。間違いない。暗かったが確かにその顔、思い出した」

と、言葉を継いだ祇円の肩がゆれていた。

「名は」

「卑しき渡り者です。名乗るほどの者ではありません」

「そうだな。われらに名など意味はない。おぬし強いな。いつか、おぬしみたいな男が現れると、思っていた」

「教えてください。あなた方を雇ったのは誰なのです」

ふん、と祇円は鼻先で笑った。吐き出した唾《つば》が真っ赤だった。したたる血が髭を赤く染めた。

「同業のよしみで、教えてやる。中村家留守居役の、小池辰五という男だ」

「請け負った仕事は」

「ある男が蔵屋敷からお家の帳簿を持ち出した。間抜けどもが、二月も三月も帳簿がなくなっていたことに、気付かなかった。それを取り戻すことだ。邪魔するやつは斬ってでもな。簡単な、仕事のはずだった」

「男の持ち出した帳簿は男の父親が持っています。わたしは父親に雇われたのです」

「帳簿を、読んだのか」

市兵衛は頷いた。

「だろうな。だから小池は、おぬしを消せとさらに金を積んだ」

それから祇円は、片膝を落とし、錫杖に縋って荒い息をついた。

「男を斬ったのは、誰ですか」

「知らん。たぶん、中村家の家老やら、蔵元やら小池やらが密談して、家中の誰かに屋敷内で誅殺《ちゅうさつ》させたのだ。国元から腕利きを呼び寄せたと、小池が言っていた」

渋井ら捕り方が畦道を駆けて、ようやく市兵衛と祇円に追い付いた。

渋井は蛇の目を差していて、捕り方らの一番後ろから駆けてきた。

市兵衛を見付け、あれ、という顔で自分の後ろを見かえった。

てっきり、市兵衛は後ろにいると思いこんでいた。

祇円は弱々しく咳《せ》きこんだ。

血をたらたらと吐き、足元の水溜りが真っ赤になった。

追い付いた捕り方らは、祇円の様子にたじろぎ、立ち止まった。

蛇の目を差した渋井が、捕り方らの間を割り前へ出て、祇円と前方の市兵衛に渋顔を移した。

「市兵衛……」

しかし市兵衛は祇円に言った。

「中間を斬ったのは、なぜ」

「帳簿が見つからなかった。つなぎ役の中間が持っているかもしれないと、小池が疑った。だから脅して吐かそうとした。中間は知らないと震えていた。逃げたから斬った。そういうこ……」

そこで祇円は身体を支えきれずよろめき、そして力尽きて畦道へ横たわった。

仰向《あおむ》けになった祇円の傍らに錫杖が、からん、と倒れた。

昨夜、市兵衛に受けた脇腹の疵よりにじみ出る鮮血が、濡れそぼつ道に広がった。

おら知らねえ、何も知らねえ……と逃げる中間の背中に修策が浴びせた。

祇円は横たわって思い出した。人の命など、他愛もない。

中間は何も知らなかった。殺す必要もなかった。だが付込帳を持っていないのなら生きている値打ちもない虫けらだった。

だから斬った。斬れば金になる。それだけだ。

市兵衛は祇円の傍らへ屈んだ。

「男はなぜ、斬られねばならなかった」

祇円は市兵衛を見あげ、途切れ途切れに短い呼吸を繰りかえした。

「じゃ、邪魔だった。人の金を、湯水のように、好き勝手に使いたい者らにとって、邪魔だったのだ。そんな、融通の利かぬ綺麗事をほざく阿呆《あほう》は、消してしまうしかないのだ」

突然、祇円の口から血が音を立てて噴きこぼれ出た。

「渡り者、おぬしで、よかったぞ」

祇円はこぼれ出る血の中で、ようやく言った。

それからわずかに身体をよじり、雨空を見つめたまま動かなくなった。

蛇の目を差した渋井が、祇円の傍らに立った。

「野郎、怪我してやがったのか。誰にやられやがった」

蛇の目の雫が祇円の亡骸へしたたった。

「これじゃあ役立たずだったな、市兵衛」

市兵衛は渋井と頭上にかざした蛇の目を見あげ、ひとつ頷いた。

「まあいい。これまでだ。おめえら、こいつを片付けろ」

渋井は後ろの手先らに、しぶしぶと命じた。

六

上林源一郎はひとりだった。

番傘を差し、山下駄《やまげた》を履いて雨の飛沫《しぶき》を避けていた。

上林に従える従者など、いなかった。

従者を従える暮らしには慣れておらず、ひとりの方が気楽でよい。

その日の雨の中、麻布の中屋敷から櫻田通りの上屋敷へ戻ってきたときだった。

上屋敷表櫓門《やぐらもん》手前の霞ヶ関に折れる辻に、菅笠ひとつに傘も差さない中江半十郎が現れるのを認めた。

中江は上林に会釈《えしゃく》を寄越し、上林の方へ霞ヶ関の辻から歩み寄ってきた。

雨が上林の差した番傘を音を立てて叩いている。

中江は二間（約三・六メートル）ほどの間まで近寄り、歩みを止めた。

「おぬしの戻るのを待っておった」

中江の粗末な着物は濡れそぼっていた。

「ご用ですか」

もう東足軽町の僧房の、粗末な稽古場《けいこば》で稽古に励んでいた童《わらし》ではなかった。

「これを覚さまに渡してもらいたい。わたしがお屋敷にかけ合っても、誰も相手にしてくれぬ。おぬしは覚さまに剣の腕を見こまれ、信望が厚いと聞いている」

中江は懐《ふところ》から書状を取り出した。

上林は眉間《みけん》に皺《しわ》を寄せた。

「源一郎、わたしは作之助の仇《かたき》を取りにきたのではない。倅の死が理不尽な死であるなら、それを質したいだけだ」

中江は上林に書状を手渡せる間まで近寄った。

「この書状で、わたしの知りたいことを問うている。お家が理不尽な行いを正してさえいただければ、それ以上望むことはない。覚さまにお渡しするかしないか、おぬしが判断するがよい。わたしは命ある限り、わがなすべきことをなすつもりだ。わたしの書状を渡さぬのであれば、せめてそれだけは伝えてくれ」

中江は書状を上林の番傘の下に差し出した。

上林が黙って受け取ると、中江は踵《きびす》をかえした。外櫻田の辻の方へ歩んでゆく。

「中江さん」

上林は先生ではなく、姓で呼んだ。

「付込帳をお家に戻しなされ。あれはお家の物ですぞ」

中江は歩みを止め、上林へ振り向いた。

「付込帳は倅がわたしに残した形見だ。たとえお家の物であっても、倅の形見を渡すわけにはいかぬ」

「それは盗みですぞ。あなたの倅はあの帳簿を蔵屋敷から盗み出した。先生が盗みを倅に教えたのですか」

上林はつい先生と言った。

「源一郎、形は立派になったが、盗みを教えたなどと言葉付きが幼いのう。倅が死んで考えた。あの帳簿をどう扱うべきか。あれはわたしが持つべきなのだ。たとえ盗んだ物であっても持つべき者が持つ。それはやむを得ぬ」

「あなたこそ幼いわからず屋だ。その盗みのためにお家がどれほど迷惑をこうむっているのか、考えが及ばないのですか」

「お家が迷惑をこうむったのではない。倅に理不尽な死を押し付けた、その者らが迷惑をこうむっている。己らの理不尽を隠したいゆえにだ」

「誰です、それは。何を証拠にそのような戯言《ざれごと》を申されるのか」

「それを知りたいがゆえに出府した」

上林は中江の書状を握り締めた。

「倅は三月に上屋敷へ戻る折り、万が一の事態を考え、もし自分が戻らなかったときはと、わたしへの書状、また直《じか》に手渡ししてくれるようにとあの帳簿を裏店の隣人に託した。倅はわかっていた。理不尽な事態がお家に起こっていることがだ。しかし倅は、万が一のことが起こった場合、わたしに仇を取ってほしいがゆえに書状を寄越したのでも帳簿を持ち出したのでもない」

上林は、師の中江半十郎のように強くなりたいと素朴に願って剣術の稽古に励んでいた童のころを、束《つか》の間《ま》思い出した。

「倅が書状に書いていたのは、己の行いを人に恥じる謂《い》われは一切ない、とそれのみだ。あの帳簿をわたしに託したのは、己の言葉の証のためでしかない。たとえ、己の無念を晴らす願いを父親に託したとて、どうにもならぬと倅は知っていた。万が一、理不尽な死をこうむったならば、謂われなきそしりをもこうむるだろうとも知っていた」

菅笠の下の中江の目が潤《うる》んでいた。

「可哀想《かわいそう》にあの子は、父親のわたしにだけはそうではないと知っていてほしかったのだ。愚《おろ》かな父親にもようやく倅の気持ちがわかってきた」

上林は、五つ年上の作之助が東足軽町界隈の子供らの間では優しい兄《あに》さんだったことを思い出した。

「ならばこそわたしは、本当のことを明らかにせねばならぬと思った。作之助はわたしの倅として生き、そして死んだ。わたしも作之助の父親として生きたいと願う。生きねばならぬと思う」

上林は身体が震えた。師の顔を直視していられなかった。目をそむけた。

「頼んだ」

中江は言い残し、踵をかえして雨の中を急ぎ足に立ち去った。

半刻後、麻布の中村家中屋敷。

敷地内に普請が進んだ屋敷は、数日中にも落成を迎えるところまできていた。

三月に世嗣憲承と鶴姫の婚儀が行われ、ご主殿桝の方の発案によりお輿入れ前の仲春に普請が始まった、若き憲承夫妻のための屋敷だった。普請に携《たずさ》わった桝の方さまのご意向を汲《く》んで惜しみなく財貨をつぎこんだ結構は、普請に携わった大工職人ですらが、感嘆する豪奢《ごうしゃ》な造りだった。

それぞれに床の間と違い棚を設《しつら》えた書院が続き部屋に並び、二つの書院の南側を高欄《こうらん》を廻らした縁座敷が囲っていた。

縁座敷を覆う大廂《おおびさし》が、白壁の土塀に囲われた中庭へ風情を凝《こ》らした反り屋根をせり出していた。大廂の下には石畳が敷きつめられ、廂から落ちる雨の雫がほとほと石畳を洗っていた。

その縁座敷を、当主中村因幡守季承とご主殿桝の方が、普請奉行の語る豪奢な出来栄《ば》えを満足げに聞きつつ、東から西へと渡っていた。

普請奉行の傍らには、屋敷の普請に携わった羽織袴の大工の棟梁が随身《ずいしん》していた。

桝の方には奥仕えの老女や奥女中が賑々《にぎにぎ》しく付き従っていて、奥女中のひとりは桝の方の愛猫《あいびょう》であるしゃむ猫を、猫のために誂《あつら》えた鏡布団《かがみぶとん》に寝そべらせ抱えていた。

季承と桝の方は庭を指差して言葉を交わし、桝の方が老女らへ声をかけると、老女や奥女中らは、ほほほ……と媚《こ》びた笑い声を縁座敷に流すのだった。

「これにてうら若き夫妻《めおと》にも新居ができた。この後は憲承どのらが末長う慈《いつく》しみ合い、よき子を授かればお家は安泰じゃな」

この年四十三歳の季承がゆったりとした歩みを進めつつ、白粉《おしろい》に唇のひと筋の紅色が艶《なまめ》かしい桝の方へ言葉をかけた。桝の方も同じ四十三歳だった。

「まことに。ようようこれまでたどり着いて、安堵《あんど》いたしました。このたびのことでは気骨《きぼね》が折れました」

そうかえした桝の方の、紫縮緬《ちりめん》に黒繻子《しゅす》の帯、葦《あし》に鷺《さぎ》の腰高模様の着物の裾が縁座敷の畳に衣擦《きぬず》れの音を立てている。

案内に立つ普請奉行、随身する棟梁、そして季承と桝の方一行が縁座敷半ばまできたとき、縁座敷東の方より裃《かみしも》に半袴の江戸家老寛帯刀、留守居役小池辰五の二人が頭を垂れ、小腰を屈めてするすると近付いてきた。

二人のいささか物々しい出現により一行ののどかさが破れ、季承はいささか不快を覚えた。こういうことは桝の方の機嫌をひどく損《そこ》ねるからだ。

普請奉行と大工の棟梁は、縁座敷の脇へ控えた。

「かような折りに真に恐縮に存じます。畏《おそ》れながら上さまに申しあげ奉《たてまつ》ります」

寛が縁座敷に手を突き、嗄《か》れた声を低く抑えた。

小池がすぐ後ろで手を突いている。

季承は歩みを止め、高欄より雨に煙る庭を眺めた。

桝の方がにこりともせず、季承に並びかける。

「なんだ」

季承は寛《くつろ》いだ羽織袴の装いで、手を羽織の後ろに組んだ。

「なにとぞ、お人払いを」

筧は頭を垂れたまま言った。

季承は察しが付いて、またか、という顔付きになった。

聞きたくもないが、聞かぬわけにもいかぬ大名当主の重責と気苦労を思った。

余の苦労を誰もわかりはせぬのだろうな、と思った。

季承は随行の者らを遠ざけた。

しかし桝の方は愛猫《あいびよう》を抱いて、季承の隣から離れない。猫に甘ったるく話しかけ、頬ずりなどをしている。

「手短にな」

季承は雨の庭から目を移さずに言った。

「は。先ほど、見廻り方の者より報告がまいり……」

筧は声を落とし、言葉を選んで言った。

長い報告ではなかった。

屋敷の外を物売りが通り、その売り声が聞こえなくなるぐらいまでの間だった。

筧は報告を終え、縁座敷に手を突いたまま季承の言葉を待った。

薄墨色の雨雲は、重たげに垂れている。

桝の方が愛猫の頭を撫で、猫が退屈げに鳴いた。

「そのような者がいては外聞が悪い。屋敷の外のみならず、江戸市中をうろつかせるな。おぬしの采配で即刻片付けよ。すべて邸内で済ませるのだ。次にその者の話をするときはすべてつつがなく終わった、という報告のみにせよ」

桝の方が、くっくくっと笑い、抱いた猫にまた甘ったるく話しかけた。

「この前のときのようにな。くっくっく……」

筧と小池は当主の御前からさがると、雨の中を急ぎ櫻田通りの上屋敷へ戻り、邸内の家老屋敷居室に見廻り役の上林源一郎を呼び寄せ、密談を行った。

「段取りにどれほどかかる」

筧が上林に言った。

「念のため人手を集めます。三月の折りは作之助の刀をあずかりましたが、今度はそうはいきますまい。老いたるとはいえ剣術道場を開いていた侍です。子供のころ、われらは相馬の鷹《たか》、と呼んでおりました。慎重に事を運びます。内密の重要な儀礼が執《と》り行われるゆえ、邸内の者に長屋の外へ無闇に出ぬことと緘口《かんこう》を命じ、御用聞き、御《ご》用達《ようたし》商人の出入りを禁じます。それを徹底させるため、明後日朝五ッ（午前八時）からと」

「よかろう。大広間で速《すみ》やかに済ませる。玄関の外には一歩も逃がしてはならぬぞ」

表櫓門から敷石が玄関まで敷かれ、玄関の前にも門があり、上屋敷表、中奥、奥と入り組んだ内塀に囲われている。

「お任せください。長くはかかりません。後の片付けなども含めて一刻。四ッ（午前十時）までには綺麗に終わらせます」

「中江が雇いました渡り者はいかが取り計らいますか。調べましたところ、あの者、帳簿を読むために雇われた唐木市兵衛と申す侍の渡り用人です。間違いなく例の付込帳を調べております。その唐木という男、妙な噂があります。卑しき渡りの身でありながら、ご公儀の高官に縁者がいるという噂です」

小池は祇円、修策兄弟に唐木市兵衛の始末を依頼したが、その結果はまだ届いていなかった。

「侍の渡り者で公儀高官の縁者か。怪しいな。案外、隠密目付の手先かもしれぬな」

「そのような胡乱《うろん》な者ならばともに。この際、一挙に片を付けましょう」

諸侯の江戸屋敷内は、今で言う治外法権である。

邸内ならば——と、上林が進言した。

七

向島から市兵衛の戻りは、遅くなった。

昨夜の新大橋での斬り合いで始末人修策を倒したことと、祇円に瑕《きず》を与えたのが市兵衛であった経緯を明かし、襲撃の背景にある事情の訊き取りを渋井から長々と受けていたためだ。

中江の身が案じられ、ともかく一度文次郎店に、と顔を出すと、中江はすでに戻って夕餉の支度にかかっていた。

「節から聞きました。わたしの身勝手な振る舞いのためにとんだご厄介をおかけいたしました。申しわけござらん。話は後で……」

と、中江はどこで何をしてきたかも言わずに微笑《ほほえ》んだ。

夕餉と片付けが済んだ後、節は障子を開けた濡れ縁の側に座り、ひとり言を呟きながら綾取り遊びに興じていた。

川、琴、鼓《つづみ》……と、節のささやく声とともに蚊遣《かや》りの煙が燻《くすぶ》っていた。

日がとっぷりと暮れて、雨はいつの間にか止んでいた。

「ですが襲うなら先にわたしでしょう。なぜ唐木さんなのだろう」

中江は市兵衛と付込帳を挟んで言った。

中江は付込帳をどこに隠したか、何も言わなかったが、どこにも隠さず、誰にも言わず、己の懐《ふところ》深く、肌身離さず持っていた。

市兵衛はわかっていたが、知らぬ振りをしていた。

中江はその付込帳を懐から取り出し、徳利の傍へ置いたのだった。

「お家の狙いは、作之助さんを黙らせるために始末し、作之助さんが持ち出したこの付込帳を取り戻すことだった。作之助さんを亡き者にしたが、付込帳は見つからなかった。それをあなたが手に入れていた。今度はあなたを黙らせるため手を打とうとしています。だが中江さんの許に付込帳がある限り簡単には手が出せない。まず付込帳の中身を知っているわたしから、と考えたのでしょう」

「こんなくだらぬ付込帳のために、唐木さんをとんでもない危ない目に遭わせてしまいました。なんたることだ」

むろん、幼い節にこのような物騒な話は聞かれぬよう、声を落とした。

「じつはわたし……」

と言いかけたとき、暗い路地に複数の足音が起こった。

足音は物々しく、激しくどぶ板を鳴らした。

節が怯《おび》え、中江の脇にきて腕に縋り付いた。

市兵衛は刀をつかみ、路地の人の気配をうかがった。

風通しに六、七寸（約二十センチ前後）ばかり開けた腰高障子越しの暗がりに、人影が集まっているのがわかった。

「中江さん、いますか」

ばん、と腰高障子が返事も待たずに開けられた。

数名の侍が路地に屯《たむろ》し、昨日、上屋敷の門前で対峙《たいじ》した上林源一郎という見廻り役の配下らしき侍の顔が幾つかあった。

隆《りゅう》とした体軀の侍が二人、土間へ踏み入り粗末な店をぐるりと見廻した。

「やっと見つけた。深川だろうと目星は付けていたが、こんなところだったか」

ひとりがみすぼらしさを嘲笑《あざわら》うように言った。

「われら、中村家の者。今朝、上林源一郎にご家老宛の書状を託されましたな。そのご返事を告げにまいった」

もうひとりが太い声を震わせた。

その声と語調に節がいっそう怯えた。

中江は節を脇に抱き寄せ、土間の男らを見つめている。

「上林源一郎どのに代わってお伝えいたす。よろしいか」

「上林の？　ご家老のご返事ではございませんのか」

「同じだ。細かいことを申されるな」

侍は苛立《いらだ》たしげに言い、きつい目付きを市兵衛に投げた。

「明後日朝五ツ、ご家老が中江さんにお会いになる。遅れることなきよう、櫻田通り上屋敷へ参上なさるべし。問いたきことあらばその折り、改めて問われよ。なおその折り、当家より紛失いたした付込帳なる帳簿、お忘れなきよう」

「承知いたした」

「それから今ひとつ」

侍が市兵衛へ向いた。

「そこもとが唐木市兵衛さんか、渡り奉公を生業にいたしておると聞いた」

「さようです」

「明後日はそこもともご同道願いたい」

「何を申される。唐木さんはこのたびの一件にはかかわりのない方ですぞ。お屋敷へはわたしひとりで参上いたす」

「そうではない。中江さんは付込帳の中身を知るために唐木さんを雇われたのであろう。そこもと、以前はどこぞの勘定方に勤めておったのか」

いえ——市兵衛はひと言、否定した。侍は中江を睨み、

「仮にご家老が付込帳の内容を講説した場合、中江さんはその数勘定を了解することができるのか。中江さんは算盤もできぬであろう。中江さんのわからぬことをこちらにわかってもらえば、それでもよかろう」

「しかし……」

「いいですか中江さん。あなたがどう疑おうと作之助さんの使いこみは動かぬ実事なのだ。だがあなたがしつこく騒ぎ立てるゆえ、いたし方なしと、ご家老はお会いになることになった。ご家老がお会いになろうと言うのに、ぐずぐず申されるな」

「まったく。物わかりの悪いじいさんだ」

路地の侍が声を荒らげた。

「そこもと、承知か」

「承知いたしました。明後日朝五ッ、中江さんとともにおうかがいいたします」

市兵衛がさらりと応えると、路地の侍らが聞け顔に言った。

「年寄りは国元で大人しくしていればいいものを、厄介なことだ」

「つまらぬことでお家は迷惑をかけられ、われらも仕事が増えるのう」

「己を何さまと思っている。年を取ってぼけ始めておるとしか思えん」

中江は侍らのあてこすりを、黙って聞き流した。

節が沈黙を守る中江の胸に、ぎゅっと縋った。

市兵衛は節に、心配ない、というふうに笑いかけた。

そのとき、暗い路地に声が響いた。張りのある障子紙がびりびりと震えるような声だった。

「おぬしら、用がすんだらさっさと帰れ。狭い路地に野良犬みたいにうろうろとたかられては邪魔なのだ。気が利かぬ侍らだのう」

路地の侍らがざわざわと動いた。

市兵衛は聞き覚えのあるその声に「あっ」と、路地へ振りかえった。

「お、おぬしも侍、だ、だろう」

「狭い路地に野良犬みたいにうろうろたかられては邪魔だと言っておる。とっとと、そこをどかぬか」

侍らがだらだらと後退る間から、五尺少々の岩塊を思わせる頑丈そうな短軀が現れた。黒羽織に長すぎる大刀、顎の張った大顔に総髪、結った一文字髷《いちもんじまげ》が小さな飾りのようだった。

窪《くぼ》んだ眼窩《がんか》の底から大きな光る眼で、市兵衛と中江、節を順々に睨み廻した。

それから部厚い唇を顔の幅一杯にまで広げ、瓦をも嚙《か》み砕きそうな真っ白な歯並みを見せた。

「市兵衛、やっぱりここだったか。おぬしのことが気がかりでな。様子を見にきてやったわい。あははは……」

弥陀ノ介が豪快に笑った。

「ふふ。かの人に命じられたか」

「それもある。見てきてやれとな。心配ばかりかけおって」

節が中江の陰から啞然とした顔を向けている。

土間と路地の侍らも、弥陀ノ介の奇怪な風貌と黒羽織の扮装《ふんそう》から、ただの浪人者ではないことがわかるらしく、ひそひそと交わしあった。

「お節、顔は恐いがこのおじさんはわが友なのだよ。心配はない」

「これは、先だっての。先日はご無礼をいたしました」

中江が座を正した。

節が頭を垂れた中江の後ろから、恐る恐る弥陀ノ介をのぞいている。

「いやいや。無礼をしたのはこちらです。平に平に。ふうむ。この童女がお孫さんのお節か。可愛《かわい》い童女だのう。おや。お節の持っておるのは綾取りの紐《ひも》だな。綾取りならおじさんもできるぞ。貸してごらん」

途端に節は堪《こら》えていた笑いを、ぷっ、と吹き出した。

節は、弥陀ノ介をまったく恐がってはいなかった。

すぐに心打ち解け、六畳の濡れ縁の側で綾取りを始めた。

中村家の家士らは、しぶしぶと引きあげていった後だった。

珍しく節が童らしくはしゃぎ、可愛らしい笑い声を部屋にまいた。

かに、きく、富士のお山、六段ばしご、くもの巣、ぶんぶく茶釜……

「ぶんぶく茶釜に毛が生《は》えて、屑屋《くずや》に売ったら逃げられたあ。わあ」

節と弥陀ノ介が声を揃え、それからどっと笑う。

「ねえ、もう一回やろう」

と、節がねだる。

「よし、やろう」

節がすっすっと綾紐を五弁の花びらのような白い指に絡めてゆく。

それを毛が生えて骨太い弥陀ノ介の指が器用に絡め取っていく。

綾取りをしながら弥陀ノ介が言った。

「おれは上屋敷に乗りこむのは反対だな。危険すぎる。これまでの一連のやり方から判断しても、真っ当な対応をするとは思えぬ」

「先ほどの者らが言っておりました。作之助の使いこみは動かぬ実事なのだ、と。あの者らがお家の全貌を知らされているとは思えません。あの者らも真実を知らず、踊らされておるのです。誰かがすべてを明らかにせねば、お家は変わらぬ。倅は不正を犯した、それゆえ処罰された、と言い続けられるでしょう」

中江は眼差しに強い決意を漲《みなぎ》らせていた。

「わたししかいないのです。倅は間違ったことはしていないと明かすのは。自らお屋敷へいって、かの者らに質すべきことを質すしか、わたしには手がないのです」

「それでいいのか、市兵衛」

「わたしは渡り者だ。渡りが渡りの務めを果たさずして、いいわけがあるまい」

「いえ。唐木さんはきてはなりません。わたしひとりがいけばいいのです。これはわたしの務めです」

「たとえわたしが身の安寧《あんねい》を図ったとしても、お家がその気なら、お屋敷へいかずともわたしの身はただではすまないのではありませんか」

節は三人の話の邪魔にならないようにと気遣って、黙って綾取りを続けている。

「市兵衛、おぬしらの身に何があっても、おれもお頭も屋敷内には入れぬ。何があろうと屋敷の外まで出てこねば、おれもお頭も助けにはならぬぞ。心得ておけ」

「わかっている。それでいい」

市兵衛は節と目が合い、微笑んでそう言った。

中江は苦渋を噛み締めていた。

「ふむ。明日一日、屋敷内の様子を探ってみよう。何かわかったら知らせるが……ぶんぶく茶釜に毛が生えて、屑屋に売ったら逃げられたあ。あははは……」

弥陀ノ介は箒《ほうき》の綾を引っ張って、節を笑わせた。

第五章　鷹《たか》と凪

一

広間は数十畳の備後畳《びんごだたみ》が敷き詰められ、南側正面に鏡板を背に、一段高く主座の間があった。

主座の間の鏡板の前には、大黒頭巾《だいこくずきん》鉄板張り合わせ鉢に鉄板打ち出し二枚胴の具足が、武家らしく物々しく飾ってある。

群雲《むらくも》のとぐろを巻く雲竜の絵を一面に描いた天井を、東側敷居に間隔を空けて立ち並ぶ太柱が支え、敷居の外は黒光りのする板敷の高欄《こうらん》を廻《めぐ》らした縁廊下。そして十間《じっけん》（約十八メートル）ほどを隔《へだ》て、広間に面して能舞台が設《しつら》えてある。

能舞台の背景に描かれた老松《おいまつ》から舞台の反《そ》り屋根へ目を転ずると、晴れ渡った夏の青空を背に、椎《しい》の樹が青葉を繁らせていた。

能舞台へは縁廊下北端から渡り廊下でつながっており、広間中庭の井戸を囲むように鉤《かぎ》型に折れ、能舞台へいたる。

広間の北と西はぐるりと杉戸を閉じ、杉戸の外も黒光りのする板廊下が廻っているのである。

中江は着古した渋茶の小袖《こそで》と黒袴《くろばかま》に火熨斗《ひのし》をかけ、精一杯拵《こしら》えに気を配っていた。

真新しい白い下着が襟元《えりもと》にこぼれていた。

広間中央に、正面を向いて黙然《もくねん》と端座し、黒鞘《くろざや》の大刀が白足袋《しろたび》の右に見えている。

髭《ひげ》と月代《さかやき》を綺麗に剃《そ》り、伸びた背筋が見栄《みば》えではなく内面の気位を表していた。

市兵衛は中江の斜め後ろに、同じく大刀を右脇へ置き、薄鼠《うすねずみ》の小袖に白の下着、袴は山桃色の小倉袴を着けた。

丁寧に火熨斗をかけ、足袋はむろん白足袋を穿《は》いた。

屋敷は表櫓門《やぐらもん》から案内の家士に導かれ、玄関廊下から次の間をへて、この広間に通るまで人影はなく、静まりかえっていた。

二人の前には、茶碗が置かれていた。

蟬《せみ》の騒ぎがその朝はなかった。

ほどなく、朝五ツをお城の太鼓が報《しら》せた。

太鼓が鳴り終わったころ、継裃《つぎがみしも》に半袴の江戸家老筧帯刀と留守居役小池辰五が西側の杉戸より急ぎ足で現れた。

筧は五十前後、思っていた以上に小柄だった。色白の顔に鷲鼻《わしばな》が目立つ。

筧の後ろに控えた小池は四十半《なか》ばの官吏《かんり》という風情《ふぜい》の、中背《ちゅうぜい》を丸めた特徴のない顔立ちだった。

二人は主座の間下に着座し、ときが惜しげに筧が高い声で言った。

「中江半十郎、そこもとは唐木市兵衛、どのであったな。初めてお目にかかる。上屋敷家老職を務める筧帯刀でござる。手をあげられよ」

中江と市兵衛は上体を起こし、手を膝《ひざ》へ載せた。

筧の後ろの小池は、終始、目を畳に落としていた。

「早速本題に入ろう。いろいろ齟齬《そご》があったが、わずかな手違いが元だ。それを改めるためにきてもらった。まずは中江作之助が蔵屋敷より密《ひそ》かに持ち出したと思われる付込帳なる帳簿を戻せ。それから半十郎の言い分を聞こう」

「僭越《せんえつ》ではございますが、まず、一昨日わが書状にてお訊《たず》ねいたした事柄につきましてお教えを願います。帳簿をお返しするにつきましては、その後に」

筧は苛立《いらだ》ちを表に出さなかった。ただ、手にしていた扇子《せんす》を膝に、ゆっくりと三度打ち当てた。

小池が中江へ一瞥《いちべつ》を投げ、すぐにそらせた。

やや考える間があった。それから筧が折れた。

「よかろう。では先に申せ」

「卒爾《そつじ》ながら、一昨日、上林源一郎どのにお託《ことづ》けいたしましたわたくしの書状は、お読みいただけたのでございましょうか」

「わたしは忙しい身だ。すぎたことを蒸しかえす書状を読んでおる暇《ひま》はない。憲承さまご新居の落成式が迫っておる。今、口頭で申せばよかろう。しかし、簡略にな」

筧は忙しさの合間を見つけてきてやった、という挙動を見せた。

中江は腹を割って話せる、と何がしか抱いていた期待をはぐらかされた失望を覚えたのか、束《つか》の間《ま》、戸惑いを見せた。

しかしすぐに顔をあげ、それでは、と言い始めた。

それからおよそ四半刻（三十分）、作之助の病死の知らせから始まった思いも寄らぬ出来事のひとつひとつを取りあげ、問い質《ただ》したいことを質し、なぜ問い質したいのかの事情、経緯、背景を丁寧に語っていった。

の間、繰《く》りかえし己《おのれ》自身に問いかけ、そして倅を救えぬ己を責め続けたであろう疑念のすべてを、抑制した穏《おだ》やかな口調で、澱《よど》みなく吐露したのだった。

倅《せがれ》の不審な死から、幼い節をともない北相馬より旅をし、慣れぬ江戸の裏店住《うらだな》まい

朝の刻限がゆるやかにすぎ、暑い夏の一日が始まっていた。

蟬の鳴き声が聞こえぬ。

邸内に流れるのは、中江の穏やかな語り口ばかりだった。

「倅作之助がお家の台所より不正に流用いたしたと申されます一件、ただ言葉のみにては受け入れがたく、何とぞ今一度付込帳とお家の本帳簿を突き合わせ……」

「相わかった。その辺にせよ」

不意に寛が中江を制し、扇子を袴の腰に差した。

「おぬしの疑念、わたしの一存ですべては応《こた》えられぬ。上さまにお確かめせねばならぬこともある。お訊ねしてまいるゆえ、暫時《ざんじ》、こちらにて待たれよ」

寛は中江の返事も聞かず、座を立った。

袴を翻《ひるがえ》し、西側杉戸の方へ歩んでゆく。それを小池がざわざわと追いかけた。

杉戸の向こうに家士が控えているらしく、寛らが近付くとすっと開き、暗い廊下へ寛らの姿が吸いこまれるや、すっと閉じられた。

広間に、中江と市兵衛の二人が残された。

市兵衛は十分に高い天井を見あげた。

重たい静寂が広間を包んでいた。それは息苦しく邪《よこしま》な静寂だった。

「唐木さん」

中江が正面を見て言った。

「やはりあなたには申しわけない事態になりました」

「なんの」

市兵衛は気付いていた。

「わたしはいい。これでかえって倅の仇《あだ》を討つときが与えられたのですから。しかしあなたには申しわけない」

「ご懸念には及びません。わたしはあなたに雇われることを自ら望みました。自ら望んだ務めを果たします」

市兵衛は応え、下げ緒を取って襷《たすき》にかけ始めた。

遅れて中江も支度を始めた。

「わたしが倒れたら、節のことを何とぞ。北相馬の駕籠町に伯母がおります」

「中江さんが戻られればよい」

中江は市兵衛へ振りかえり、雄々しく笑った。

いい笑顔だ、と市兵衛は思った。

そのとき初めて市兵衛は気付いた。老侍の中には侍魂が燃え続けている。なんとおれはこの人をちゃんと見ていなかった。

「命にかけて、あなたを屋敷の外へお連れいたします。ご心配召さるな。何とぞ、わたしの側からお離れになりませんように」

中江は言った。

そのとき、杉戸の外の廊下を、人の駆ける幾つもの足音が不気味に轟《とどろ》いた。

足音は厳重に北側と西側を固めていく。

「不覚にもわたしが倒れましたならば、わたしには一切《いっさい》懸念なく、必ずひとりで、必ず門へ走ってください。約束してください、唐木さん」

おじいちゃんはとっても強いの――と節が言ったことを思い出した。

おじいちゃんは相馬の鷹《たか》と呼ばれているの。

お節、その通り、おじいちゃんは鷹だったのだな。市兵衛は脳裡《のうり》の節に応えた。

「わかりました」

市兵衛は応えた。

二人は立ちあがり、袴の股立《ももだ》ちを高く取った。

しゅっ、と袴が衣擦《きぬず》れの音を立てた。

言葉を交《か》わさずとも、市兵衛は北と西の杉戸の向こうに備え、中江は東側の縁廊下と中庭の能舞台の方角に備えた。

市兵衛は腰の刀をぎゅっと絞った。

祖父唐木忠左衛門の許《もと》で十三歳にして元服を果たしたとき、祖父より譲り受けた無銘の二刀だった。

じいさま、頼むぞ。心の中で言った。

東の高欄が廻る縁廊下に、どどど……と襷に鉢巻、股立ちを高く取った家士らが走り出てきた。

縁廊下にびしりと人襖《ひとぶすま》を作ると、中江と市兵衛へ向けて身構えた。

縁廊下と能舞台の間の中庭にも、襷鉢巻きに拵えた家士らが走りこんでくる。

同時に、北と西の杉戸が次々と開けられ、広間の回廊より家士らが折り重なって現れた。みな目が血走っていた。

北側と西側の廊下に二十数名、東側縁廊下におよそ二十名、庭には十名近く、総勢五十名以上の討手《うって》が展開した。

「おお、中山《なかやま》の仁太郎《じんたろう》ではないか。平井《ひらい》の征四郎《せいしろう》、おぬしらも江戸勤番だったか」

中江が東側を固めた士の中に剣術道場の教え子を認め、懸命に言った。

「おぬしらの父親とわたしは親しき朋輩《ほうばい》だった。おぬしらは斬れん。この場よりはずれよ。はずれてくれ」

「黙れ黙れっ、不忠者」

庭に展開した若い家士のひとりが、気を昂《たか》ぶらせ、金切り声《かなきりごえ》で叫んだ。

そこへ、黒の小袖と細縞《ほそじま》の袴に、革鉢巻、革襷、革足袋に固めた上林源一郎が平然とした足取りで現れた。

「中江さん、上意です。お覚悟を」

上林は右足を大きく踏み出し、身体《からだ》を沈めて身構え、刀の鯉口《こいぐち》を切った。

「上林、この大人数で戦《いくさ》を始めるつもりか」

中江は身構えず、だらりと佇《たたず》んで言った。

「政《まつりごと》も戦。疎漏《そろう》があってはなりませんので」

上林がすらりと抜き放った。

それを合図に、家士らが一斉に刀を抜いた。

「われら二人を騙《だま》し討ちにすることが政か」

「問答無用」

上林が叫んだ。

そして、袈裟懸《けさが》けの打ち落としから乱戦の火ぶたが切られた。

だらりとした中江の身体が沈み、瞬時に蓄えた膂力《りよりょく》で抜刀し打ち上げた一撃が、上林の袈裟懸けを高らかに撥《は》ね上げた。

中江は上林の左へ一歩を素早く踏み出し、一閃《いっせん》を浴びせた。

恐るべき速さだった。

上林はかすめる一刀を避けるのが精一杯だった。

翻《ひるがえ》って二の太刀《たち》、三の太刀が次々と襲いかかる。

踏み締める畳が鳴り、ええいっ、ええいっ……東足軽町の粗末な僧房の道場で、子供らが相馬の鷹と自慢していた師中江半十郎の懐《なつ》かしき雄叫《おたけ》びが起こった。

上林は反撃の糸口をつかめず、だらだらと退いた。

「ありゃあ」

右横から中江の動きを封じるように二人が上段より襲いかかる。

咄嗟《とっさ》に中江は右へ転じた。

前の脇胴を斬り抜け、振り上げた一刀で後ろの一撃を受け止める。

そのまま相手の懐《ふところ》へ肩を入れ、がつんとぶつけた。

よろめいた束の間、相手の首筋に刀身を押し付け、ざっくりと撫《な》で斬《ぎ》った。

悲鳴をあげた相手は、鮮血が噴《ふ》く肩をすぼめて高欄まで後退《あとじさ》り、力なく高欄の下へ転落していく。

その隙《すき》に立て直した上林が、「せえい」と打ちかかる。

それを右へ払い、上林の斜め後方より迫る士の顔面へ打ちこんだ。

止めた刀が中江の凄《すさ》まじい打ちこみにはじかれ、頭蓋《ずがい》が無惨に砕けた。

ひと息呻《うめ》いただけで、士は絶命した。

激闘が始まるや市兵衛は、前からひとり、左右からひとりずつ、三方からほぼ同時の攻撃に晒《さら》された。

市兵衛は逃げるのではなく、むしろ前へ前進を図りながら、三つの剣筋に身体を撓《しな》らせ添わせ、翻らせ、胴を抜き、顎《あご》を斬り裂き、正面の相手に袈裟懸けを浴びせた。

またたく間に三人が叫びながら倒れ、その間、一合も打ち合うことはなかった。

瞬時の隙もなく、市兵衛は後ろへ廻る二人へ身を転じ、攻撃よりも後ろへ廻る位置を取ろうとするひとりの肩を上段から砕いた。

わあっ、と転倒するひとりともうひとりがもつれ、市兵衛は膝を畳へ突いて胸元を斬り上げた。二人は絡み合って横転する。

刹那《せつな》、再度転身した市兵衛のしなやかな動きが回廊側の団塊へ正面より突撃した。

たったひとりが二十名近い討手の中へ飛びこんだのだ。

多勢を頼む討手は、想定外の動きに慌てた。

無闇に剣を振るうが、正確さにも、倒すという勇気ある踏みこみにも欠けた。

「包んで討て、包んで討てぇ」

頭《かしら》らしき士が叫んでいる。

一方へ打ちかかり、即座に転じて反対へ打ちかかる。

退いたと見えて囲みから誘い出された者らが、ひとりまたひとりと、腕を落とされ顔面や肩を割られ、うずくまり、中には後ろへ飛び退《すさ》って杉戸を打ち倒した。

繰りかえす市兵衛の突撃に討手らは自然と廊下へ、どどっと押し出された。

広間と違い、狭い廊下は多勢にはさらに不利だった。

わかってはいても、やむを得ずそうなった。

廊下へ押し出された怯《ひる》みが、討手らの攻撃をいっそう鈍らせた。

市兵衛へ身構えつつ後退る人垣へ、唐竹《からたけ》を割るごとく、上下左右縦横に浴びせた。

手首や指が飛び、血飛沫《しぶき》が噴き、主《あるじ》を失った刀ががらがらと転がる。討手らは狭い廊下で無疵《むきず》の者と疵付いた者がもつれ、悲鳴と叫び声、怒声がまじり合った。

「怯むな、立てえっ。相手はひとりぞ」

頭が劣勢の士らを奮《ふる》い立たせる。

そのとき、廊下を反転して駆ける市兵衛の脇腹を狙《ねら》い、広間に廻った中から鑓《やり》が突き立てられた。

「えいやあ」

咄嗟に躱《かわ》して、引き戻される鑓を追って広間へ踏みこむ。

鑓を構え直す前に打つ。

しかし鑓は二本三本と、横からも後ろからも市兵衛へ突き立てられた。

ひとつをはじきかえし、打ちこむ前に三本目が襲いかかった。

市兵衛は三本目の鑓から逃げた。

それによって、討手は攻勢に転じた。

鑓が市兵衛を追い、広間の中心から主座の間へ疾駆する。

一段高い主座の間へ追い詰めれば、もはやこれまで。

鐺はそう思ったのに違いなかった。

逃げる市兵衛の背中に最後のひと突きを入れた。

「喰らええっ」

瞬間、市兵衛の痩軀《そうく》ははずみ、高い天井の雲竜に迫るかに見えた。

しかし宙で風神のごとく舞った市兵衛は、足を折りたたんで上段に構え、着地と同時に、たあん、と打ち落としていた。

市兵衛は主座の間上段にじっと屈《かが》んだ。

空《くう》を虚《むな》しく突いた鐺が市兵衛の傍《かたわ》らにゆれ、鐺はひと叫びして畳をゆらした。

攻勢に出かかった討手らは、その美しいほどに凄惨な光景に息を呑んだ。

なんだ、この男は……と、思わぬ者はなかった。

主座に屈む市兵衛に、誰も最初には手が出せなくなった。

誰がいく、と誰もがためらった。

と、廊下が鳴り、鉄砲を担《かつ》いだ五人の新手が加わった。

「鉄砲で片付ける。さがれ」

頭が命じた。

鉄砲隊は、北側廊下から前に三人、後ろに二人が並んで、南側正面の主座の間へ目《め》当《あて》を付けた。

地板がかちゃりと鳴り、火挟みの火縄が燻《くすぶ》っている。

が、五挺《ちょう》の鉄砲は主座の間の狼藉者《ろうぜきもの》に目当を付けられなかった。

主座の間から市兵衛の姿が消えていた。

ん？　と躊躇《ためら》ったとき、鏡板の前の大黒頭巾鉄板張り合わせ鉢に鉄板打ち出し二枚胴の具足が、がしゃりと立ち上がったのだ。

そして主なき鉄板の鉢と具足が、広間を北へ走り出した。

がらがらと甲冑《かっちゅう》が、喚《わめ》くように鳴った。

「賊は具足の後ろだ。放て放てえっ」

叫び声がした。

ががら……甲冑の突進が鉄砲隊にたちまち迫った。

ずだだだあん。ずだだだあん。

五挺が続けざまに火を噴いた。

弾丸が、ぱちいん、ぱちいん、と鉄板にはじける。

具足のつなぎ目をすり抜けた一弾が市兵衛の首筋をかすめた。

さらに一弾が、市兵衛の利《き》き腕を貫く。

ぶっ、と血が噴いた。

これしき——市兵衛は右腕の刀をぎゅっと握り締め、噴き出る血を肉を引き締めて止めた。

束の間のゆとりすら、与えなかった。

次の瞬間には、市兵衛は鎧《よろい》を投げ捨て、北側廊下の鉄砲隊へ斬りこんでいた。

わあああ……

鉄砲隊が叫んだ。

弾をこめるゆとりもなく、鉄砲を振り廻し応戦する。

だが、狭い廊下で五人はもつれ合い、転倒する者が出た。

疲れを知らず寸分の狂いなく浴びせかける一撃一撃に、鉄砲隊は怯《おび》え逃げ惑い、転げ廻った。

「こ、こいつは化け物だ」

家士らの後ろで指図する頭が呟《つぶや》いた。

霞ヶ関の坂下櫻田通りを見おろす坂の半《なか》ばに陣取った、馬上の十人目付筆頭片岡信正と小人目付返弥陀ノ介、弥陀ノ介の五人の配下らが、中村家上屋敷より轟いた鉄砲の音に眉《まゆ》をひそめた。

信正の馬がいななないて前足を激しく踏んだ。

「あれは鉄砲か」

「のようですな」

信正と弥陀ノ介が坂下の屋敷の木々を見おろして言葉を交わした。

二

中江半十郎が鉄砲の音に振りかえったのは、能舞台へいたる北の渡り廊下を上林源一郎を追い、廊下の半ばで斬り結んでいるさ中だった。

広間に市兵衛の姿は見えなかった。

刹那、広間に散らばっていた討手が北側の一点を囲むように展開した。

その一点から疾風が吹きすさんで、小袖の薄鼠色と袴の山桃色の疾駆するのが見えた。市兵衛の片方の袖が血に染まっていた。

しかし風は疵など物ともせず悠々と吹いて、襲いかかっては退き、退いてはまた襲いかかっていく。

展開した隊形は手もなく蹴散らされ、ひとつ二つと倒れる者らの数を増やしていく。
おおっ——中江は驚嘆した。
あんな男がいるのか。そのとき、
「せえい」
と、打ちこまれた上林の一撃を、うなりをあげてはじきかえした。
上林はじりじりと渡り廊下をさがった。
それから身を翻し、渡り廊下を能舞台まで一気に退いた。
まるでここを決着の場にしよう、と誘っているかだった。
前に上林、後ろに束《たば》になって討手の集団、そして庭にも家士らが待ち構えている。
打ち破るしか進むべき道はなかった。
己はとっくに捨てている。
中江は渡り廊下を渡り、能舞台へ進んだ。
「年にしては、元気だな」
上林が嘲弄《ちようろう》した。
中江は応えず青眼《せいがん》に構えた。

討手らが能舞台へばらばらと走りこみ、中江の後ろを取り巻いた。

「老いぼれに較べ、倅の作之助は手もなかったがな」

上林との間をつめた。そして、

「源一郎、おまえが作之助を、倅を斬ったのか」

と、低く問うた。

「上意だ。上さまに逆らうやつは消えるしかあるまい」

「倅が何をした」

「知る必要はない。上さまの気に入らぬことをしたのだ」

「愚か者。命ぜられればわけも知らず人を斬るのか」

「足軽風情が、ほざけ」

怒りが中江の全身に廻った。

したたる汗と返り血で濡れた中江の着物が、怒りに凍り付いた。

「それでも侍か」

中江は虚しく呟いた。

だが、大きく踏みこんだ。

背後から斬りかかったひとりへ、振りかえり様、袈裟懸けに斬り落とした。

家士は仰《の》け反《ぞ》り、くるくると廻りながら横転した。
その隙に乗じて上林が攻めかかるのは、想定通りだった。
中江は身体を畳んで反転し、上林の打撃に空を打たせ、胴を薙《な》いだ。
若い上林は咄嗟に飛び退った。
だだだっ、と中江の後方へ逃げる。
逃げる上林の背中へ瞬時に反応し、二打三打と攻めかかった。
上林は中江の連続技にたじろいだ。躱し打ち払い、必死の防戦に努めた。
「老いぼれっ、喰らえ」
甘い。
遮二無二《しゃにむに》反撃に転じる上林の打ちこみを、そう思った。
がちん、と撥ね上げ、面へ浴びせた。
「あっ」
切っ先が上林の額《ひたい》を裂いた。
上林は顔をそむけ数歩さがり、能舞台の高欄に身体をあずけた。
しかし止《とど》めの一撃は、高欄に跳ねかえされた。
上林が身体を庭へ躍らせたためだった。

打ち損じた中江の背後へ、追撃が襲いかかる。
中江はくるりと左へ廻りこんだ。
後ろからの一刀に身体を添わせるようにそよがせる。
そして、ぽっかりと開いた脇腹へ浴びせた。
士が身体をよじって高欄へ凭《もた》れこみ、一回転して落ちてゆく。
上林を追いたかった。だが中江はそこで自重《じちょう》した。
市兵衛を追って市兵衛と離れすぎた。中江は思い出した。
市兵衛を討たせぬ。ともに命を懸けるあの男を守る責務が自分にはある。
「唐木さん、外だ。外へ走れ」
中江は、能舞台から広間の市兵衛に懸命に叫んだ。
その刹那、背中に痛打が走った。
「……外だ。外へ走れ」
中江の叫び声を聞いた刹那、能舞台に中江が片膝突くのを認めた。
市兵衛は中江を残していく気は微塵《みじん》もない。
右から左からと間断なく襲いかかる刃《やいば》を払いつつ、北側の渡り廊下へ突進を図った。

中江を担《かつ》いででも、節の許へ連れて帰る。

脳裡にはそれしかなかった。

市兵衛も己の命は忘れていた。

どれも踏みこみは浅いが、跳ねかえし、打ちかえし倒しても、代わる代わる新手が襲いかかってくる。

腕からしたたる血に、返り血を飛沫《しぶき》のごとく浴び、市兵衛の形相は変貌《へんぼう》していた。

斬り落とされた腕と刀が宙を飛び、干戈《かんか》の響きと叫び声や悲鳴が交錯《こうさく》し、男らの夥《おびただ》しい足音が屋敷をゆらした。

片膝を突いた中江がすぐさま立ち上がり、追撃を振り払いつつ能舞台から広間の方へ渡り廊下をくるのを、視界の端で認めた。

市兵衛の前進を阻止するべく立ちはだかる討手らは、しかし怯《ひる》み、後退を余儀なくされ、逆に渡り廊下へ押し出されていく。

そこへ能舞台の方より中江の勢いに押し戻された一団と背中合わせとなり、多勢が前後から攻めかけられ、渡り廊下の半ばで進退にいき詰まる始末だった。

若い家士らは死神の形相で迫る市兵衛へ、くるなあ、くるなあ、と無闇に刀を振り廻した。

そのきっかけは、市兵衛の背後より打ちこんだひとりを、痩軀をひらりと転じ、どすん、と斬り落としたときだった。

斬り落とされた家士の身体がはじけ、高欄を飛び越えて庭へ落下していく。

はあぁぁぁぁぁ……

獣のような悲鳴が長く尾を引いた。

その悲鳴が堪《こら》えていた家士らの心を挫《くじ》いた。

市兵衛と中江の間にいた家士らが、先を争って高欄の両側へ飛びおりていった。

周章《あわ》てた家士の中には、誤って渡り廊下脇の井戸へ落ちる者もいた。

市兵衛と中江がいき合った。

なぜか血まみれの中で、二人から笑みがこぼれた。

「後ろを頼む」

中江が言い、

「心得た」

と、市兵衛が応えた。二人の息に寸分のずれもない。

「弓だ。弓を出せ。鉄砲もいけ」

広間で頭が喚いていた。

数張の弓隊とまだ無疵の三挺の鉄砲が、渡り廊下の中江と市兵衛を狙った。

だが、退き足になって広間へ逃げ戻る家士らが障害になり、目当が付かない。

と、逃げ戻る家士らの間から中江が斬りこみ、そして市兵衛が続いた。

玄関へ走る前に、弓と鉄砲をひと叩きする。

言われずとも市兵衛は中江の意図を完璧《かんぺき》に汲《く》み取った。

いきなり目の前に現れた二人に、弓隊と鉄砲隊は蹴散らされた。

逃げ惑う弓隊と鉄砲隊が、ずだあん、と放った弾丸は天井の雲竜を仕留め、矢は周囲の柱や杉戸をかつかつと嚙《か》むばかりだった。

背中は着物が裂け血がにじんでいたが、中江の動きは俊敏だった。

「離れるな」

中江は北へ転進し、次の間から玄関へ無人の廊下を走った。

玄関は北へ向いている。江戸城が北の方角だからである。

矢が後ろから、ひゅうんと頭上をかすめた。

討手は玄関式台の外、表櫓門との間の敷石のところに、まだ二十名を超える家士らを揃《そろ》え、横隊に態勢を整えて待ち構えていた。

前面に、八名の長鑓が鑓襖《やりぶすま》を作っていた。

広間で事もなく始末するはずだった謀《はかりごと》は無残に破れた。

なんとしても屋敷内で仕留めてみせる。

必殺の備えが見えた。

上林が櫓門の門扉《もんぴ》を背に立って指図していた。

後ろに追手、前に鑓襖。躊躇《ためら》っている暇はない。突進あるのみ。

市兵衛と中江は玄関式台を蹴った。

長鎗は強力な得物だが、懐に入られたとき、立て直しに長さに応じた間を取らなければならない。必要な間を取れなければ、惨憺《さんたん》たる結果を招く場合が多い。

ゆえに戦国の鑓隊は隙間なく密集し、突くより長さを活《い》かし、叩いて打撃を与える。

しかし二百年の太平の世、家士らは誰ひとり実戦を知らず、人を斬ったこともない。

喧嘩出入りをする田舎やくざの方が、まだ実戦を知っている。

市兵衛と中江は、言わずとも鑓襖の両端へ走った。

それによって早くも鑓襖の密集隊形は乱れた。

市兵衛は突きかかる鑓を掬《すく》い上げ、頭上へ叩きこまれる鑓の半ばより斬り落とした。

横からの穂先が肩の着物を裂いた。

構わず正面の鑓に間を取らせず踏みこみ、袈裟懸けに斬り捨てる。

そのまま突進を続け、中江を襲う鑓の背後から右へ左へと浴びせた。

市兵衛と中江の速い動きに前後を取られ、攻め立てられ、鑓隊は混乱した。

その混乱の中で四人が倒れ、のたうち廻り、悲鳴をあげて石畳を転がった。

と、次の瞬間には鮮やかに体《たい》を翻した市兵衛の、襷に絞った袖を追いかける鑓が貫き引き裂いたが、市兵衛はその鑓を脇に抱え、片手上段に脳天を割る。

砕け散る肉片と血が、討手らをたじろがせた。

多勢を頼む弱点は、崩れ始めたとき恐怖が伝播《でんぱ》することである。

たちまち鑓襖が打ち破られるのを目《ま》の当たりにして、たじろぐ討手側が市兵衛と中江に表門へ追いつめられる格好になった。

玄関式台に家老の筧と留守居役の小池が、玄関を固める討手らの後ろにいた。

「怯むな。二人を討ち取った者に褒賞《ほうしょう》を取らすぞ」

筧が叫んだ。

だが討手は表門を固めるのみで、前へ進み出る者はいなかった。

そこへ市兵衛と中江は容赦《ようしゃ》なく斬りこんだ。

火花が散り、絶叫が交錯する。

弓と鉄砲が市兵衛と中江に目当を付けるが、動きの速さと取り囲む家士らがいて定められなかった。

中江は表門を背にする上林へ迫った。

囲みの中から上林が前へ踏み出し、上段より一撃、二撃、と加える。

一撃目を躱し、二撃目を受け止めた中江は、刃と刃を嚙みあわせつつ、

「源一郎、倅の無念を晴らさん」

と、激しい息の中で言った。

「ここがいき止まりだ。前途はない」

上林が喚く。

それを見て市兵衛は、中江の後ろを備えた。

討手は市兵衛を恐れ、市兵衛と対峙《たいじ》し、上林と中江を囲む形になった。

だが、市兵衛と中江は疲れていた。

殊に長い乱戦を斬り抜け、中江の疲弊は目にも明らかだった。

受けた疵と老いが体力を奪い、残っているのは老侍の意地のみだった。

上林が中江を突き放し、

「あたぁぁぁ」

叫んで、三撃、四撃……と繰り出した。

五撃目、それを懸命に撥ね上げた中江が攻勢を取った。

上林は易々《やすやす》と打ち払う。

またしても上、右、左、再び上と、若い体軀を躍動させた。

疲れ切った中江はそれを防ぐのみで、見る見る精彩を欠き始めた。

広間で見せた鬼神のごとき振る舞いは影をひそめ、老いた荷馬のように動きは緩慢になった。急速に体力を失っていった。

中江さん——市兵衛は中江の後ろへ後ろへと廻りながら、中江とともに上林の攻勢にさらされた。

それでも中江はまっすぐは退かず、もつれる足で必死に廻りこんで堪えている。

かん、かん、と上林が攻め中江がそれに耐え、二人はひたすら斬り結んだ。

鋼《はがね》が軋《きし》り、しのぎを削り、ぶつかる肩と肩が骨を軋ませた。

勝敗がいつ決するとも見えぬ中で、両者の間に一瞬の交綏《こうすい》の間ができた。

二人は間を取り、一旦、剣をおろした。
中江は大きく肩で息をし、刀を杖《つえ》にして身体を支えた。
一方の上林も汗をしたたらせている。
「くたびれましたか、先生」
「源一郎、攻め手はそれだけか」
「楽になりなされ」
突如、上林が上段に取って襲いかかった。
中江の受けは間に合った。
しかし、からあん、とそれを打ち払ったときだった。
中江の剣が半ばから折れ、折れた刀身がくるくると飛んだのだ。
衆目がくるくると飛ぶ刀身に引き付けられた。
次の一瞬、中江は上林の撃刃をかろうじて避けた。
だが、かえす刀に即応はできなかった。
胴を斬り抜かれた。
ああ……中江は呻いた。
血飛沫を噴く脇腹を押さえて、膝を表門の石畳へ突く。

それから身体を折り曲げ、うずくまった。

わっ、と討手らの間に喚声が起こった。

「終わった」

上林が言った。

「中江さんっ」

市兵衛が叫んだ。

上林は斬り抜いた構えを、さっと市兵衛へ向け、

「終わりだ」

と繰りかえした。そのとき、

「源一郎、甘いな。まだ終わっておらぬ」

と、うずくまった中江が地の底から言った。

上林がぎくりとして、中江を見おろした。

「おぬしは童《わらし》のときから、そうだった。剣の素質は誰よりも優れていた。が、欠けているものがある」

うずくまった中江が地面から頭をもたげた。

「おぬしには踏みこむ勇気が欠けていた。おまえは臆病な子だった。わたしは惜しい

と思っていた。ふふ……今でも変わらぬのだな。踏みこみが甘い。源一郎、竹刀《しない》とは違う。道場では勝てても、真剣では致命傷を与えられぬ。止《とど》めを、刺さぬか」

上林の顔が歪んだ。

「たわけ、老いぼれ」

上林は無造作に、憎悪を剝《む》きだした。

憎悪にかられ、うずくまる中江の背へ突きこんだ。

瞬間、中江が上体をぐっと持ちあげたのだった。

獲物を狙う鷹の目が光った。

片膝立って、折れた刀で上林の突きを撥ね上げる。

かあん……

高らかに響いた。

ほぼ同時、市兵衛には老いた鷹が飛び立ったかに見えた。

中江は小刀の柄《つか》を逆手に握り、抜き様に上林の脇腹を斬り裂き、大きく一歩を踏み出した。

中江の身体が上林の脇をくぐり抜け、上林の突きは前へのめる。

と、その背中へ逆手の小刀を突き立て、二人は背中合わせの態勢で、だらだらっと門扉へよろめいていった。
部厚い門扉が、ごとん、とゆれた。
二人はそこで息絶えたかのように動かなくなった。
あまりの光景に、誰も声をあげなかった。
門扉へ押し付けられた上林の、最期の呻きがもれた。
それから中江が崩れ落ちた。
「撃てえ、撃てえ」
式台の筧が叫んだ。
銃声とともに、ぴしぴしと弾が門扉を貫き、矢が門扉へ突き刺さった。
だが簡単には当たらない。
市兵衛は矢を払い、転がっている長鐺をつかむと、
「お見舞いいたす」
と、左手にしたまま式台の筧らへ向け、全身を撓らせ投げた。
家士らは宙をうなる長鐺に首をすくめた。
ぐるんぐるん、とうなる長鐺は、寸分違わず筧の眉間を目がけて襲いかかった。
わあっ、とかろうじて身体を逃がした筧の頰の肉片を斬り裂き、式台上、玄関の間

の虎を描いた衝立《ついたて》を突き破った。

筧の小柄な身体は吹き飛び、小池はそれを支えきれず、二人は式台に横転した。

三

中村家上屋敷の表、中奥、をへて奥がある。

そこは桝の方がお輿入れの折り、新しく建て替えられたご主殿だった。

中村因幡守季承は、奥の御座の間の縁廊下に佇み、表からの報告を待っていた。

桝の方は、季承の傍らに座し、愛猫のしゃむ猫とご機嫌よろしく戯《たわむ》れていた。仕える老女や奥女中は、廊下を離れて控えている。

縁廊下に面した中庭を、蟬の声が騒がせている。

表の騒ぎはほとんど聞こえなかった。とき折り、鉄砲らしき音が谺《こだま》した。そのたびに控える奥女中らが顔を見合わせる。

ときがかかりすぎて、季承は内心苛立《いらだ》っていた。

寛いだ錦繡《きんしゅう》の羽織に後手を組んでいた。

暑い。

季承のこめかみに汗が伝わった。

どおん……どおん……どおん……

不穏な銃声がまた、間を置いて三度聞こえた。

隣《となり》の屋敷にも聞こえているだろう。厄介なことになるかもしれない。大名屋敷内であっても、無闇に銃を撃つことは厳しく咎《とが》められる。

やがて留守居役の小池がひとり、腰を屈めて縁廊下を慌ただしく廻ってきた。筧ではなかった。

小池が季承の傍らに平身した。

奥へはよほどの事情がない限り、男子は禁制である。

何をしておる、筧は。苛立ちが募った。

「申しあげます。かの者二名、未《いま》だ処置にいたらず、手傷を負うた者、多数出ております。今日の始末、指図をいたしておりました見廻り役頭上林源一郎、討ち取られましてございます」

「何？　鉄砲をもってしてもか」

はははあ、何ぶんかの者らは、と言いかけて、小池は口を閉ざした。

あれほどの者らだと、誰が思っただろう。

ておるのか」

「弓でも鑓でも新手をつぎこめ。今さら駄目でした、では済まぬぞ。筧は指揮をとっ

「ご家老さまは手傷を負われ、手当を受けておられます。またすでに家中の主だった者はほぼ全員事に当たっており、屋敷内にもはや手勢はおりません」

「ば、馬鹿な。一体何人倒された」

季承が小池を見おろし、怒りに廊下を激しく鳴らした。

「ははあ、お、およそ、二十五、六名の者が手傷を負い……」

季承は唖然《あぜん》とし、言葉が出ず口元を震わせた。

顔面が蒼白になった。汗が幾筋も流れた。

「小池どの、わずか二人の狼藉者に、それだけの者らが手傷を負わされましたのか」

季承の向こう隣に座した桝の方が、膝の猫を撫でつつ朱の唇に笑みを浮かべてねっとりと言った。

「ははあ、すでに絶命いたした者、数知れず」

途端、薄いこげ茶の美しい毛並みのしゃむ猫が、ぎゃっ、と叫んだ。

怒りに顔を歪めた桝の方が、膝の愛猫を御座の間へ投げ捨てたのだ。

猫が座敷を逃げ去っていく。

控えた奥女中らは、誰も猫を追わなかった。

小池は震えた。桝の方の機嫌を損《そこ》ねたら、恐ろしいことが起こると、家中の者はみな知っている。

すると季承が急に膝を折った。

そして、縁廊下へ仰向《あおむ》けに、どどっ、と転倒した。

奥女中らの間から、悲鳴と喚声が起こった。


上林源一郎を倒したとはいえ、市兵衛と中江が死地を脱したわけではなかった。

矢と弾丸が、正確に二人を狙い始めていた。

市兵衛は表門の長腰かけを担いで盾《たて》にし、中江をもう一方の肩に担ぎあげた。

潜戸《くぐりど》まで二間（約三・六メートル）ほどだが、遮蔽物《しゃへいぶつ》はない。

二人はまさに矢継早《やつぎばや》に放たれる矢に晒《さら》され、放たれる弾丸に動きを阻《はば》まれた。

石畳に弾丸が、ぱし、ぱし、とはじけた。

「唐木さん。いってくれ。節を頼む」

中江が喘ぎ喘ぎ言った。

「あなたをお節にかえすのが、わたしの仕事だ」

どうにか潜戸までたどり着いたとき、矢の雨と鉄砲が鎮まり、飛び道具に代わって討手が突撃してきた。

わああ……と、雄叫びがあがる。

市兵衛は長腰かけを投げ付け、真っ先にきた討手の一撃をはずし、首筋へ打ちこんだ。続いて自ら討手の集団へ身を投じ、左右縦横に斬り廻った。

討手はこの男の化け物のような剣捌《さば》きにたちまち蹴散らされ、ざざざっ、と退いた。

弓だ、鉄砲だ、と口々に叫んだ。

咄嗟に市兵衛は、疵付いた家士を背後から抱き起こした。

疵付いた家士は市兵衛の腕の中でぐったりとしている。

「許せ」

市兵衛はすでに絶命しているかもしれぬ家士に言った。

家士を抱えたまま、ずるずると潜戸の方へ後退した。

「中江さん、潜戸を開けて出られるか」

うむ、やってみる——と、中江は懸命に上体を起こし、潜戸の閂《かんぬき》に手を伸ばした。

またしても銃声がし、ぴし、ぴし、と門扉を嚙んだ。
ひゅうん、ひゅうん、と矢が飛んでくる。
だが矢と鉄砲は、市兵衛が盾にした家士を避けてか、狙いが遠くはずれた。
ことり、と門がはずれ、潜戸が軋みつつ開いた。
「中江さん、先に」
「すまん」
中江が這《は》い出ようとあがいた。
ときがかかる。
じりじりと死が迫っていた。
それでも中江はようやく這い出た。
中江の姿が外へ消えると、市兵衛は腕の中の土色の家士に、
「すまなかった。成仏してくれ」
と、腕を解いた。
家士が力なく崩れていく束の間に、市兵衛は潜戸の外へ身を投げた。
そうして門外の石畳を転がった。
追いかける矢が市兵衛の髷をかすめた。

屋敷内の喚き声がひと際《きわ》高くなった。

番所の壁の下で力尽きた中江を肩に担ぎ、引きずりながら櫻田通りへ出る。

すると、ぎいっと門扉が両開きに開き、討手が続々と走り出てくる。

潜戸からも追撃がかかる。

櫻田通りを進むことができたのは、わずか数歩だった。

練塀《ねりべい》を背に周りを囲まれた。

「通りではまずい。屋敷内へ取りこみ、そこで始末せよ」

頭立った家士が叫んだ。

討手らは剣を構え、三方より市兵衛と中江との間を、じり、じり、と詰めにかかる。

駆け付けた辻番の番士らは、討手らの異様な殺気に気圧《けお》され遠巻きに見ているばかりで、詰問するのを躊躇《ためら》っていた。

市兵衛は中江を塀に凭せかけ、八相《はっそう》に構えた。

「死生命あり。こいっ」

そのとき、討手らは、霞ヶ関の辻から馬上の士と黒羽織の一隊が地響きを立てて疾《しっ》駆《く》してくるのにまだ気付いていなかった。

その一隊に最初に気付いたのは、遠巻きにしていた辻番の番士らだった。

馬上の信正が、蹄《ひづめ》を高らかに響かせつつ叫んだ。

「鎮まれ、鎮まれ。公儀目付片岡信正である。天下の通りを騒がすとは不届きである。これ以上騒がす者らは断固処罰いたす。双方退《ひ》けえっ」

馬がいななき、囲みを蹴散らすように、一隊は市兵衛と塀の下に倒れている中江を包みこんだ。

信正は手綱《たづな》を絞り、馬が前足をあげるのを易々と操《あやつ》りながらさらに言った。

「天下の往来でこの物々しい扮装は何事ぞ。頭の者、みなを即刻退かせよ」

「これは当家内の始末でござる。ただ今終わりますゆえ、邪魔立てご無用」

頭立った士が意気ごんで言った。

信正は鞭《むち》を激しく鳴らし、士を威嚇《いかく》した。

「即刻退けと言うておるのがわからぬか」

「さっさと屋敷へ戻れ」

弥陀ノ介が士の肩を突きあげた。

士は傍らの五尺少々の短軀を気にもかけていなかった。その短軀の異様な力に身体を突き飛ばされた。

「な、何をする」

尻餅《しりもち》をついて喚いた。

「おのれえっ」

家士らが弥陀ノ介に剣を向けた。

すると黒羽織の小人目付衆らが、弥陀ノ介の左右を固め、抜刀の態勢に身構えた。

その後ろに馬上の信正が馬を廻しつつ、采配を振るう位置を占めた。

それだけで陣形がすでに整っていた。

「ここは櫻田御門外。お城の面前で公儀御目付さまの一隊と一戦交えるか。面白い」

弥陀ノ介がその不気味な相貌でどすを利かせた。

途端に家士らの熱気が冷め、「これはまずい」と退き足になった。

助け起こされた頭が、顔を歪めた。

「そんな、一戦などと大袈裟《おおげさ》な。素《もと》よりわれら、天下の往来をお騒がせいたす気など毛頭ござらん。もうよい、みな刀を納めよ。屋敷へ戻れ」

戻れのひと声で家士らは安堵《あんど》の声をもらし、刀を納め、急ぎ門内へ駆け入った。

無謀な殺戮《さつりく》のときが、ようやく終わったのである。

失ったものはあまりに多く、得られたものは皆無だった。

そうして部厚い門扉が、どおん、と閉じられると、以後、屋敷は何事もなかったかのように静まりかえった。

界隈のお屋敷の家士や、霞ヶ関、汐見《しおみ》坂の辻番の番士らも集まり、遠巻きに様子を見守っていた。

市兵衛は血まみれの刀を杖に突き、額《ひたい》の汗と返り血を拭った。

立っているのも辛《つら》いくらい、疲労が押し寄せた。

右腕の鉄砲疵は、なぜかもう血が止まっていた。

馬上の信正が小言を言いたげに、市兵衛を睨んだ。

「いやあ、市兵衛、ぼろぼろだのう。幽霊かと思うたぞ」

弥陀ノ介は市兵衛の袖に刺さったままの矢を抜いて笑った。

「きてくれると、信じていた。ありがとう。生き延びた」

「礼を言うならお頭に言え。さんざん気をもまれたのだぞ」

「兄上、ご心配をおかけいたしました」

「ふむ。それよりすぐに疵の手当だ。その御仁が中江半十郎さんか」

はい――と市兵衛は中江の傍らへ屈んだ。

「中江さん、終わりました。お節が待っています。戻りましょう」

「おお、唐木さん、お、終わったのですか」

中江が切れぎれに言った。

市兵衛は頷き、言い添えた。

「鷹はまだ空を飛ばねばなりません」

「ふ……風が、吹きましたな」

二人は笑みを交わした。

「番士どの、辻番をお借りいたす。みな、負傷者を辻番まで運ぶのだ。医師を呼べ」

「兄上、柳町の柳井宗秀という蘭医は外科の腕が確かです。縫合処置を何度も行っております。何とぞ宗秀先生を」

「おお、柳町の柳井宗秀か。よかろう、誰か、柳町の柳井宗秀を呼んでまいれ」

信正が馬上から指示を飛ばし、小人目付衆のひとりが走っていく。

番士が戸板を担いで戻ってきた。

中江が戸板に載せられ、運ばれてゆく。

前を馬上の信正がかつかつと蹄を鳴らした。

市兵衛は戸板の中江の傍らを弥陀ノ介の頑丈な肩につかまって歩みつつ、突然、夏の青空より一斉に降り出したかのような蟬しぐれを、存分に浴びた。

終章　晩夏

一

卒中で倒れた中村家当主中村因幡守季承は、一命は取り留めたものの、再び回復することはなかった。

急ぎ北相馬より出府した国家老の指図によって世嗣《せいし》憲承の家督相続の届けが大目付を通して老中に諮《はか》られた。

執政らの耳に、六月初めの中村家上屋敷の一件の報告は届いていた。

しかしながら、桝の方は将軍家よりお輿入《こしい》れなされ、将軍家がご実家である事情から、中村家のその一件を厳しく咎《とが》めることはなかった。

上さまのお許しを得て、憲承が中村家の若き当主に就《つ》いたのは六月の下旬である。

ご正室鶴姫はご当主ご簾中舞《れんちゅうまい》の方となられ、上屋敷奥の主《あるじ》の座に就かれた。

このことは、いっとき江戸市中の座頭《ざとう》や検校《けんぎょう》らの間で評判となった。殊《こと》に漆原検校法印の弟子筋の座頭らは、

「検校さまのお血筋が、とうとう大名家に列《つら》なられた。誇らしいことです」

と、自慢げに言い囃《はや》した。

読売《よみうり》も舞の方の血筋を探り出し、中村家ご簾中さまの舞の方は、安藤家を仮親に立てお輿入れした江戸屈指の資産家漆原検校の娘咲、と書き立てた。

世の中変わった、金貸検校の娘がお大名の奥方さまになった、よいよいよいやさあ……

という調子である。

けれども中村家は、江戸市中のそれらの評判にかかずらうことはなかった。

そうではないとは言わないし、そうだとも言わなかった。泰然としていた。

ただ、若き当主の就いた中村家の傾きかけた台所に、漆原検校より巨額の支援が新しく行われたことが確からしいのは、中村家へ出入りする御用達商人《ごようたしあきんど》らの証言によって裏付けられた。

ご主殿桝の方は徳承院《とくしょういん》と改め、寝たきりの季承とともに麻布の中屋敷へ移った。

憲承夫婦の新居にと新しく普請《ふしん》した屋敷が、二人のその後の住まいになった。

それより前、六月初めの櫻田通り上屋敷で起こったあの出来事から五日後、負傷した江戸家老筧帯刀は疵が癒《い》えぬまま息を引き取った。

その後、国元の北相馬には、あの出来事で即死した者、負傷した後、手当の甲斐《かい》なく落命した者を含め、二十名を超える死者と二十数名の重傷者の知らせがもたらされ、城下に衝撃が走った。

あの出来事、という以外、中村家は詳しい内情は伏せた。

出府した国家老が事情を調べれば調べるほど、お家の犯したあの出来事の愚《おろ》かさ無益さが露呈されたからだった。

それゆえ国元では、西国諸侯の謀反《むほん》が起こり、江戸で戦《いくさ》があったのではないかという噂まで立ったほどである。

十八歳の若き当主憲承は、しかし暗君ではなかった。

当主の座に就く前より、国家老の輔佐《ほさ》を受け、江戸並びに国元の人臣を改め、新しく役目に就いた江戸上屋敷重役らに、あの出来事にいたる経緯、本当の事情を徹底して調べさせた。

結果、憲承が当主に就いた家臣らへの報告の場で新たな裁断がくだされた。

まず、元江戸家老筧帯刀の家は改易となった。

改易にはならなかったものの、江戸留守居役小池辰五ほか筧の取り巻きだった五名の重役が役を退いたのみならず、切腹を申し付けられた。

中村家蔵屋敷蔵元南部屋七三郎は、過米の先手形や調達手形の乱発でお家の台所事情を混乱させ、のみならず多額の使途不明金を出した咎めにより、蔵元の任を解かれた。

南部屋がそれ以上咎めを受けなかったのは、手形乱発や多額の使途不明金は江戸家老の筧や留守居役の小池らの求めに応じたためであり、また勘定人中江作之助殺害を知ってはいたものの、企てに加わっていない経緯が判明したからである。

何よりも、それらの何もかもが前当主季承、そして今は徳承院さまとなられた桝の方の許しを得て行われたのが、明らかだったためでもある。

中江作之助の斬殺は、偶然、中江作之助が蔵屋敷の手形乱発や多額の使途不明金の内情を知ったため、あくまで隠蔽《いんぺい》を謀《はか》った筧と小池の独断によって行われた、とだけ当主憲承への報告がなされた。

ただし、お家は中江家に対し、筧や小池らにくだした処置を知らせ、何がしかの見舞金をあの出来事によって落命し疵付いた多くの家臣同様に、出すことを決定した。

中江家改易の裁断は、当然、立ち消えになった。

それによって一件は表向きすべて落着し、以後、この出来事に意趣を抱き、不穏な言動、行動を取ることを一切《いっさい》禁じた。

表向き国元の北相馬においても江戸屋敷においても、中村家は平穏を取り戻した。


中江半十郎は重傷にもかかわらず、医師柳井宗秀の疵の縫合と手当が適切だったためもあり、驚くべき回復力を見せた。

市兵衛の鉄砲疵の手当も宗秀が施《ほどこ》した。

「焼印と同じだ。これは残るぞ。事なきを得たのだ。まあ、記念だな」

宗秀は市兵衛をからかった。

縫合が済んだその夜のうちに、中江は船で柳町の宗秀の診療所へ運ばれ、以後、宗秀の許《もと》で治療を受けながら回復に努めた。

節は中江とともに宗秀の診療所に寝泊まりを始め、宗秀の指示を守って祖父の看病に当たった。

節は物覚えが早く、宗秀の診療まで手伝いをするぐらいになり、宗秀を感心させた。

市兵衛が中江半十郎に雇われて一ヵ月が過ぎた六月下旬、北相馬から中江半十郎の娘で節の伯母に当たる和恵《かずえ》が、下女を従え出府し、宗秀の家を訪ねた。

和恵は節を見つけるとひしと抱き締め、無事でよかった、と涙を流した。

それから、父親の回復ぶりを宗秀から聞かされ、胸を撫《な》でおろしつつも、北相馬から幼い節を連れて江戸にきた父親の無謀を、「どんなに心配をいたしましたことか」と、くどくどと責めた。そして、

「この後は、父上が何を仰《おつしや》ろうと、節はわが家に引き取ります。そのおつもりで」

中江の長女和恵は、駕籠町の中村家納戸《なんど》方富田栄之進《とみたえいのしん》に嫁いでいた。

中江は、てきぱきと物事を進めてゆく和恵の言うがままに、わかったわかった、と穏《おだ》やかな表情で頷《うなず》くのみだった。

そんなある日の午後、先に疵の癒えていた市兵衛は中江を診療所に見舞った。

中江は寝床に上体を起こし、宗秀と何か言葉を交《か》わしていた。

「おや、市兵衛。見舞いか。それともこれか」

宗秀がいつものくだけた口調で、盃《さかずき》を呷《あお》る仕種《しぐさ》をした。

時どき、市兵衛は宗秀を油堀の喜楽亭に誘う。

大抵、渋井鬼三次がくだを巻いている。

「中江さんのお見舞いですよ。もっとも、宗秀先生が往診の供をせよと仰るのであれば、お供いたしますが」

と、市兵衛はわざとらしく慇懃《いんぎん》に応《こた》えた。

「では、中江さんの世話は下女の杵《きね》に任せて、往診にでも出かけるかい」

「いいですね。喜んで」

「中江さんもお誘いしたいが、こっちの方は当分控えた方がよろしいのでな」

宗秀がまた盃を呷る仕種をした。

「はい。心得ております。それに酒を呑んでおるところを娘に見つかれば、叱られますので」

「ああ、なるほど……」

宗秀と市兵衛は頷き合った。

和恵のてきぱきした気性は、市兵衛にもすぐわかった。

和恵が出府してから、節は和恵と下女の三人で堀川町の文次郎店に寝泊まりし、毎日、柳町まで中江の世話に通うのが日課になった。

「容体は、もうすっかりよろしいようですね」

「あの重篤《じゆうとく》な疵が、驚くべき回復力ですな。若き者のような」

と、宗秀が感心して言う。

「お陰をもちまして。先生のお許しが出ましたので、明日、文次郎店へ戻り、この月末に北相馬へ旅立つことに、娘と先ほど話し合いまして……」

「月末に。そうですか。お節ともお別れですね。名残惜《なごり》しい」

「真《まこと》に、真に。唐木さん始め、みなさま方への感謝の思いは言葉に尽くせません」

市兵衛は微笑《ほほえ》み、訊《き》いた。

「北相馬へ戻られたら、また剣術指南を再開なされますか」

ふうん……と中江は曖昧《あいまい》に頷いた。

「剣術の方は、もうよろしいかなと思っております。これから後、何年生きられるかわかりませんので」

中江は何か考えているふうだった。

とは言っても、のどかな隠居暮らしを望んでいるふうには見えなかった。

「そうそう、いい折りです」

中江は言い、枕元の荷物から白紙の包みを取り出した。

「これは務めの最初の日、務めを果たし終えた後に、と仰られた物です。務めは見事に果たしていただきました。今こそお受け取りください」

と、市兵衛の膝の前に差し出した。

慶長大判を両替した小判だった。包みを解いてはいないが、十両と中江は言っていた。白紙が少し手垢《てあか》に汚れているのは、市兵衛に渡すためにそのままずっと持っていたからだろう。

「わかりました。ありがたくいただきます」

市兵衛はにっこりとして、応えた。

「ああよかった。ほっといたしました」

中江は頭を垂れた。

「これは、ただ今からわたしの物ですね」

「さようです。お納めください」

「それでは改めまして、中江さん、これをお節へ餞別《せんべつ》に渡していただきたいのです」

市兵衛は畳の上の包みを滑らせた。

「いけません唐木さん。それではまた同じになります。これはいけません」

「お節のこれからの長い旅への、この人の世の旅の、餞《はなむけ》です。旅の餞は、黙って納めるのが親しき友同士のしきたりですよ」

市兵衛は中江へ笑いかけた。

宗秀は腕を組み、口を挟まず、二人のやり取りを愉快そうに見ている。

中江は考えこんで、頭を垂れた。

沈黙を置き、それからおもむろに顔をあげた。

穏やかな笑みを市兵衛へかえした。

中江は、ゆっくり、呼吸をした。

「北相馬の海から、風が季節を運んできます。風はときに嵐のような波を呼び、ときに優しくささやくのです。ごきげんようと」

中江は、宰領屋で初めてちらと見たのと同じ穏やかな顔を、市兵衛に向けた。

「唐木さん、風の市兵衛と出会えたこと、生涯忘れません。国の童《わらし》らがわたしに何か話してくれとやってきたら、青空の下に蟬《せみ》の声が一杯に聞こえ、坂の下には人々の暮らす町並みが広がる江戸の町で、昔むかし、風の市兵衛という侍と出会った話を、してやります……」

宗秀は腕を組んだ格好のまま顎《あご》を撫で、なるほど、と市兵衛を見ている。

市兵衛は少し照れた。

しかし、少し誇らしくもあった。

窓を開け放った庭越しの、隣家の女郎屋の出格子窓《でごうしまど》に、女郎の干した赤い長襦袢《ながじゅばん》が風になびいてひらひらと翻《ひるがえ》った。

二

六月の末、和恵、節、下女、そして中江半十郎の四人は、北相馬へと旅立った。中江の身体を気遣い、行徳河岸《ぎょうとくがし》から舟運《しゅううん》で江戸川を上り、利根《とね》川を銚子《ちょうし》港まで出て、東廻りの船で北相馬に戻る旅路だった。

見送るも見送られるも、旅の別れは何かしらいつも切ない。

その夕刻、深川油堀の一膳飯屋喜楽亭の縄暖簾《なわのれん》をくぐった。うだる暑さは続いているけれど、油堀を染める夕焼けの燃え尽き方が少し早くなったことが感じられる夏の終わりだった。

縄暖簾を両手で開いて顔をのぞかせると、渋井に宗秀、渋井の手先の助弥の三人がもう先客になってやっている。

渋井が市兵衛を見付け、

「きたか市兵衛、こっちへきて早く座れ」

と、やっと揃《そろ》ったとでも言いたげな顔をして手招きした。

示し合わせたことはなく、なんとなくいつもそうなる。

そうして、油堀の流れのようなゆるいときがすぎてゆく。

痩《や》せ犬とくたびれた一膳飯屋に似合ったくたびれた亭主が調理場から顔を出した。

痩せ犬が市兵衛の足元へきて、尻尾《しっぽ》を振った。

長い野良犬暮らしで身に付けたか、辛《つら》いことや悲しいことがあってもお客さんへの媚《こ》びをおろそかにしない心がけのいい痩せ犬だった。

「ああ」

亭主は前と変わらぬぶっきらぼうな会釈《えしゃく》を送ってくる。

亭主も痩せ犬も、節がいなくなって、ちょっと寂しそうだった。

四人は、ぱりぱりの浅草海苔《のり》と代わり映《ば》えがしない煮物を肴《さかな》に、うん、ああ、いやまあ、と意味のない言葉やにたにた笑いを交わしながら冷酒をやる。

その楽なのがいい。

「市兵衛、お節は機嫌よく旅立ったかい」

渋井が唇を鳴らして、言った。

痩せ犬が市兵衛の側で、節の様子を聞きたげに尻尾を振った。

市兵衛は痩せ犬の頭を撫でた。

「ええ。江戸で買ってもらった利休櫛《ぐし》を可愛《かわい》らしく結った髪に差していました。やはり伯母さんがいてほっとしているのでしょう。母親のように甘えていました。行徳村まで見送りにいってきました。暇《ひま》なもので」

「そうか。母親のように甘えてな」

「無理もねえっすよね。わずか七歳で、じいちゃんを一所懸命助けて、慣れない江戸の裏店《うらだな》暮らしをしてたんでやすからね。無邪気に遊びたい盛りのあの年ごろで、気張ってたんだろうな。可哀想《かわいそう》に」

助弥が言った。

「中江のじいさんは、北相馬に戻って餓鬼相手の剣術の先生をやるのかい」

「剣術の方はもういいかな、と仰っていました。何か考えていらっしゃるようです」

「へえ。相馬の鷹が、剣術はもう止《よ》すのかい」

宗秀がぐい呑みをことんと置いて、冷酒をついだ。そして、

「市兵衛、悪く取るなよ」

と、市兵衛のぐい呑みに差した。

「なんですか」

「中江のじいさんが家にいたとき、話したことがある。中江さん、仏門に入ることを

考えているそうだ。二度と剣は持たないとさ」

「どういうことだい」

渋井がぐい呑みを宗秀に差し出した。

宗秀は渋井にも徳利《とつくり》を傾けた。

「やむを得なかったとはいえ多くの人を斬った。倅をも含めて、みなの菩提《ぼだい》を弔《とむら》うのだとな」

「弔うったって、悪いのは騙《だま》し討ちを企んだ向こうじゃねえか」

「そうっすよ。斬らなきゃこっちが斬られてた」

そう言い添えた助弥にも、宗秀は徳利を差した。

「そうは言っても、ひとそれぞれに思うことはある。わかるだろう、市兵衛」

市兵衛はぐい呑みを舐《な》めた。

そうして、表戸を開け放った堤越しに夕暮れどきの油堀を見やった。

尻尾を振っている痩せ犬の頭をまた撫でた。

「わかります、先生。中江さんもわたしも、自分を守るために多くの人を斬った。自分は間違っていないと信じてです。けれど、斬られた者もみな、郷里には妻子がいて父母がいるのです。みな上役に命じられ刀を取った。武士の務めですからね。中江さんは同郷なので、いっそうそれが重くわかるのでしょう」
宗秀が頷き、渋井と助弥が心なしかしんみりと酒をすった。
「人には人の愁《うれ》いあり、ってか」
渋井がぽつりと言った。
四人はそれ以上言葉がなかった。
亭主が新しい酒を運んできた。
亭主も黙って徳利を置いた。瘦せ犬が尻尾を振っていた。
表戸の外の油堀に、日没のときがきた。

解説――まさに時代が求めたヒーロー

文芸評論家　末國善己《すえくによしみ》

　辻堂魁《つじどうかい》の人気シリーズ〈風の市兵衛《いちべえ》〉の主人公・唐木《からき》市兵衛は、「渡り用人」つまり必要な時だけ雇われる契約社員である。これは、市兵衛と同じように、収入や将来に不安を抱えている契約社員が増えている現状を踏まえた設定だろうが、著者の狙《ねら》いはそれだけではないようにも思える。フリーランスである「渡り用人」は、しがらみがないので、悪事を見つければ遠慮なく切り込むことができる。卓越した算盤《そろばん》の腕と財務の知識で藩や豪商が隠している犯罪を暴いていく市兵衛の役割は、企業の監査を行う現代の公認会計士に近いのだ。その意味で市兵衛は、まさに誰もが法令遵守《コンプライアンス》を口にするようになった時代が求めたヒーローなのである。

　当主が心中したことで窮地《きゅうち》に立たされた旗本・高松《たかまつ》家の財政再建に手を貸す『風の市兵衛』に初登場した市兵衛は、立ち退《の》きを迫られ、当主と嫡男《ちゃくなん》が何者かに襲われた内藤新宿《ないとうしんじゅく》の老舗《しにせ》商家を助ける『雷神』、醤油《しょうゆ》酢《す》問屋で働く使用人の不正を明らかにするための調査が、巨大な陰謀に発展していく『帰り船』、お家騒動に揺れる出石《いずし》藩の姫君の護衛を頼まれる異色作『月夜行《つきよこう》』と、いくつもの難事件を解決してきた。

シリーズ第五弾となる本書『天空の鷹《たか》』は、北相馬藩《きたそうま》の勘定方勘定人を務めていた中江作之助《なかえさくのすけ》が江戸の上屋敷で不可解な死を遂《と》げ、その死の真相を調べるため江戸に出てきた父親の半十郎《はんじゅうろう》に雇われた市兵衛が、藩ぐるみで不正経理を行い、その発覚を防ぐためなら家臣の命など平然と斬り捨てる北相馬藩と戦うことになる。

六万石の小藩といえど敵は一国。守るものが大きいので、不正を隠す手口も巧妙・悪質なら、不正を知った人間への処分も情け容赦《ようしゃ》ない。それだけに、作之助が命がけで持ち出した裏帳簿から事件の全貌《ぜんぼう》を推理する経済ミステリーとしても、「風の剣」を使う市兵衛と、北相馬藩で剣術道場を開いていた半十郎が、北相馬藩が放ったプロの刺客《しかく》と戦いながら謎を追う剣豪小説としても、楽しめるのではないだろうか。

物語の冒頭、半十郎が江戸での生活費と調査費をまかなうため家宝の慶長《けいちょう》大判を、「五両と少々」に両替したと聞いた市兵衛は、すぐに両替商の詐欺《さぎ》まがいの手口を見抜く。江戸時代の貨幣《かへい》は「両」「分《ぶ》」「朱《しゅ》」に分かれ、四進法で計算されていたので、一両＝四分＝十六朱となっていた。ただ、これは江戸を中心とした金貨による計算で、上方は「匁《もんめ》」で計る銀貨で動いていた。庶民が高額な金貨や銀貨を手にすると、すぐに使い勝手のよい「文《もん》」「銭《せん》」が単位の銭《ぜに》に両替、金―銀―銭の交換は日々変動する為替《かわせ》レートで決まる複雑な仕組みになっていた。両替商は、田舎から出てきた半十郎が、江戸の為替相場を知らないことにつけ込み、慶長大判を安く買い叩《たた》いていたのである。半十郎を助けるため、鮮やかなロジックで両替商を糾《ただ》す市兵衛を見れば、初めてシリーズに接する人も市兵衛が確かな知識と胆力《たんりょく》を持っていることが納得できるだろうが、これは〈シャーロック・ホームズ〉シリーズでいえば、ホームズが依頼人を一目見た瞬間に、出身地や癖を言い当てる小手調べに過ぎないのだ。

作之助が父・半十郎に託した裏帳簿は、現代でいえば手形の種類や金額などを記録する支払手形記入帳にあたる。この裏帳簿を分析した市兵衛は、北相馬藩が違法スレスレのマネーゲームに走って、石高《こくだか》以上の予算を捻出《ねんしゅつ》していた事実を突き止める。市兵衛の計算では、北相馬藩は破綻寸前なのに、嫡男の憲承《のりつぐ》は磐城《いわき》藩安藤《あんどう》家の息女・鶴《つる》姫を妻に迎え、豪華な披露宴を開いたどころか、新婚夫婦のために屋敷を新築しているという。北相馬藩が派手な浪費を改めない謎、さらに憲承と鶴姫の結婚という一見すると事件とは無関係に思えるエピソードが、やがて思わぬ形で繋《つな》がり、作之助の死の真相ともリンクしていくので、最後までスリリングな展開が楽しめるだろう。

北相馬藩が使った〝錬金術《れんきんじゅつ》〟は、伝統的な金融取引（債券、為替、株式など）から派生した、先物取引（将来の一定時期に受け渡す条件の売買契約）、スワップ取引

（金利の交換）、オプション取引（取引を行う権利の売買）といった金融派生商品（デリバティブ）を彷彿《ほうふつ》とさせる。ちなみに、江戸時代は、豪商や幕府、藩が行う大規模な決済は為替で行われ、商家の帳簿も現代では一般的な複式簿記に近く、一七二四年には、大坂の堂島米会所《どうじまこめかいしょ》に限ってのことだが、幕府が空米《くうまい》相場（米の先物取引）を公認している（堂島の空米相場は、世界初の本格的な先物市場とされている）。北相馬藩の〝錬金術〟は、現代に勝るとも劣らないほど発達していた江戸の市場経済を踏まえて作られているので、そのリアリティに驚かされるはずだ。

借金を重ね、返済を先送りするグレーな手法を考案することで何とか予算を捻出《ねんしゅつ》している北相馬藩が、やはり多額の債務に苦しんでいる現代の地方自治体に重ねられていることは、改めて指摘するまでもないだろう。北相馬藩は、現藩主と将軍家から降嫁《こうか》してきた正妻・桝《ます》の方《かた》の贅沢《ぜいたく》を支えるため、言い換えれば為政者《いせいしゃ》の私利私欲が借金をふくらませる原因になっているので、そのあたりは現代とは違う（と思いたい）。ただ、莫大《ばくだい》な資金が、将軍お成りのための「上屋敷」と「能舞台などの建替え」、あるいは「麻布《あざぶ》の中屋敷建替え」などの建設費に廻《まわ》されたとする半十郎の指摘は、財政難でも箱物を作り続ける地方自治体への皮肉のように思えてならない。

努力に努力を重ね、ようやく勘定人になった作之助は、病死とも、藩の金を使い込んで切腹したともいわれていたが、市兵衛と半十郎の執念の捜査によって、組織の一員として北相馬藩に忠義を尽くすべきか、それとも正義を貫《つらぬ》き不正を糾すべきか悩み、告発を決意したものの道半《なか》ばに倒れたことが分かってくる。物語が進むにつれて明らかになる作之助の実像は、勇気ある内部告発者が誹謗《ひぼう》中傷にさらされながらも、耐震偽装や、食品の産地・賞味期限の偽装などの数々の不正を暴いてきたことを知る現代人に、人が取るべき正しい道とは何かを問い掛けているのである。

すべての謎を解いた市兵衛と半十郎は、作之助の遺志を継ぐため、北相馬藩の悪事を白日《はくじつ》のもとにさらすことを決意し、治外法権ゆえに一旦入れば誰の助けも借りられない北相馬藩の上屋敷に乗り込む。ここから、剣豪二人と、すべてを闇《やみ》に葬るため、刀、槍《やり》どころか弓や鉄砲までを繰《く》り出す五十数名を超える北相馬藩士との壮絶な斬り合いが始まるが、「風の剣」を使う市兵衛が死を意識するほどのアクションの連続は、シリーズ最高といっても過言ではない。だが、それ以上に、〝義〟と〝情〟を信じる二人の剣が、欲望にまみれ、権威を妄信する人間の弱い心を斬っていく展開が心地よく、すべてが終わった時には圧倒的なカタルシスを感じることができるはずだ。

経済事件を扱う〈風の市兵衛〉シリーズは、常に、汚い手段を使って大金を稼ぐ悪人を批判し、貧しくても懸命に働く庶民《しょみん》にエールを送ってきた。この現代に最も必要とされているテーマが、これからどのようなストーリーによって深められていくか、楽しみでならない。

天空の鷹

一〇〇字書評

切り取り線

購買動機（新聞、雑誌名を記入するか、あるいは○をつけてください）

□（　　　　　　　　　）の広告を見て	
□（　　　　　　　　　）の書評を見て	
□ 知人のすすめで	□ タイトルに惹かれて
□ カバーが良かったから	□ 内容が面白そうだから
□ 好きな作家だから	□ 好きな分野の本だから

・最近、最も感銘を受けた作品名をお書き下さい

・あなたのお好きな作家名をお書き下さい

・その他、ご要望がありましたらお書き下さい

住所	〒				
氏名		職業		年齢	
Eメール	※携帯には配信できません	新刊情報等のメール配信を 希望する・しない			

この本の感想を、編集部までお寄せいただけたらありがたく存じます。今後の企画の参考にさせていただきます。Eメールでも結構です。

いただいた「一〇〇字書評」は、新聞・雑誌等に紹介させていただくことがあります。その場合はお礼として特製図書カードを差し上げます。

前ページの原稿用紙に書評をお書きの上、切り取り、左記までお送り下さい。宛先の住所は不要です。

なお、ご記入いただいたお名前、ご住所等は、書評紹介の事前了解、謝礼のお届けのためだけに利用し、そのほかの目的のために利用することはありません。

〒一〇一－八七〇一
祥伝社文庫編集長　坂口芳和
電話　〇三（三二六五）二〇八〇

祥伝社ホームページの「ブックレビュー」からも、書き込めます。

http://www.shodensha.co.jp/bookreview/

祥伝社文庫

天空《てんくう》の鷹《たか》　風《かぜ》の市兵衛《いちべえ》

平成23年10月20日　初版第1刷発行
平成23年11月10日　　　第2刷発行

著　者　辻堂《つじどう》魁《かい》
発行者　竹内和芳
発行所　祥伝社《しょうでんしゃ》
東京都千代田区神田神保町3-3
〒101-8701
電話　03（3265）2081（販売部）
電話　03（3265）2080（編集部）
電話　03（3265）3622（業務部）
http://www.shodensha.co.jp/

印刷所　堀内印刷
製本所　ナショナル製本
カバーフォーマットデザイン　中原達治

Printed in Japan ©2011, Kai Tsujidou ISBN978-4-396-33716-2 C0193

祥伝社文庫　今月の新刊

西村京太郎　**十津川警部の挑戦（上・下）**
十津川、捜査の鬼と化す。西村ミステリーの金字塔！

原　宏一　**東京箱庭鉄道**
28歳、知識も技術ない〝おれ〟が鉄道を敷くことに!?

南　英男　**裏支配**　警視庁特命遊撃班
大胆で残忍な犯行を重ねる謎の組織に、遊撃班が食らいつく。

渡辺裕之　**殺戮《さつりく》の残香**　傭兵代理店
米・露の二大謀略機関を敵に回し、壮絶な戦いが始まる！

太田靖之　**渡り医師犬童《けんどう》**
現代産科医療の現実を抉る医療サスペンス。

鳥羽　亮　**右京烈剣**　闇の用心棒
夜盗が跋扈するなか、殺し人にして義理の親子の命運は？

辻堂　魁　**天空の鷹《たか》**　風の市兵衛
話題沸騰！　賞賛の声、続々！「まさに時代が求めたヒーロー」

小杉健治　**夏炎《かえん》**　風烈回り与力・青柳剣一郎
自棄になった科人を改心させた謎の〝羅宇屋〟の正体とは？

野口　卓　**獺祭《だっさい》**　軍鶏《しゃも》侍
「ものが違う。これぞ剣豪小説！」弟子を育て、人を見守る生き様。

睦月影郎　**うるほひ指南**
知りたくても知り得なかった女体の秘密がそこに!?

沖田正午　**ざまあみやがれ**　仕込み正宗
壱等賞金一万両の富籤を巡る悪だくみを討て！